新潮文庫

大統領特赦

上巻

ジョン・グリシャム
白石朗訳

JN286373

新潮社版

8123

大統領特赦

上巻

主要登場人物

ジョエル・バックマン…………元辣腕ロビイスト
ニール……………………………その息子
アーサー・モーガン……………前大統領
ロバート・クリッツ……………モーガンの盟友
テディ・メイナード……………CIA 長官
アンソニー・プライス…………FBI 長官

カール・プラット………………〈プラット&ボーリング〉パートナー
キム・ボーリング………………　〃
ジェイシー・ハバード…………　〃　元パートナー

ルイージ…………………………バックマンの監視役
ホイッティカー…………………ルイージの上司
エルマンノ………………………バックマンの男性イタリア語教師
フランチェスカ・フェッロ……　〃　女性イタリア語教師

ダン・サンドバーグ……………ワシントン・ポスト紙の記者

1

アメリカ大統領としての任期もあと数時間――その任期中の働きについても、後世の歴史家からは、就任後わずか三十一日で死亡した第九代大統領ウィリアム・ヘンリー・ハリスンをも下まわる関心しか寄せられないと決まったも同然のアーサー・モーガンは、さいごにただひとり残った友人と大統領執務室でひたいを突きあわせ、自身がさいごにくだす決断について考えをめぐらせていた。いまこのとき、モーガンは自分が過去四年間にあらゆる決断をしくじってきたという念に駆られていたし、試合の残り時間もかぎられてきたいまも、正しい決断をくだせる自信があるとはいえなかった。友人も自信がない点では大統領と変わらなかったが、それでもいつものようにほとんど発言せず、たまに発言したとしても大統領の耳に心地よく響くことしかいわなかった。

話題は特赦だった。泥棒や詐欺師《さぎし》や嘘《うそ》つきといった面々から、必死の懇願が寄せられていた。刑務所に収監されている者もいれば、服役したことこそないが、それでも汚名をそそぎ、愛する権利の復活を求める者もいた。全員が、自分は大統領の友人であるとか、友人の友人であるとか、はたまた熱烈一途《いちず》な支持者であるとか訴えていたが、なに、どいつもこいつも任期切れ目前の土《ど》壇場《たんば》になるまで、いちどとして支持を表明したことのないやからだ。動乱つづきの四年のあいだ自由世界を率いてきたというのに、そのしめくくりが悪党連中から寄せられた請願書の山だとは、こんな悲しい話があるだろうか。どの泥棒に盗みを再開する許可を与えればいい？　時計の針がじりじりと任期満了のその瞬間に近づくいまこのとき、大統領が直面しているのはその問題だった。

　さいごまで残っていた友人の名はクリッツ。コーネル大学の友愛会時代からのコンビであり、大学時代にモーガンが学生自治会長選挙に出馬したおりには、クリッツが票あつめを担当した。過去四年のあいだクリッツは、報道担当官と首席補佐官、国家安全保障顧問をつとめたばかりか、国務長官までつとめていた。しかし国務長官としての任期は、わずか三カ月でおわり、そそくさと首がすげ替えられた。他に類を見ないクリッツの外交政策が、あやうく第三次世界大戦を引き起こしかけたからである。クリッツがさいごに任命されたのは、前年の十月。再選をめぐる大騒動の狂乱の一語につきるさいごの数週間のことだった。世論調査でモーガン大統領の支持率がすくなくとも四十の州で惨澹《さんたん》たる結果が出たのを受け、クリッツは選挙対策総本部長の地位についたが、その活動も支持者をいっそう離反させただけにおわった――ただしアラスカがその例外だったかどうかについては、議論のわかれるところ。

歴史に残る選挙だった――というのも、現職大統領の得票数がこれほど少なかったのは前代未聞《みもん》だったからだ。正確には三票。すべてアラスカ州における得票だった。クリッツの助言を容《い》れて、モーガン大統領が遊説《ゆうぜい》で訪れなかった唯一《ゆいいつ》の州。対立候補の得票数は五百三十五票、モーガンは三票。総崩れというお決まりの表現では追いつかないほど完膚なきまでの大敗だった。

得票数の集計がおわったあとで、対立候補は――モーガンにとっては困った助言を受けて――アラスカ州の投票結果に異議をとなえる道を選んだ。全国選挙人五百三十八票すべてが自分に投じられなかったのはおかしい、というのがその理屈だった。大統領選挙に出馬した候補者が、対立候補に一票すら許さずに勝利し、文句のない完封勝ちをおさめる機会など、この先二度とないに決まっているからだ。かくしてアラスカで訴訟の嵐《あらし》が吹き荒れるあいだ、大統領は選挙にくわえてさらに六週間の苦悶《くもん》の月日を過ごすことになった。最終的に州最高裁判所が、アラスカ州三人の選挙人による三票を正式に大統領のものだと認める判決を出し、モーガンとクリッツはほとんど無言のままシャンペンで乾杯した。

選挙人を選ぶ一般投票では、わずか十七票という僅差《きんさ》での勝利だったことが確定してはいたが、それでもモーガン大統領はアラスカ州に惚《ほ》れこんだ。

こんなことなら、訪問する州をもっと減らしておくべきだった。

地元のデラウェアでさえ、モーガンは敗北を喫していた。この州の有権者たちにも、かつては見識があった——八年ものすばらしい歳月のあいだ、モーガンに知事をつとめさせていたのがその証拠。モーガンがアラスカ訪問の時間をひねりだせなかったのと同様、対立候補はデラウェア州を徹底的に無視していた。これといった選挙組織もおかず、テレビCMを流すこともせず、一回も遊説で立ち寄らなかった。それでいて対立候補は、なんと五十二パーセントを得票したのである！

いまクリッツはぶあつい革ばりの椅子《いす》に腰かけていた。手にした手帳には、いますぐ処理しなくてはならない百もの案件のリストが書きつけられている。クリッツが見まもる前で、大統領は窓から窓へとゆっくり移動しながら——なにを夢見ているのかはいざ知らず——外の闇《やみ》を見つめていた。いま大統領は失意の男、屈辱を嚙《か》みしめている男。五十八歳にして人生はおわり、キャリアは台なし、結婚生活は崩壊中。モーガン夫人はすでに故郷デラウェアのウィルミントンに引き返していて、アラスカの山小屋に住もうという話を大っぴらに笑いものにしていた。クリッツは内心ひそかに、この友人が残る生涯を狩猟や釣りをして暮らしていけるものかどうかと疑いをいだいていたが、モーガンにとっては夫人と三千二百キロ以上も離れて暮らすことが魅力的に思えるのだろう。どちらかといえば名門の出身であるファーストレディが、うっかりネブラスカ州のフットボール・チームの名前を〝スーナーズ〟などとまちがうことさえなければ、あるいはネブラスカで勝利をおさめられたかもしれなかった。いうにことかいて、ネブラスカ・抜け駆け野郎《スーナーズ》どもとは！

一夜にして——ネブラスカ州はもちろん、〝先駆けの移住者の州《スーナー》〟という別名をもつオクラホマ州でも——モーガンの支持率は回復不可能なほど急低下した。

おまけに大統領夫人は、テキサスでは受賞歴のあるチリをひと口食べるなり吐きはじめた。急いで病院に運ばれているあいだの夫人の声を偶然マイクがとらえており、その言葉はいまもまだ有名である。「いくらこんな田舎だとはいえ、よくもまあ、あんな腐ったげろみたいなものが食べられるわね」

ネブラスカの選挙人は五人。テキサスは三十四人。ネブラスカの地元フットボール・チームを侮辱しただけだったら、まだしも首の皮一枚はつながったかもしれない。

しかし、テキサス州のチリをここまで見くだす発言ののちも、なお命脈をたもてる大統領候補はひとりもいない。

なんという選挙運動だったことか！　クリッツとしては、いっそ本にまとめたいくらいの気分だった。あれだけの大災厄となれば、だれかが記録しておく必要がある。

四十年におよぶ両者の協力関係にも、まもなくピリオドが打たれようとしていた。すでにクリッツは軍需企業の年収二十万ドルのポストを確保していたし、藁《わら》にもすがる思いで金を出そうという者がいれば、求めに応じて一回五万ドルで講演旅行を引きうけるつもりもあった。これまでの生涯をずっと公職ひと筋に捧《ささ》げてきたおかげで、家計は破綻《はたん》しているうえ、たちまち老《ふ》けこんだこともあり、一刻も早く金を稼いでおきたいのが本音だった。

大統領はジョージタウンにある豪華な自宅を売却し、かなりの利益を得ていた。すでにアラスカに小さな農場を購入ずみ。アラスカ州の人々は自分を敬慕しているはずだからだ。そこを終《つい》の棲《すみか》にする心づもりだった。狩りをして、釣りを楽しみ、回想録を書いてもいいかもしれない。アラスカでなにをするにしても、政治やワシントンとはまったく無関係なことに限定するつもりだった。老賢の上院議員、超党派のお祖父《じい》さん的存在、経験からつちかった叡知《えいち》の言葉を口にする存在にはなれるべくもない。

別れを告げるツアーもなし、党大会でのスピーチもなし、政治学がらみの財団のポストもなし。大統領記念図書館もなし。すでに国民は、いかずちの轟《とどろ》きめいた声で明確に意志を述べているではないか。彼ら国民が自分を必要としないのであれば、なに、こちらも国民のいないところで生きていけるに決まっている。

「カシネッロをどうするかを決めなくてはなりません」クリッツはいった。

大統領はあいかわらず窓べに立って、なにもない闇を見つめながら、なおデラウェアについて考えをめぐらせていた。「だれだって？」

「フィギー・カシネッロ。例の映画監督です——若い女優の卵と性的関係をもったとして、有罪判決を受けました」

「若いというのは？」

「たしか、当時十五歳だったかと」

「それはまた、ずいぶん若いな」

「たしかに。カシネッロはアルゼンチンに逃亡して、かれこれ十年になります。で、いまさらホームシックになって、アメリカに帰りたがっている。またしても、おぞましい映画を撮りはじめたい一心でね。本人の弁によれば、みずからの芸術に帰国しろと呼びかけられているのだとか」

「どうせ、年端《としは》もいかぬ娘たちにも帰国を呼びかけられているくせに」

「それもあるでしょう」

「十七歳なら気にならないが、十五歳はいくらなんでも幼すぎる」

「五百万までなら出せるという話をもちかけられています」

大統領はふりむいて、クリッツの顔をまじまじと見つめた。「特赦のために五百万ドルを出そうといってるのか？」

「ええ。しかも迅速な動きを求めています。金はスイスから電信送金の予定。ただいまスイスの現地時間は夜中の三時です」

「金の移動先は？」

「外国の銀行にあるわれわれの口座に。簡単です」

「マスコミはどう反応する？」

「非難囂々《ごうごう》でしょう」

「どうせ、いつだって非難囂々だ」

「一段と激しい非難囂々の嵐になりますね」

「とはいえ、本心ではマスコミのことなど気にかけてはいないんだがな」モーガンはいった。

だったらなぜ質問した？　クリッツはそういいたかった。

「金の出どころをたどられる心配は？」

「ありません」

大統領は右手で、うなじをぼりぼりと掻《か》きはじめた。むずかしい決断に直面したときの、いつもの癖だった。北朝鮮にあわや核ミサイルを撃ちこみかけた十分前には、うなじの皮膚を掻きむしってしまい、にじみでた血が白いワイシャツの襟を赤く染めていた。「答えはノーだ。やはり十五歳は幼すぎる」

ノックもないままドアがあいて、大統領の息子のアーティーが片手にハイネケンの缶を、反対の手に数枚の書類をもって、執務室にずかずかとはいりこんできた。

「いましがたＣＩＡと話をしたよ」と、当たり前のような口調でいう。色落ちしたジーンズ姿で、ソックスは穿《は》いていない。「メイナードがこっちに向かってるってさ」

アーティーはそれだけ口にすると、書類をデスクに無造作に落とし、荒っぽくドアを閉めて去っていった。

アーティーなら、映画監督の相手の娘が何歳だろうとおかまいなし、ためらいも見せずに五百万ドルを懐《ふところ》に入れるだろう、とクリッツは思った。どのみち十五歳は、アーティーにとって幼すぎる年齢ではない。自分たちはカンザス州も勝ちとれたはずだ

――アーティーがトピーカのモーテルで、三人のチアリーダーと同室している現場を押さえられることさえなかったら。しかも、三人のうち最年長でも十七歳だった。スタンドプレーをこよなく愛する検察官が起訴をようやく取り下げたのは、選挙がおわった二日後のこと。三人の少女全員が、アーティーと性交していないと主張する供述書に署名をしたからである。ただし、じっさいにはその寸前までいっていた。ありとあらゆる種類の乱痴気騒ぎが勃発《ぼっぱつ》するわずか数秒前に、ひとりの少女の母親がモーテルの客室のドアをノックし、乱交が現実となることを防いだのである。

大統領は革ばりの安楽椅子に腰かけ、なんの意味もない書類をめくって目を通すふりをしていたが、やがてこうたずねた。「バックマンについての最新情報は？」

ＣＩＡ長官を十八年つとめているにもかかわらず、テディ・メイナードがホワイトハウスに足を踏みいれた回数は十回にもおよばなかった。晩餐《ばんさん》会にはいちどとして出席していないし（毎回、健康上の理由を口実に断わった）、外国の要人たちに挨拶《あいさつ》をしたこともない（これっぽっちの関心もなかったからだ）。まだ歩けた時分には、おりおりにホワイトハウスを訪ねては、ときどきの大統領と話しあったこともないではないし、そうした場にひとりかふたりの政策立案者が同席したこともあったかもしれない。しかし現在では車椅子生活のため、ホワイトハウスとの意志疎通《そつう》手段は電話だ。それでも、これまで二回ほど副大統領がわざわざラングリーの本部まで車で出向いてきて、メイナード長官と会ったこともあった。

車椅子にも利点があるとするなら、どこに出かけるにせよ、どこにとどまるにせよ、さらにはなにか発言するにせよ、なにもかも自分の好き勝手にするための最高の口実になってくれるところだ。足の不自由な年老いた男を小突きまわしたがる人間はいない。

五十年近くスパイ稼業《かぎょう》に身をやつしてきたいま、メイナードは移動にあたって、堂々と自分の背後をまっすぐ目におさめておくという贅沢《ぜいたく》を思うがままに享受《きょうじゅ》していた。移動にもちいるのは、なんの目印もない目だたぬ白いヴァンだ。窓は防弾ガラス、車体は鉛板で補強してあり、充分以上に武装した運転手のうしろの席には、やはり充分以上に武装した男がふたりもすわっている。車椅子はうしろをむく形で後部座席の床に固定する。そのためメイナードは、相手に見られることなく、後続車を目にすることができた。一定の距離をたもって、ほかに二台のヴァンがあとから走ってくる。その企かりにだれかが長官に近づこうなどと見当ちがいの料簡《りょうけん》を起こしたところで、その企てはたちどころに阻止されるはずだ。とはいえ、そんな事態はだれも予想していなかった。世界の大半は、テディ・メイナードがすでに死んでいるか、生きているとしても、高齢者になったスパイたちが送りこまれる秘密の老人ホームあたりで、残り少ない余生を漫然と過ごしているにちがいないと思いこんでいるからだ。

メイナードは、その思いちがいをそのままにしておくことを望んでいた。

いまは全身をぶあついグレイのキルトに包みこみ、忠実なる助手のホビーに世話をされていた。車が時速百キロをたもったまま首都環状道路《ベルトウェイ》を走っていくあいだ、メイナードはホビーが魔法瓶からそそいだ緑茶をすこしずつ飲んでは、うしろを走る車をながめていた。ホビーは車椅子のとなり、専用につくられた革ばりのスツールに腰かけていた。

緑茶をひと口飲んでから、メイナードはいった。「いまバックマンはどこに？」

「独居房です」ホビーは答えた。

「うちの部下は所長といっしょか？」

「ええ、所長のオフィスでいっしょに待っています」

紙コップからまたひと口。紙コップは両手で注意ぶかく守られている。両手は力なく、血管が浮きでていて、皮膚は牛乳の色だ――ひと足先に肌だけが死んで、体のほかの部分が追いつくのを待っているかのように。「あの男を国外に出すには、どのくらいの時間がかかる？」
「おおむね四時間です」
「飛行機はもう用意できているのか？」
「準備万端ととのっています。あとは青信号になるのを待つばかりです」
「となると、あの馬鹿者《ばかもの》がわたしとおなじ見方をすることを祈るだけだな」

クリッツと〝馬鹿者〟の当人は、ともに大統領執務室の壁をただ見つめていた。重苦しい沈黙を破るのは、ふたりのどちらかがおりおりに口にするジョエル・バックマンについての発言のみ。ふたりの男は、なにかの話題を口にしないではいられなかった――どちらも、いま念頭にあることを正直に話すつもりはなかったからである。

こんなことがほんとうになるのか？

とうとうピリオドを打つときが来たのか？

四十年。コーネル大学をふりだしにして、ここ、大統領執務室まで。終幕はあまりにもあっけなく訪れた――ふたりには、適切な準備をする間さえなかった。ふたりとも、あと四年の歳月があるものと決めてかかっていた。栄光に満ちたその四年で周到に伝説を織りあげたのちに、夕陽にむかって堂々と馬を進めていくものだと決めてかかっていた。

夜も遅い時間だったが、外の闇《やみ》は先ほどよりもなお深まったかに感じられた。ローズガーデンを見おろす窓は黒一色。煖炉《だんろ》の上にかかった時計の針の、最終カウントダウンにむけて進んでいく音さえもが耳にきこえるようだった。

「バックマンに特赦を与えたら、マスコミはどう反応するだろうな?」大統領はたずねた。この質問を口にするのも、これが初めてではない。

「手のつけられない騒ぎになりますね」

「おもしろそうじゃないか」

「どうせ、あなたはもうここにはいないことだし」

「たしかに」あした正午に権力の委譲をおえたら、その足で大統領は逃避行に出ることになっていた。手はじめに、自家用ジェット機(某石油会社の所有)でバルバドス島にある友人の別荘まで。モーガン大統領の希望で、すでに別荘からはテレビが撤去してある。新聞も雑誌も配達されないし、すべての電話線が抜かれていた。別荘ではだれとも——クリッツとさえも——接触しない。とりわけ接触したくない相手は妻だ。最低でも一カ月は。ワシントンが燃え落ちようともかまわなかった。いや、内心ひそかにワシントンが燃え落ちればいいと思っていた。

バルバドス島での滞在をおえたら、隠密《おんみつ》旅行でアラスカの農場の小さな家に身を移す。そのあとも世界に背を向けたまま、冬がおわって春が来るのを彼《か》の地でひたすら待つのだ。

「われわれはバックマンに特赦を与えるべきかな？」大統領はたずねた。

「おそらく」クリッツは答えた。

大統領はいつしか〝われわれ〟と発言するモードに切り替わっていた。支持が望めない決断をくだす段になると、大統領は例外なく〝われわれ〟を主語にした。反対に簡単な決断の場合には、一貫して〝わたし〟が主語になる。支柱を必要としたときはもちろん、とりわけ責任をなすりつける相手を必要としたときには、大統領は意志決定プロセスを公開し、その席にクリッツを含めた。

クリッツは四十年にわたって、責任をなすりつけられてきた。確かにそんな身分に慣れていたとはいえ、いささかうんざりしていたのも事実だ。「ジョエル・バックマンがいなかったら、われわれがこの部屋にいることはまずなかったでしょうな」

「その意見にも一理あるかもしれん」大統領はこれまで一貫して、自分が選挙でこの地位につけたのは、ひとえにおのれの卓越したキャンペーン能力とカリスマ性にあふれた人徳、問題の本質を鋭く見ぬく超人的な才能、およびアメリカの未来に明確なヴィジョンをそなえていたためにほかならないと主張してきた。そんな大統領がここにきてジョエル・バックマンにいくばくかの恩義があると自分から認めたのは、衝撃の告白といってもさしつかえなかろう。

しかし、すでに感覚が麻痺《まひ》していたうえに倦《う》み疲れきってもいたクリッツは、衝撃を感じることもなかった。

六年前に起こったバックマン・スキャンダルはワシントンの大半を飲みこみ、やがてホワイトハウスにも飛び火した。高い支持率を誇った当時の大統領の頭上にもたちまち暗雲が垂れこめ、アーサー・モーガンがおぼつかぬ足どりでホワイトハウスにはいるための歩道を形づくった。

そしておなじ、おぼつかない足どりでここから出ていくことになったいま、大統領はこれまでの四年間、自分を仲間はずれにしつづけたワシントンのエスタブリッシュメント連中に鼬《いたち》の最後っ屁《ぺ》を浴びせるのもおもしろかろう、と考えていた。ジョエル・バックマンに特赦を与えれば、ワシントンDC一帯のあらゆるオフィスの壁が揺さぶられ、マスコミは衝撃のあまり狂乱状態におちいるだろう。それもわるくない。自分がバルバドス島に隠れ住んでいるあいだ、ワシントンはまたしても麻痺してしまう——議員たちが公聴会開催を要求し、検察官たちはカメラの前でのパフォーマンスに精を出し、ケーブルテレビのニュース番組では鼻もちならぬうぬぼれ屋ぞろいのコメンテイター連がノンストップでしゃべりつづけるだろう。

大統領は、暗闇にむかってにやりと笑った。

ポトマック川にかかるアーリントン記念橋を車がわたっているあいだ、ホビーはふたたび長官の紙コップに緑茶をそそいだ。

「ありがとう」メイナードは静かな声でいった。「あした執務室を出たあとのモーガンの予定は？」

「この国から逃げだすそうです」

「どうせなら、もっと早く逃げればよかったのに」

「まずカリブ海の島に一カ月滞在する予定です——傷を舐《な》め、世界に背中をむけ、ふくれっ面《つら》で文句をいいながら、関心を示してくれる人物の訪れを待つ、といったところで」

「モーガン夫人は？」

「すでにデラウェアに帰って、ブリッジ三昧《ざんまい》の日々ですね」

「離婚するのかね？」

「大統領が賢明なら。どうなるかはだれにもわかりません」

メイナードは慎重な手つきで緑茶をひと口飲んだ。「で、もしモーガンが抵抗した場合、こちらにはどんな武器が？」

「あの男が抵抗するとは思えません。準備段階の交渉は順調でした。クリッツは当方と同意見のようです。モーガンにくらべれば、よほど機を見るに敏な男ですからね。クリッツは当方と同意見のようです。バックマン・スキャンダルがなければ自分たちが大統領執務室のぬしになることはなかったとわきまえています」

「先ほどもいったが、大統領が異をとなえた場合、こちらの武器になる材料は？」

「ありていにいって、ひとつもありません。あの男は阿呆《あほう》ですが、身辺は清潔ですから」

一行を乗せた車はコンスティテューション・アヴェニューから一八番ストリートにはいり、それからほどなくしてホワイトハウスの東ゲートをくぐった。マシンガンをかまえた男たちが暗闇からたちどころに姿をあらわし、つづいて黒いトレンチコート姿のシークレット・サーヴィスの面々がヴァンに停止を命じた。合言葉のやりとりがあり、無線機が音をたてた。数分後、テディ・メイナードはヴァンから外に降ろされた。建物にはいってから車椅子《いす》の検査もおこなわれたが、厚着をした足の不自由な老人以外、なにも見つからなかった。

アーティーは――今回はハイネケンを手にしていなかったが、前回同様にノックもしないまま――ドアから顔だけ突き入れて、こう知らせた。「メイナードが来たぞ」

「あの男はまだ生きていたのか」大統領はいった。

「かろうじて」

「では、この部屋に連れてこい」

まず車椅子、そのあとからホビーと副長官のプリディが大統領執務室にはいってきた。大統領とクリッツは客人に挨拶し、煖炉の前の談話コーナーに案内した。メイナードはホワイトハウスを避けていたが、プリディはここに住みついているも同然で、毎朝諜報《ちょうほう》関係の問題について大統領に要旨説明《ブリーフィング》をおこなっていた。

一同がそれぞれの席に落ち着くあいだ、メイナードは隠しマイクや盗聴器をさがしているような目を室内のあちこちに向けていた。ただし、そんな機械が存在していないことには確信があった。あの手の習慣はウォーターゲートでおわった。ニクソンは、小さな町への送電をまかなえるほど大量のケーブルをホワイトハウスじゅうに張りめぐらせたが、その代償を支払わされたことはいうまでもない。しかしメイナードはといえば、録音機器を忍ばせていた。車椅子の心棒の上、座面からほんの数センチ下に強力な録音機が周到に隠してあった。この録音機はこれから三十分間、室内のあらゆる音声を記録することになっていた。

メイナードはモーガン大統領に笑みを見せようとはしていたが、内心ではこんな言葉を発したくてたまらなかった。わたしが会ってきた政治家のなかでは、おまえが文句なく最低最悪の愚か者だよ。おまえのようなうつけ者をトップに据えられるのは、世界広しといえどもアメリカだけだな。

モーガン大統領はテディ・メイナードに笑顔をむけていたが、内心ではこんな言葉を発したくてたまらなかった。四年前にきさまを罷免《ひめん》しておけばよかった。きさまの配下のCIAときたら、ずっとわが国の面汚しだったんだから。

メイナード：わずか十七票差だったとはいえ、おまえがひとつの州で勝ったという話には、正直腰を抜かすほど驚いたぞ。

モーガン：きさまときたら、街頭に巨大な広告看板が出ていたって、テロリストのひとりも見つけられないくせに。

メイナード：釣果《ちょうか》を祈るよ。まあ、得票数以上の鱒《ます》も釣れやしないだろうが。

モーガン：みんなが口をそろえて、きさまはあっさり死ぬと断言していたのに、なんで予測どおりに死んでくれなかった？

メイナード：大統領はつぎつぎ替わる。だが、わたしは去らない。

モーガン：きさまを長官のままにしておきたいというのは、クリッツの希望だった。仕事にありつけているのもクリッツのおかげだと心得ろ。個人的には、就任式から二週間もすると、きさまのケツを袋に詰めこみたくてたまらなかったがな。

クリッツが声に出してたずねた。「コーヒーはいかがですか？」

メイナードが、「いらない」とひとこと返事をし、そのことが一同に知れわたるなり、ホビーとプリディも同様に辞退した。ＣＩＡがコーヒーは不要だといったからには、大統領はこう答えるしかなかった。「では、砂糖二杯のブラックを頼む」

クリッツは、半分だけあいている横の扉の向こうに立っていた秘書にうなずいて合図を送ると、あつまった一同にむきなおって口をひらいた。「さてと、あまり時間がありません」

メイナードがすかさず発言した。「ここに来たのは、ジョエル・バックマンの件を話しあうためだ」

「そう、だからこそ、こうしてあつまっているわけでね」大統領はいった。

「すでに諸君も知っているとおり」メイナードは、大統領を無視しているかのように先をつづけた。「ミスター・バックマンは、黙秘をつらぬいたまま刑務所に行った。あの男はいまなお秘密をかかえこんでいるし、率直にいわせてもらうなら、その秘密は国家安全保障さえ脅《おびや》かしかねん」

「だからといって殺すわけにはいきません」クリッツが口をはさんだ。

「われわれがアメリカ市民を標的にできるわけはないよ、ミスター・クリッツ。違法行為ではないか。むしろ、その仕事はほかの人間にまかせたいね」

「話がわからないんだが」と大統領。

「さて、そこでこんな計画を立てた。きみがバックマンに特赦を与え、バックマンが特赦を受けたと仮定しよう。その場合、われわれは数時間以内にバックマンの身柄を国外に移す。死ぬまで隠棲《いんせい》生活を送るという条件を、あの男が飲まないはずはない。あの男の死を願っている者はあちこちにいるし、当人もそのことは知っているのだから、国外移送にはなんの障害もないはずだ。われわれはあの男を外国に住まわせる。そうだな、おそらくはヨーロッパのどこか、監視しやすい土地にね。バックマンは新しい名前と身分を得て、自由な市民になる。なに、しばらくすれば、人々はジョエル・バックマンのことを忘れるだろうな」

「しかし、それで一件落着ではない……と」クリッツがいった。

「そのとおり。こちらはじっと待つ。そう……一年ほど待ったのち、しかるべき場所でこの情報をリークする。情報を入手した連中が、バックマンをさがしあてて殺す。彼らがいざバックマンを殺せば、われわれがいだく幾多の疑問にもあらかた答えが出るだろうな」

そのあとの長い沈黙のあいだ、メイナードはじっとクリッツを見つめ、視線を大統領に移した。ふたりが心底から困惑していることは確実だと見てとると、メイナードは言葉をつづけた。

「すこぶる単純な計画だよ、諸君。だれがバックマンを殺すかという問題、それにつきる」

「では、監視をつづけると？」クリッツがたずねた。

「きわめて綿密にね」

「バックマンを狙《ねら》っているのはだれなんだ？」大統領がたずねた。

メイナードは血管の浮いた手を組み直すと、わずかに体を反らし、三年生のちびどもに語りかける教師そっくりに、長い鼻にそって視線を下にむけた。「おそらくはロシア人と中国人。ことによればイスラエル人も。それ以外にいてもおかしくはない」

もちろん、ほかにもいるに決まっている。しかし、メイナードがこの席で知識を披露すると思っている者はひとりもいなかった。メイナードが知識を人に明かしたことはないし、この先も明かすことはないだろう。だれが大統領だろうと、その大統領の執務室での残り時間がどれほどだろうと関係ない。大統領はあらわれては、去っていく。ここに四年いる者もいれば、滞在が八年におよぶ者もいる。諜報活動を愛する大統領もいれば、最新の世論調査にしか関心のない大統領もいる。モーガンがとりわけ不得意としていたのは外交政策だ。モーガンの大統領としての任期もあと数時間単位になったいま、メイナードはバックマンの特赦を得るために最小限必要な情報以外は明かすつもりはなかった。

「バックマンがそんな条件での取引に応じる理由は？」クリッツがたずねた。

「あるいは応じないかもしれないな」メイナードは答えた。「しかし、あの男はこの六年というもの、ずっと独居房に監禁されているんだ。一日二十四時間、狭苦しい牢《ろう》屋《や》に閉じこめられているんだよ。日光浴は一日一時間。シャワーは週三回。食べ物はお粗末——きいた話だと、二十五キロ以上も体重が落ちたというぞ。体調もあまりよくはないらしいな」

いまから二カ月前、あの総崩れ選挙のあとで今回の特赦計画を立案しながら、テディ・メイナードはあまた確保している伝手《つて》のいくつかをたぐり、バックマンの刑務所での生活環境をさらに悪化させていた。その結果、独居房の気温は摂氏五度さげられ、バックマンはひどい風邪をひいたという。それまでも味気ないというほかなかった食事は、いったんできあがったあとでふたたびフードプロセッサにかけられ、冷まして出されることになった。トイレの水洗は二回に一回しか流れなくなった。夜になれば、看守たちが時間を選ばずにバックマンを叩《たた》き起こした。電話をかける回数は制限された。これまで週に二回利用していた法律図書館は、いきなり立入禁止になった。弁護士でもあるバックマンは当然自分の権利を熟知しており、刑務所当局と政府を相手どってあらゆる種類の訴訟を起こしてやると息まいている。ただし、じっさいに訴えを起こすにはいたっていなかった。戦いの影響があらわれつつあった。いまバックマンは睡眠薬と抗鬱剤《プロザック》を要求していた。

「つまりジョエル・バックマンが殺害される環境をととのえたいがために特赦を要求しているということかな？」大統領はたずねた。

「いかにも」メイナードはぶっきらぼうに答えた。「ただし、じっさいの殺害まで手配するわけではない」

「しかし、現実にはそうなる」

「そのとおり」

「バックマンが死ぬことこそ、わが国の国家安全保障の観点からいって最上の利益になるんだね？」

「わたしはそう確信しているよ」

2

ラドリー連邦刑務所の独居房棟には、まったく同一のつくりの独居房が四十部屋あった。三・六メートル四方で、窓も鉄格子《ごうし》もない。コンクリートの床もコンクリートブロックの壁も緑色の塗装。頑丈な金属製のドアには、食事のトレイを入れるための細い隙間《すきま》が床に近い部分にあり、おりおりに看守が房内をのぞきこむための覗《のぞ》き穴があった。この収監棟に収容されているのは、政府の情報屋やドラッグ関係の密告者、マフィアの不適応者、それにスパイがふたりほど。いずれも、故郷には彼らののどを喜んでかっさばく連中がうようよいるため、こうして隔離して収監しておく必要のある面々だった。保護拘置処分を受けている四十人の収監者の大半は、ここ独居房棟への収監をみずから希望した者だった。

ジョエル・バックマンが眠ろうとしていたそのとき、いきなりふたりの看守が音高くドアをあけ、房内の照明のスイッチを入れた。

「所長が来いといってるぞ」看守のひとりがいった。それ以上の説明はなかった。三人を乗せた刑務所のヴァンは、それほど厳重な警備が必要ではない囚人を収容している数棟の前を通って、凍えるようなオクラホマ州の平原を横切り、管理棟の正面に到着した。これといって明らかな理由もないまま手錠をかけられていたジョエルは、急《せ》き立てられるがまま建物にはいって階段を二フロアぶんあがり、さらに長い廊下を歩いて、広々としたオフィスにたどりついた。オフィスの照明はともっており、なにやら重要な事態が進行中のようだった。ジョエルは時計に目をむけた。まもなく午後十一時だった。

これまで所長に会ったことはなかったが、これは特筆すべきことでもなんでもない。当然の理由がいくつもあるが、所長が施設内を巡視することはない。公職選挙に出馬するわけではないし、配下の面々を鼓舞することにも関心はなかった。所長のほかには、スーツ姿の男が三人。みな真剣そうな顔つきで、これまでしばし歓談のひとときを過ごしていたらしい。アメリカ政府所有の建物では喫煙は厳禁だが、この部屋の灰皿には吸殻がてんこ盛りになっており、天井近くには濃い煙が浮かびただよっていた。

紹介の言葉をまったく口にしないまま、所長はいった。「そこの椅子《いす》にすわりたまえ、ミスター・バックマン」

「お会いできてなにより」ジョエルはそういいながら、室内にいるほかの男たちを見まわした。「さて、いったいどうしてわたしがここに呼ばれたのかな？」

「これからそれを話しあおうと思ってね」

「頼むから、この手錠をはずしてもらえないか？　だれも殺したりしないと約束するよ」

所長がいちばん近くにいた看守にむかって、ぱちりと指を鳴らした。看守はたちどころに鍵《かぎ》をとりだして、ジョエルの両手を自由にした。仕事をすませると看守はそそくさと部屋から出ていき、ドアを荒っぽく閉めた——これがきわめて神経質な男である所長の癇《かん》にさわった。

ついで所長は、男たちそれぞれを指でさし示しながら話しはじめた。「こちらはFBIの特別捜査官。こちらが司法省のミスター・ネイブ。それからこちらが、やはりワシントンから来たミスター・サイズモアだ」

三人のだれひとり、ジョエルに近づこうというそぶりさえ見せなかった。ジョエルはあいかわらずその場に立ったまま、心底からの困惑の表情を見せていた。とりあえず、あまり気乗りはしないが礼儀正しく接しようと思い、三人に会釈《えしやく》をした。しかし、この礼儀がむくわれることはなかった。

「すわってくれたまえ」所長にそういわれて、ようやくジョエルは椅子に腰をおろした。「ありがとう。ミスター・バックマン、きみも知ってのとおり、まもなく新しい大統領が宣誓のうえで就任する運びとなった。モーガン大統領はもうすぐ退場する。そのモーガン大統領は、いまこのとき大統領執務室できみに完全な特赦を与えるかどうかという決定について考慮中だ」

ジョエルはいきなり激しい咳《せき》の発作に見舞われた。原因のひとつは極地を思わせる独居房の寒さだったが、〝特赦〟という単語に感じたショックもまた原因だった。

司法省のネイブが、水の瓶をジョエルに手わたした。ジョエルは貪《むさぼ》るように水を飲んだ。あふれた水があごを濡《ぬ》らして、ようやく咳がおさまった。

「特赦だと？」そう低い声でつぶやく。

「完全な特赦だ——ただし、いくつか条件がある」

「しかし、どうして？」

「わたしには理由はわかりかねるな、ミスター・バックマン。また、どういう事情なのかを理解することはわたしの職務ではない。わたしはただのメッセンジャーだ」

肩書や所属が長々と述べられることなく、ただ〝ワシントンから来た〟としか紹介されなかったサイズモアが口をひらいてジョエルに話しかけた。「これは取引だ。こちらが完全な特赦を与えるのと引き換えに、きみは国外に出て二度とアメリカにもどらず、新しい名前と身分のもと、だれもきみを見つけられない土地で暮らすという条件に同意してもらう必要がある」

なんの異存があるものか、とジョエルは思った。だれからも見つからなければ本望だ。

「しかし、どうして？」ジョエルは最前とおなじ言葉をつぶやいた。左手に握っている水の瓶がかすかにわなないているのが、じっさいに見えるほどだった。

ワシントンから来たサイズモアはふるえる瓶を見ながら、ジョエル・バックマンをつぶさに観察していた。短く刈りこまれたごま塩頭にはじまって、くたびれた安物のスニーカーと刑務所支給の黒靴下にいたるまで目を走らせると、いやでも逮捕前のこの男の姿が思い起こされた。一冊の雑誌の表紙が脳裡《のうり》に浮かぶ。美麗な写真にとらえられたジョエル・バックマンは、一分の隙もなく細部まで入念に仕立てられたイタリア製の黒いスーツを着こなし、およそ人間としては最上級のうぬ惚《ぼ》れをのぞかせた顔でカメラを見つめていた。髪はいまよりも長く、もっと黒かった。ハンサムな顔はほどよい肉づき、皺《しわ》は一本もなかった。腹まわりの恰幅《かっぷく》のよさは、パワーランチや四時間におよぶディナーの機会が多いことを物語っていた。ジェット機とヨット、それにコロラド州ヴェイルの別荘を所有し、それらについて喜んで人に語りきかせていた。写真のバックマンの頭の上に大きな活字で刷りこまれていたのは、こんな文句だった。

《黒幕《フイクサー》――この男こそワシントン第二の権力者か？》

サイズモアのブリーフケースには、雑誌の現物がおさめてあった。それ以外に、ジョエル・バックマンについてのぶあついファイルもある。サイズモアはワシントンからオクラホマ州タルサへの飛行機の機内で、ファイルの中身に目を通していた。

雑誌の記事によれば、当時のバックマンの年収は一千万ドルを超えていたらしいが、本人は記者に謙遜《けんそん》していたという。バックマンが創設した法律事務所は、二百人の弁護士をかかえていた。ワシントンの水準からすれば小規模な事務所だが、政治の世界において最高の権力をそなえた事務所であることは疑いをいれなかった。この事務所は、本物の弁護士たちが法律実務をこなす場所ではなく、ロビー活動マシンだった。豊富な資金を有する大企業や外国政府のための売春窟《くつ》といったほうがいい。

それを思えば、これはまたなんという凋落《ちょうらく》ぶりか。サイズモアは、ふるえている瓶を見ながらそう心中で思った。

「話がよく理解できないのだが」ジョエルはなんとかささやき声を出した。

「くわしく説明する時間の余裕はない」サイズモアはいった。「これは緊急の取引でね。残念なことに、きみにも諸事情を勘案する時間はないんだ。だから、この場で即断してほしい。イエスかノーか。今後もここにとどまるのか、それとも新しい名前をもらって世界の反対側で暮らしたいのか?」

「どこで?」

「それはわからない。しかし、いずれは判明する」

「わたしの身は安全なのかな?」

「きみが、先の質問に答えた場合にかぎられるがね」

この言葉に考えをめぐらせているあいだ、ジョエルの体がますます大きくふるえはじめた。

「出発はいつになる?」ジョエルはゆっくりとした口調でたずねた。一瞬、その声が力をとりもどした。しかし、つぎの激しい咳の発作がいつ見舞ってきてもおかしくはなかった。

「いますぐだ」サイズモアはいった。今回の会合の主導権を握っているこの男が、所長とFBIと司法省を傍聴者の立場に追いやっていた。

「いますぐ……というのは文字どおりの意味で?」

「きみが独居房にもどることはない」

「そりゃいい話だ」ジョエルがいい、ほかの面々は苦笑するほかはなかった。

「きみの独居房の前で看守が待機している」所長はいった。「運びだしたい品があれば、看守がなんでもこっちに運んでくるぞ」

「どうせわたしの独居房の前には、いつだって看守が待機しているとも」ジョエルが鋭く所長にいいかえした。「待機しているのが、あのサディストのちび助、スローンとかいう看守だったら、わたしの剃刀《かみそり》を貸してやるから手首をかき切れと伝えてくれ」

　だれもが思わず息を飲み、この発言が暖房の送風口から外に流れだしていくのを待っていた。しかし言葉は流れでてはいかず、汚れた空気を切り裂いて、ひとしきり室内を騒々しく転げまわっていた。

　サイズモアが咳ばらいをし、体重を左の尻《しり》から右の尻に移しかえてから、ジョエルに話しかけた。「ホワイトハウスの執務室では、決断を待っている紳士たちがいるのだよ。この条件を飲んで取引に同意するかね？」

「大統領がわたしの決断を待っていると？」

「そういってもさしつかえはないな」

「あの男はわたしに借りがあるんだよ。わたしがあの地位につけてやったんだから」

「いまは、そういった問題を話しあっている場合ではないんだよ」サイズモアは穏やかな口調でいった。

「あの男は恩返しをしてくれるわけか？」

「あいにく、大統領の頭の中身をのぞく趣味はないのでね」

「あの男の頭に中身があると決めてかかっている言いぐさだな」

「いますぐ電話をかけて、きみの答えがノーだったと伝えてもいいんだよ」

「待て」

ジョエルは最初の瓶の水をすっかり飲み干すと、もう一本欲しいといった。それから服の袖《そで》で口もとをぬぐって、こう言葉をつづけた。

「すると、これは証人保護プログラムのようなもの、それに似たものだということかね？」

「公式のプログラムではないんだ、ミスター・バックマン。しかし、われわれが人を隠す必要に迫られることもままあるのでね」

「隠した人間をうしなう確率は？」

「それほど高い確率ではない」

「それほど高い確率ではない？　つまり、わたしの身の安全は完全には保障されないわけか」

「完全な保障など不可能だ。しかし、きみが安全に過ごせる確率はかなり高いといえるね」

ジョエルは所長に視線をうつして、こうたずねた。「わたしの刑期はあと何年残っているんだっけな、レスター?」

レスターと呼ばれた男は、ぎくりとして会話に引きもどされた。所長をレスターという名前で呼びかける者はいない。所長が自分のこの名前をきらって、使用を避けているからだ。デスクにあるネームプレートは、所長が〝L・ハワード・キャス〟という者だと宣言していた。「あと十四年だ。ついでにいっておけば、わたしを呼ぶ場合には〝キャス所長〟といいたまえ」

「キャスだと、このカスが。このままだったら、わたしは三年以内にくたばっているだろうよ。栄養不良と低体温症に健康管理の怠慢という条件がくわわれば、そうなるのはまちがいない。諸君、このレスターはここをじつに厳格に運営しているんだよ」

「話を先に進められないかね?」サイズモアがいった。

「もちろん、その条件を飲むとも」ジョエルはいった。「どんな馬鹿《ばか》だって同意して当然ではないか?」

司法省のネイブがようやく動きを見せて、ブリーフケースをひらいた。「これが必要な書類だ」

「きみはだれの下で働いているんだね？」ジョエルがサイズモアにたずねた。

「アメリカ合衆国大統領の下で」

「では、大統領に伝言を頼む。このあいだの選挙ではあいにく投獄されていたために一票を投じられなかったが、機会があったらあんたに票を投じていたはずだ、とな。ついでに、このわたしが感謝していたとも伝えてほしい。いいな？」

「わかった」

ホビーはふたたび緑茶を——夜中の十二時をまわっていたので、カフェインレスの緑茶を——紙コップにそそぐと、テディ・メイナードに手わたした。メイナードはキルトにくるまって、後続車の流れに目を凝らしていた。車はコンスティテューション・アヴェニューを走ってダウンタウンから遠ざかり、まもなくローズヴェルト橋にたどりつこうとしていた。メイナードは緑茶をひと口飲んでから、こういった。「モーガンほど馬鹿ならば、金と引き換えに特赦を売れるとは夢にも思わんだろうな。ただ、クリッツのほうは心配だ」

「西インド諸島のネヴィス島の銀行に新しい口座ができてます」ホビーはいった。「二週間ほど前に忽然《こつぜん》と出現しました。口座をひらいたのは正体不明の企業、この企業の所有者はフロイド・ダンラップです」

「だれだね、それは？」

「モーガンの政治資金調達係のひとりです」

「なぜネヴィス島なんだ？」

「オフショア金融で、目下もっとも注目を浴びている土地なので」

「動向は監視していると？」

「ええ、すべて監視しています。なんらかの資金移動があるとすれば、これからの四十八時間以内でしょうから」

メイナードはかすかにうなずくと、左に目を投げて、ケネディ・センターの一部を視界におさめた。「バックマンはいまどこに？」

「刑務所から出るところです」

メイナードはにたりとほほ笑み、また緑茶を口に運んだ。車が橋をわたるあいだ、ふたりは黙っていた。ポトマック川が背後に遠ざかると、ようやくメイナードは口をひらいた。「だれがあの男を殺すかな？」

「それがほんとうに重要なことだと？」
「いや、重要とはいえん。しかし、宝さがしのレースを高みの見物としゃれこむのは、さぞや楽しいだろうよ」

着古されてはいたが、糊《のり》のきいたプレスずみの軍服——肩章《けんしょう》や階級章がすべて取り去ってあった——と、ぴかぴかに輝く黒いコンバットブーツ。その上にぶあつい紺色のパーカを着て、フードをすっぽりと頭からかぶった姿で、ジョエル・バックマンはラドリー連邦刑務所から外に出てきた。時刻は夜中の十二時五分すぎで、出所予定が早まること十四年だった。この施設の独居房で過ごした歳月は六年。いま去るにあたっての荷物といえば、数冊の本と何枚かの写真をおさめた小さなキャンバス地のバッグひとつだった。ジョエルはいちどもふりかえらなかった。

今年で五十二歳。すでに離婚しており、無一文だ。三人いる子どもたちのうちのふたりからは絶縁を申しわたされていたし、以前の友人たちからは存在をすっかり忘れられている。収監後、文通を一年以上つづけてくれた者はひとりもいなかった。以前のガールフレンドのひとり——豪華なオフィスで追いかけまわした無数の秘書のひとり——が十カ月にわたって手紙を送ってくれていた。しかし、当初の風評とは異なり、ジョエル・バックマンが自身の法律事務所と依頼人たちから数百万ドルの金を詐取《さしゅ》した事実はなかったとFBIが結論づけた件をワシントン・ポスト紙が報道した時点で、手紙はぱったりと途絶えた。いったいだれが、刑務所にいる文無し弁護士のペンパルになりたいと思うだろう？　金持ちの弁護士ならともかく。

母親からは、おりおりに手紙がとどいた。しかし、カリフォルニア州オークランド近郊の低所得者層むけ老人ホームに入居している母親はすでに九十一歳。手紙がとどくたびに、いよいよこれがさいごの手紙だと感じられてならなかった。母親には週一回、欠かさずに手紙を書き送ったが、いまの母親に文字を読む能力が残っているとは思えなかったし、母親に手紙を読みあげるような時間のあるスタッフも、そもそもそんなことに関心をもつスタッフもいないにちがいない。母親からの返信にはかならず〝手紙をありがとう〟という一節がありこそすれ、こちらが書き送った手紙の内容にはまったくふれられていなかったからだ。また特別な記念日にはカードを送りもした。あるとき母親が手紙で、もうだれひとり自分の誕生日を覚えていない、と打ち明けてきたからだ。

ブーツはかなり重かった。足を引きずるようにして歩道を歩きながら、過去六年のあいだは靴を履かず、ほとんど靴下一枚で過ごしていたことに思いあたる。なんの前ぶれもないまま、ぽんと外界に押しだされたというのに、なんと妙なことを考えるものか。それにしても、さいごにブーツを履いたのはいつのことだったか？　この忌《い》まわしいしろものを、いつになったら脱げるのか？

つかのま足をとめて、空を見あげた。これまでは毎日一時間だけ、収監棟のすぐ外にある猫のひたいほどにも狭い芝生の庭を歩きまわることが許されていた。いつも決まってひとり、いつも決まって看守の監視つきで。怒りに駆られて銃の引金を引いたことなどない元弁護士のジョエル・バックマンが、人を襲いかねない凶悪人物に豹変《ひょうへん》したかのような扱いではないか。そもそも〝庭〟といっても、有刺鉄線をいただいた高さ三メートルの金網フェンスに囲われていた。フェンスの反対にあったのは、水の流れていない排水路。さらにその先は、木の一本すら見あたらない果てしなくつづく大平原。あの先はテキサスにまでつづいているのだろう、とジョエルは思っていた。

エスコート役をつとめているのはサイズモアとアデア捜査官だ。ふたりはジョエルを、ダークグリーンのSUVに乗せた。なんの標識もついていないが、見る者にむかって〝政府公用車だぞ〟と叫びかけているも同然の車だった。ジョエルはひとり這《は》うように後部座席に乗りこむと、祈りはじめた。目をきつく閉じて歯を食いしばり、神に祈る。この車のエンジンがかかってくれますように……タイヤがまわりだしてくれますように……ゲートがあいてくれますように……必要書類に遺漏がひとつもありませんように。お願いです、神さま、残酷な冗談を仕掛けるのだけは勘弁してください。お願いです、神さま、これは夢じゃありませんね！

二十分後、最初にサイズモアが口をひらいてジョエルにたずねた。「腹はすいていないかな？」

すでにジョエルは祈るのをやめて、すすり泣きはじめていた。車は一定のペースを落とさずに走っていた。しかし、ジョエルは目を閉じたままだった。いまは後部座席に横たわり、こみあげる感情を抑えようと戦っていたが、これはしょせん望みのない負け戦だった。

「もちろん」と、なんとかそれだけの返事を口にしてから、体を起こして窓の外に目をむけた。車は州間高速道路を走っていた。緑色の案内標識が後方に飛んでいった──《ペリー出口》とあった。やがて車は、州間高速から四百メートルも離れていないパンケーキ屋の駐車場でとまった。遠くに大型トラックが、ディーゼルエンジンをかけっぱなしにしたまま何台もとまっていた。ジョエルはトラックをしばしながめたのち、耳をそばだてた。ついでちらりと夜空を見あげると、半月が見えた。

「急ぐのかな？」三人でレストランにはいっていきながら、ジョエルはサイズモアにたずねた。

「いまのところはスケジュール通りだ」というのが答えだった。

三人は出入口近くのテーブルについた。ジョエルが外をむく席だった。注文はフレンチトーストと果物。重い料理を注文する気にはなれなかった。これまでずっと病人用の粥《かゆ》のような食事に頼って生きてきたので、自分の肉体がそんな食べ物に慣れすぎてしまっているのではないかという恐れがあったのである。会話はぎこちなかった。政府の役人は口数をすくなくするようにプログラムされていたし、そもそも軽い世間話の能力が完全に欠如していた。とはいえジョエルも、ふたりの口から必要最小限以上の話はききたくもなかった。

ジョエルは緩みそうな口もとを引き締めなくてはならなかった。後日サイズモアは、ジョエル・バックマンがおりおりに店の出入口に視線をむけ、ほかの客を克明に観察していたようだった、と報告した。恐怖を感じているようには見えなかった――むしろ、その正反対だった。時間がたって当初のショックがおさまるにつれ、ジョエルはたちまちいまの境遇に慣れ、生き生きした顔を見せはじめた。結局この店ではフレンチトーストをふた皿たいらげ、ブラックコーヒーを四杯飲んだ。

午前四時を数分ほどまわったころ、三人を乗せた車はテキサス州ブリンクリー近郊にあるフォート・サミット基地のゲートをくぐった。ジョエルは基地の診療所に連れていかれ、ふたりの医者の診察を受けた。鼻風邪をひいていて咳《せき》が出ること、および全身が痩《や》せ細っていることをのぞけば、体調はそれほどひどくなかった。そのあとジョエルは格納庫に連れていかれ、ガントナー大佐に引きあわされた。大佐はすぐにジョエルの最高の親友になった。ガントナーの指示とその油断ない監視のもと、ジョエルはオリーブ色の陸軍仕様のジャンプスーツに着替えさせられた。右の胸ポケットには、ステンシル文字で《ハーツォグ》という名前が記されていた。

「これがわたしかね?」ジョエルは名前に目を落としながら、そうたずねた。

「以後四十八時間のあいだは」ガントナーは答えた。

「階級は?」

「少佐だ」

「わるくないね」

この手短な要旨説明《ブリーフィング》のあいだに、ワシントンから来たサイズモアとアデア捜査官はいつのまにかこっそりと姿を消しており、以後二度とジョエル・バックマンの目の前にあらわれることはなかった。夜明けの最初の光が射《さ》しそめるのと同時に、ジョエルはC‐一三〇戦術輸送機の後部貨物ドアをくぐって機内に足を踏みいれ、ガントナーのあとから上部レベルにむかい、寝棚のある小さな部屋にはいった。ほかの六人の兵士たちが、これからの長時間飛行にそなえて準備をしていた。

「あの寝棚に寝たまえ」ガントナーは床に近い寝棚を指さした。

「これからどこに行くのかを質問してもいいかな？」ジョエルは小声でたずねた。

「質問はかまわないが、わたしには答える権限がない」

「ちょっと好奇心に駆られただけだ」

「着陸前に、わたしから要旨説明《ブリーフィング》をする予定になっている」

「その着陸はいつ？」

「約十四時間後の予定だ」

　窓がなかったため景色に気をとられることもなく、ジョエルは指示された寝棚に身を落ち着けて頭から毛布をかぶった。輸送機が離陸するころには、ジョエルは早くも寝息をたてていた。

3

クリッツは数時間の仮眠をとったのち、就任式の大騒動がはじまるずっと前に自宅を出発した。夜明けの直後には、妻とふたり、新しい就職先が所有する多くの自家用ジェット機のひとつに乗って、ロンドンにむかっていた。二週間を彼《か》の地で過ごしたのち、変わりばえのしない仕事をする新顔のロビイストとして、生き馬の目を抜くワシントン政界に復帰する予定だった。それを思うと、われながら嫌気がさす。負け犬が道路の反対側にわたっていっては、きのうまでの同僚の腕をねじあげたり、売り文句にしている影響力を買うだけの資金のある客さえつけば、それがどんな客であれ金で魂を売りわたしたりする現場を、もう何年も目《ま》のあたりにしていたからだ。とことん腐った世界ではないか。政治の世界で暮らすのは、もう心底うんざりだった。しかし、悲しむべきことにクリッツはほかの世界のことをなにも知らなかった。

講演会をひらいてもいいし、本を書くのもいいかもしれない。それで数年はなんとかしのげそうだが、あくまでも自分が世間から忘れられないという希望的観測が前提だ。一方でクリッツは、いったん権力をうしなった者がワシントンでどれだけ早く忘れられるかを熟知していた。

モーガン大統領とメイナード長官は、ジョエル・バックマンについての話を二十四時間は――すなわち新大統領の就任式がおわってからしばらくのあいだは――秘密にすると約束していた。モーガンにとっては、どうでもいい話だろう。そのころにはあの男はバルバドス島だ。しかしクリッツは、そんな約束に縛られているとは感じていなかった――約束相手がテディ・メイナードのような手あいならなおさらだ。ふんだんなワインとともに時間をかけた夕食をすませたのち、ロンドン時間の午前二時、クリッツはCBSのホワイトハウス担当記者に電話をかけ、バックマン特赦についての基本的な事実だけをこっそりと耳打ちした。予想どおり、CBSは早朝のゴシップ・ニュースの時間にこの一件を速報で流した。午前八時前に、バックマンのニュースはワシントンじゅうに広まっていた。

前大統領の任期切れ直前に、無条件の完全特赦がジョエル・バックマンに与えられた！

釈放についての詳細な情報はなにもなかった。ついこのあいだまで、バックマンはオクラホマ州にある重警備刑務所の奥深くに閉じこめられていたはずではないか。

浮き足立ちやすいこの都会のこと、嵐《あらし》のように舞台中央に躍りでてきたこの特赦問題が、新大統領についてのニュースや、新大統領が就任後に初めて丸一日を執務室で過ごすというニュースと話題の中心を競いあうことで、一日の幕がひらいた。

経営破綻《はたん》におちいっている〈プラット&ボーリング法律事務所〉は、いまデュポン・サークルの北四ブロック、マサチューセッツ・アヴェニューに面したところにあった。立地としてはそうわるくもない。しかし、以前のニューヨーク・アヴェニューぞいという場所にくらべれば格が落ちるとはいえた。数年前、ジョエル・バックマンがこの法律事務所を掌握していたころ、ここは〈バックマン、プラット&ボーリング法律事務所〉だった。当時バックマンは、この街でもいちばん高額な賃料をあえて支払うことに固執していた。八階の広壮な自分のオフィスの大きな窓の前に立てば、ホワイトハウスを見おろせたからだ。

いまでは、どの部屋からもホワイトハウスは見えない。眺望絶佳を誇る〝権力者のオフィス《パワー・オフィス》〟はひとつもなかった。建物そのものが八階建てではなく、三階までしかなかったからだ。事務所そのものも、往時には高給とりの弁護士が二百人もいたが、いまでは規模を縮小し、青息吐息の弁護士が三十人ほどいるだけになっていた。最初の破産――事務所内の通称は〝バックマン破産その一〟――では大幅な人員削減を余儀なくされたが、奇跡というべきか、パートナーはだれひとり刑務所送りにならずにすんだ。〝バックマン破産その二〟は、それから三年のあいだ、生き残った者たちが、内紛やおたがいに訴えあう訴訟沙汰《ざた》に憂《う》き身をやつした結果だった。競合する事務所の面々が当時よく口にしていたことだが、〈プラット&ボーリング法律事務所〉の弁護士たちは他人に雇われて訴訟を起こすことより、内輪同士での訴訟のほうによほど時間を割いていたのではなかろうか。

しかし、この日の朝ばかりは競合する事務所の弁護士たちはみな静かにしていた。ジョエル・バックマンが自由の身になった。伝説のフィクサーが釈放された。現場にカムバックするのか？　ワシントンにもどってくるつもりか？　話はすべて事実なのか？　いや、そんなはずがあるものか。

現在、キム・ボーリングはアルコール依存症の治療施設に軟禁されていた。そこでの治療がすめば、まっすぐ私立の精神科関係の施設に送りこまれ、そこで長期間の拘禁生活にはいる予定だ。過去六年間の耐えがたいストレスのせいで、ついに一線を越え、帰還不可能点の先にまで行ってしまったのだ。そのため、ジョエル・バックマンがもたらしたこの最新の悪夢に対処する仕事は、カール・プラットの——どちらかといえば——広々とした膝《ひざ》に落とされることになった。

さかのぼること二十二年前、バックマンから小規模な事務所同士の合併話をもちかけられたとき、いまとなっては運命を決したといえる「よろしい、わかった」という答えを口にしたのは、ほかならぬこのプラットだった。そののち十六年間、事務所が成長しつづけて、報酬手数料がどんどん流れこんでくるようになり、職業倫理の境界線がもはや認識できないまでぼやけてしまうあいだ、バックマンの通った道のごみを汗水垂らして片づけつづけていたのもプラットだ。そのプラットは、毎週のようにパートナーと意見を戦わせていたが、やがていつしか、ふたりの途方もない成功がもたらす成果を享受《きょうじゅ》するようになった。

また、ジョエル・バックマンがすべての罪を自分ひとりでかぶるという美挙に出たからよかったが、その直前におなじく連邦裁判所に起訴される寸前にまでいっていたのも、カール・プラットだった。バックマンは司法取引に応じたが、そこには事務所のほかのパートナーの免責という条件がつけられていた。ただしそのため一千万ドルの罰金が事務所に科され、これが最初の破産、〝バックマン破産その一〟の直接の理由になった。

しかし、牢屋《ろうや》にぶちこまれることを考えたら、破産のほうがまだましだ――それ以来プラットは、毎日のようにそう自分にいいきかせていた。この日の朝、プラットは早くからオフィスをうろうろと歩きまわっては、ぶつぶつひとりごとをつぶやきつつ、ニュースはすべて虚報だと必死に信じこもうとしていた。小さな窓の前に立って、となりのビルの灰色の煉瓦《れんが》壁を見つめながら、どうしてこんなことになったのだろうと首をひねる。破産して無一文になった弁護士、法曹資格を剥奪《はくだつ》された落魄《らくはく》の元弁護士で元ロビイストが、いったいどうやって任期切れ目前の無力な大統領を説得し、土壇《どたん》場《ば》での特赦を勝ちえたりできたのだろうか、と。

刑務所に収監された時点でいえば、ジョエル・バックマンはまずまちがいなくアメリカでもっとも有名なホワイトカラー犯罪者だった。バックマンが絞首台《こうしゅ》から吊《つ》りさげられることを、だれもが望んでもいた。

それはそれとして、これほどの奇跡を実現させることのできる者がいるとすれば、ジョエル・バックマン以外にいないことだけは、プラットも不本意ながら認めざるをえなかった。

プラットはそれから数分間、あちこちに電話をかけた。ワシントンのゴシップ屋や事情通からなる自前の広いネットワークのあちこちに探りをいれたのである。やがて四人の大統領のもとで――両政党のそれぞれふたりの大統領のもとで――行政府につかえてもなおなんとか生きのびた旧友が、報道は事実だと裏づけてくれた。

「で、あいつはいまどこに？」プラットは、バックマンがいますぐワシントンＤＣに姿をあらわしてもおかしくないと思いこんでいるかのような、せっぱ詰まった口調でたずねた。

「それはだれも知らない」というのが答えだった。

プラットはドアに鍵《かぎ》をかけ、オフィスに隠してあるウォッカの瓶の栓をあけたい誘惑に逆らった。パートナーが仮釈放なしの禁錮《きんこ》二十年の刑で刑務所に送りこまれたとき、プラットは四十九歳だった。あのときプラットは、刑期をおえたバックマンが釈放されてきたら自分は六十九歳になる、そのときは自分はどうするだろうか、と考えていた。

いまこの瞬間のプラットは、十四年の歳月を騙《だま》されて巻きあげられた気分だった。

法廷にはあまりにも多くの人々が詰めかけていた。そのため判事は審問会を二時間延期して、優先順位を多少は勘案しつつ席の割りふりを采配《さいはい》しなくてはならなかった。国内のあらゆる主要なニュースメディアが、傍聴席か立見席をよこせと金切り声をあげていた。司法省やＦＢＩ、国防総省、ＣＩＡ、国家安全保障局《NSA》、ホワイトハウス、それに連邦議会からも大物たちがやってきて声高に席を要求した。だれもが、ジョエル・バックマンの公開私刑の場に自分が立ちあうことは当然の権利の行使である、と主張した。やがて緊張の法廷に被告人が姿をあらわすと、あつまった群衆はにわかに静まりかえった。廷内にきこえる音といえば、訴訟手続記録者が打っている速記タイプライターの音だけだった。

　バックマンは被告側テーブルに連れていかれた。そこではちょっとした軍隊なみの人数の弁護士たちが、傍聴席の群衆のあいだからいつ銃弾が飛来するともしれないとでもいうように、バックマンを隙間《すきま》なくとりかこんだ。大統領訪問時にも匹敵する保安警備態勢が敷かれていたとはいえ、発砲沙汰が起こっても不思議はなかった。被告側テーブルのすぐうしろ、傍聴席最前列にはカール・プラットをはじめ約十人ほどのバックマンのパートナーたち——というか、まもなく元パートナーになる面々——がすわっていた。この面々は、もっとも厳重な身体検査を受けさせられたし、それにももっともな理由があるにはあった。彼らはバックマンへの憎悪《ぞうお》で沸きたっていたが、バックマンを応援してもいた。土壇場でなにか問題が発生したり、だれかが同意できないといいだせば、バックマンの有罪答弁による司法取引が瓦解《がかい》し、その結果ふたたび攻撃の的となって、つぎの角を曲がったそのときには地獄の裁判が待つ境遇に逆もどりだからだ。

せめてもの救いは、自分たちが傍聴人といっしょに傍聴人席にいるということ、悪党どもがひとまとめにされている被告側テーブルにはいないということにあった。せめてもの救いは、まだ生きていることにあった。さかのぼること八日前、事務所の看板パートナーのひとりジェイシー・ハバードが、国立軍人墓地で死体となって発見された。表向きは自殺とされていたが、そんな話を信じる者はほとんどいなかった。ハバードはテキサス州選出の上院議員だったが、二十四年におよぶ議員としてのキャリアを投げうった理由はひとつしかなかった。額は公表されこそしなかったものの、いちばん高値をつけてくれた相手に自分の政界への影響力を売ったのである。もちろんジョエル・バックマンともあろう者が、これほどの大物を自分の網から逃がすはずはなかった。かくしてバックマンをはじめとする〈バックマン、プラット&ボーリング法律事務所〉の面々は、数百万ドルの年収でハバードを雇い入れた。なぜなら気だてのいいやつであるジェイシーは、いつでも好きなときに大統領執務室に出入りできたからだ。

ハバードの時ならぬ死には、驚くような効果があった——ジョエル・バックマンが政府側の視点に目をひらくことになったのである。それまで泥沼にはまって停滞していた司法取引のための交渉が、突如として動きを見せはじめた。バックマンは禁錮二十年を受け入れるといいだしたばかりか、迅速な刑の執行を求めさえした。つまりバックマンは、保護拘置を求めていたのだ！

この日、政府側の代表をつとめたのは司法省に所属する地位の高いキャリア検察官だった。お歴々がずらりと顔をそろえた多くの傍聴人を前に、検察官はスタンドプレーをしたい誘惑に抗しきれなかった。一語で充分なところ、三語を費やさずにはいられなかった——あまりにも多くの人々がまわりにいたからだ。自分が舞台の主役として立ち、全国が注視しているという、長くて退屈なキャリアではめったにめぐってこない好機だった。検察官は不作法なほどぶっきらぼうな口調で、起訴状の朗読をはじめた。この男に芝居の才能がからきしないことや、場を盛りあげる才覚のないことはたちどころに明らかになったが、それでもそれなりに努力はしていたといえる。無能さをあらわにするだけの独演が八分もつづいたのち、判事は読書用眼鏡のフレームの上から眠そうな目で検察官を見おろして、こういった。

「もうすこし朗読のペースを速めてくれたまえ。ついでに声を低くしてほしい」

計十八の訴因は、スパイ行為から反逆まで、さまざまな犯罪行為があったと主張していた。朗読がすっかりおわったころには、バックマンはヒトラーとおなじリーグに所属するほど貶《おとし》められていた。すぐさまバックマンの弁護人が、起訴状の内容のどれひとつとして立証されていないこと、それどころか起訴状は裁判の一方当事者の主張、すなわち大幅に偏《かたよ》った検察側の視点で述べられたものにほかならないことを忘れないように、と法廷とその場にいた全員に注意をうながした。さらに弁護人は、被告人バックマンがみずから有罪を認めたのは十八ある訴因のうち、わずか四件であると告げた——軍内部文書の無許可所持容疑だった。つづいて判事が、司法取引の長大な合意書を読みあげた。二十分のあいだ、ほかに発言する者はいなかった。最前列に陣どった画家たちは猛然と廷内の光景をスケッチしていたものの、彼らの絵には現実と似かよったところはほとんどなかった。

傍聴席の最後列、見知らぬ人々に囲まれて隠れるようにすわっていたのがニール・バックマン——ジョエルの長男だった。この審問会当時はまだ〈バックマン、プラット&ボーリング法律事務所〉のアソシエイトだったが、その身分もこのあとすぐ変わった。ニールはショック状態で、訴訟手続を見まもっていた。かつてあれだけ権勢をふるった父親がみずから有罪を認め、まもなく連邦矯正制度に埋められてしまうという現実が、にわかには信じられなかった。

やがて被告人バックマンは、法壇前に引き立てられていった。バックマンは精いっぱいの威厳をこめて、判事を真正面から見あげた。左右両方から弁護士たちに耳打ちされつつ、バックマンは四つの訴因について有罪を認める答弁をしたのち、もとの席に連れもどされた。その間、だれとも目をあわさなかった。

判決の言いわたしは翌月にさだめられた。バックマンが手錠をかけられて法廷から連れだされていくころには、この先バックマンが秘密を明かすように強制されることがないばかりか、これからかなり長い年月にわたって投獄されること、そのあいだに本人の陰謀が薄れて消えていくことなどが廷内の人々の目にも明らかになってきた。あつまった人々は、のろのろと法廷を引きあげはじめた。新聞記者たちは、望んでいた記事の半分の材料しか手に入れられなかった。さまざまな組織の大物たちは無言で去っていった——秘密が守られたことに内心喜んでいる者もいれば、犯罪が隠蔽《いんぺい》されてしまったことに激しく怒っている者もいた。カール・プラットをはじめ苦しい立場に追いこまれていた弁護士たちは、最寄りのバーへとむかった。

記者から事務所への最初の電話は、午前九時すこし前にかかってきた。これに先だってプラットは取材の電話がかかってくるかもしれないと秘書に注意しておいた。秘書は電話をかけてきた相手全員にむかって、プラットはこみいった問題の訴訟で多忙をきわめており、数カ月間はオフィスにもどれない見こみだ、と告げることになった。まもなく電話線はパンク状態になり、当初は実りの多い一日になりそうだったこの日が地獄の騒動に変わった。弁護士という弁護士とその部下たちは当面の仕事をうっちゃって、こそこそとバックマン関係のニュースだけを話題にささやきかわしていた。正面玄関に目をむける者もちらほら見うけられた——亡霊が自分たちをさがして玄関からはいってくるにちがいない、と半分本気にしてのことだった。

プラットはといえば、ドアに鍵をかけてオフィスにひとりこもり、ブラディメアリーをちびちびと飲みながら、ケーブルテレビがノンストップで流しているニュース番組を見ていた。ありがたいことに、フィリピンでバス一台分のデンマーク人が誘拐される大事件が勃発《ぼっぱつ》していたが、これがなければジョエル・バックマンの特赦がトップニュースになっていたはずだ。いや、二位に甘んじていたとはいえ、トップとは僅差《きんさ》だった。あらゆる種類の専門家たちがあつめられ、メーキャップをほどこされ、スタジオの照明の下で所定の位置に据えられ、そこでいまや伝説となったバックマンの罪状についてべらべらまくしたてていた。

元は国防総省の役づきだったという男は、バックマンの特赦を〝国家安全保障を脅《おびや》かしかねない打撃〟だと評していた。九十歳以上という年齢をまざまざと感じさせる風貌《ふうぼう》のもちぬしである引退した元連邦裁判所判事は、今回の特赦を――だれもが予測したとおり――〝司法判断の誤り〟だと断じた。またヴァーモント州選出の新人上院議員は、まずバックマン・スキャンダルについてほとんど知識のないことを認めたうえで――にもかかわらず、ケーブルテレビの生番組に出演することへの熱意をみなぎらせつつ――ありとあらゆる種類の調査を要求するつもりだ、と発言していた。また匿名《とくめい》のホワイトハウス関係者は、今回の特赦を知った新大統領が〝深い遺憾の念〟をおぼえ、特赦について〝精査する〟計画だと発言したが、具体的にどんな意味なのかは不明だった。

番組はそんな調子でつづいた。プラットは二杯めのブラディメアリーをこしらえた。血腥《ちなまぐさ》い要素が必要になったというのか、ただの〝リポーター〟ではなく〝特派員〟と称する人間が、ジェイシー・ハバード元上院議員の話を掘りかえしてきた。プラットがリモコンに手を伸ばして音量をあげると同時に、ハバードの顔写真が大写しで画面に登場してきた。この元上院議員は、バックマンが司法取引に応じる一週間前、頭部に銃弾を受けて死んでいる姿で発見された。当初は自殺だと思われていたが、そののち疑惑が投げかけられることになった。とはいえ、容疑者として特定された人物はひとりもいなかった。拳銃《けんじゅう》には出所を示す手がかりがひとつもなく、おそらくは盗品だろうとされた。ハバードは活発なハンターだったが、拳銃をつかったことはなかった。右手に残っていた射撃残渣《ざんさ》が疑わしかった。司法解剖の結果、体内からかなり濃度の高いアルコールとバルビツール系睡眠薬が発見されていた。アルコールについては体内に存在していても当然だといえたが、知られているかぎりハバードにはドラッグ使用歴はなかった。じつをいえばこの数時間前、ハバードはジョージタウンのバーで魅力的な若い女性と同席している場面を目撃されていた——こうした事件の典型だといえた。

ここから浮かびあがってきたのは、この謎《なぞ》の女がハバードに一服盛って意識をうしなわせ、そののちプロの殺し屋たちに引きわたしたのではないかという仮説だった。殺し屋たちはハバードをアーリントン国立軍人墓地の奥まった一角に運びこみ、頭部に弾丸を撃ちこんだのではないか。死体は実兄の墓に横たわっていた。ハバードの兄はヴェトナムでの武勲で勲章を授けられた英雄でもある。なかなか感動的な話だ。しかしハバードをよく知る者は、この元議員がめったに家族のことを話題にしなかったと主張、すでに物故していた兄の存在さえ知らない者も多かった。

表立って取り沙汰《ざた》されることこそなかったが、ハバードはジョエル・バックマンに弾丸を撃ちこみたがっているのとおなじ勢力によって暗殺された、という仮説が流れた。事件発生から何年ものあいだ、カール・プラットとキム・ボーリングは、大枚払ってプロのボディガードを雇っていた。自分たちの名前もおなじリストに掲載されていた場合にそなえてのことだったが、どうやらその事実はなかったらしい。バックマンを獄につなぎ、ハバードの命を奪うことになった運命の取引の詳細を詰める作業にあたったのは、このふたりだった。やがて時がたつにつれて、プラットは保安警備態勢を若干ゆるめたが、どこに行くにもルガーを携行する習慣は変えなかった。

しかしジョエル・バックマン当人はいまずっと遠く離れたところにいて、しかも距離は一分ごとに広がっていた。奇妙な暗合だが、ジョエルもまたジェイシー・ハバードのことや、自分を殺してもおかしくなかった人々のことを思っていた。考える時間は充分あった。がたがたと激しく揺れる軍用輸送機内の折りたたみ式の寝棚で十四時間も過ごせば、人の思考力はほぼ麻痺《まひ》してしまう。いや、それは正常な人間の場合だ。六年も独居房に幽閉されていて、つい先ほど刑務所から出てきたばかりの元受刑者にとって、このフライトは刺戟《しげき》的なものだった。

ジェイシー・ハバードを殺害したのが何者であれ、その人物はジョエル・バックマンをも殺そうとする確率が高い。地上から七千三百メートルの空をがたがた揺れる飛行機に乗って飛んでいるあいだ、ジョエルは重大な疑問のあれこれに思考をめぐらせた。この特赦を得るためのロビー活動をしたのはだれか？　彼らはどこに自分を隠すつもりなのか？　そもそも、〝彼ら〟とは何者か？

じっさい、こうした疑問に考えをめぐらすのは楽しかった。以下のような疑問に苛《さいな》まれていたときから二十四時間もたっていないのだから、なおさらである。連中はわたしを餓死させるつもりか？……それとも凍死させるつもりか？……三・六メートル四方の独房で、わたしはじりじりと正気をうしないつつあるのか？……いや、急速に正気をなくしている？……いずれ孫の顔を見られる日がくるのか？……自分ははたして本気で孫に会いたいのだろうか？

いま考えている新しい疑問には心穏やかならぬものにさせられたが、それでもこちらのほうがずっとよかった。なにはともあれ、いまの自分はどこかの街角を歩いて空気をぞんぶんに吸いこみ、日ざしを肌に感じることのできる身分だし、ことによったらカフェに寄り道をして、濃いコーヒーをゆっくり飲むこともできるかもしれない。

以前、ある裕福なコカイン密輸業者の代理をつとめたことがある。この業者は麻薬取締局の囮《おとり》捜査の罠《わな》にかかった。しかし有益な手がかりの宝庫でもあったため、連邦政府は業者に、コロンビア人たちを裏切って情報を明かせば、それと引き換えに新しい名前と新しい顔のもと、新しい人生を与えようという話をもちかけた。業者はコロンビア人を裏切り、整形手術を受けたうえで、シカゴのノースサイドで新しい人間として生まれ変わって、その地で書店の経営者になった。それから何年もたったある日、ジョエルはふらりとその書店をたずねた。かつての依頼人は山羊《やぎ》ひげをたくわえてパイプをふかし、どちらかといえば垢《あか》抜けしない頭脳派の人間に見えた。新しい妻を迎え、養子を三人とってもいたし、コロンビア人はこの男の行方について手がかりひとつつかんではいなかった。

外には広大な世界が広がっている。身を隠すのもむずかしくはないだろう。

ジョエルは目を閉じてじっとしたまま、四基のエンジンの一定したうなりに耳を澄ましながら、自分にいいきかせた。どこに向かっているにせよ、自分は逃亡者のような暮らしぶりだけはすまい。その地に適応し、生きのびてやる。怯《おび》えながら暮らすのはごめんだ。

ふたつ先の寝棚で、声を押し殺しての会話が進行中だった。ふたりの兵士が、それぞれものにした女についての話をきかせあっていた。ジョエルは、過去四年間となりの独居房に収監されていたマフィアの殺し屋、モーのことを連想した。一日の二十二時間、ジョエルの話し相手といったらこのモーしかいなかった。姿はおたがいに見えなかったが、空調の送風口ごしに声をきかせあうことはできた。モーは家族や友人や隣人を懐《なつ》かしがることも、食べ物や酒や日光を懐かしがることもなかった。モーの話題はセックス一色だった。モーは、みずからの性的冒険を微にいり細をうがって長々と物語った。ジョークを飛ばしもしたが、なかにはジョエルが耳にした最低に下品なジョークもあった。それればかりか、かつての恋人たちや乱交パーティーやセックスがらみの幻想をテーマにした詩を書きさえした。

モーやその想像力を懐かしく思うことはないだろう。

やがて不本意ながらも、ジョエルはふたたびうたた寝をはじめた。

つぎに気がつくとガントナー大佐がジョエルの体を揺さぶりながら、きつい調子のささやき声でこう話しかけていた。「ハーツォグ少佐、ハーツォグ少佐。話しあいの必要がある」

ジョエルは窮屈な寝棚から外に出ると、大佐のあとから、寝棚にはさまれた薄暗くごみごみした通路を歩いて小さな部屋にはいっていった。どこかはわからないが、操縦室に近いところのようだった。

「すわってくれ」ガントナーがいい、ふたりは小さな金属製テーブルをはさんで席についた。

ガントナーは一冊のファイルを手にしていた。

「さて、今後の予定だ。当機は約一時間後に着陸する。計画では、きみは体調を崩すことになっている。病状がかなり深刻なため基地病院から救急車が派遣され、飛行場の当機のもとに来る手はずになった。イタリア当局者が通例どおり、書類を手早く審査する。ことによったら、直接きみに会いたいというかもしれないが、その見こみは薄い。われわれが着陸するのはアメリカ軍基地だし、兵士たちはしじゅう出入国をくりかえしている。きみ名義のパスポートを用意してある。わたしがイタリア人たちと必要な話しあいをおえれば、きみは救急車で病院に運ばれることになる」

「イタリア人だって？」

「そのとおり。アヴィアーノ空軍基地という名称に心あたりは？」

「ない」

「そうだろうとも。一九四五年にドイツ人を蹴散《けち》らしてからこっち、アメリカがおいている基地だよ。イタリアの北東部、アルプス山脈の近くだ」

「いい土地のようだな」

「たしかに。しかし、基地は基地だ」

「わたしは基地にいつまでいるんだ？」

「それを決めるのはわたしではない。わたしの仕事は、きみを当機から降ろして病院に運ぶことでね。その先は、またべつの人物が引き継ぐ。これはハーツォグ少佐の身上調書だ。念のため目を通しておきたまえ」

ジョエルはそれから数分かけてハーツォグ少佐の虚構の履歴に目を通し、偽造パスポートの記載事項を頭に叩《たた》きこんだ。

「いいかね、重病で鎮静剤を投与されている状態だということを忘れないように」ガントナー大佐はいった。「昏睡《こんすい》状態にあるふりをしているだけでいいんだ」

「この六年間は、ずっと昏睡状態だったよ」

「コーヒーでも飲むかね？」

「目的地ではいま何時になる？」

ガントナーは時計を確かめ、すばやく暗算をすませた。「着陸は午前一時前後になるな」

「では、コーヒーをもらおう」

ガントナーはジョエルに紙コップと魔法瓶をわたすと、部屋から出ていった。

二杯めのコーヒーを飲みおわるころ、ジョエルはエンジンの出力が低下しはじめたのを感じて寝棚に引き返し、目を閉じていようとした。

C‐一三〇戦術輸送機が滑走路上で停止すると、空軍の救急車がバックで後部貨物積載口に近づいてきた。まだ半分眠ったような状態の兵士たちが、よろよろとおりてきた。ハーツォグ少佐を乗せたストレッチャーが積載口から運びだされ、慎重に救急車に運びこまれた。いちばん近い場所にいたイタリア軍関係者はアメリカ軍のジープの車内で、必死に睡魔と戦いながら、心ここにあらずな目で事態の進行を見まもっていた。救急車はそれほど急ぐようすもなく発進し、五分後にはハーツォグ少佐は小さな基地病院の建物に運びこまれ、すぐ二階の狭い部屋に押しこめられた。ドアの前には、ふたりの憲兵が警備のために立っていた。

4

ジョエル・バックマンにとって追い風になったのは——といっても当人は知るよしもなく、また知りたいとも思わなかっただろうが——任期切れ目前のモーガン大統領が、国外逃亡して刑務所いりをまぬがれた高齢の億万長者にも同様の特赦を与えていたことだった。この億万長者はスラブの某国からやってきた移民で、数十年前にアメリカにやってきたとき改名のチャンスを与えられ、若気のいたりもあってみずからデューク・モンゴを名乗った。モンゴ公爵《デューク》。デュークは大統領選挙にあたって、モーガンに巨額の寄付をしていた。やがてデュークがこれまでずっと税金を逃れていたことが明るみに出ると同時に、この男がホワイトハウスの〈リンカーンの寝室〉で数夜を過ごしたことや、大統領と友人同士の寝酒を楽しみがてら、起訴を先延ばしにする方策について話しあったことなども明るみに出た。寝酒の席にいた第三の人物——というのは、当時デュークの五番めの妻だった若い女だが——の話によれば、大統領はみずからの影響力を行使して国税庁に圧力をくわえ、追及の手を引かせると約束したという。しかし、その話が実現することはなかった。起訴状は三十八ページの長さになった。起訴状の印刷もおわらないうちに、億万長者は――第五の妻を残して単身――ウルグアイに居を移し、アメリカがある北の空に〝あかんべえ〟をしつつ、その後まもなく第六の妻となる女と宮殿のような屋敷で暮らすことになった。

そしていま、デュークは帰国を求めていた。威厳のある死を迎えたい、愛国者として死にたい、死後はケンタッキー州レキシントンの町はずれにある自分のサラブレッド牧場に埋葬されたい、と願っていたからだ。クリッツが取引をまとめた。ジョエル・バックマンの特赦書類に署名をしてから数分後、モーガン大統領はデューク・モンゴに完全な減刑を認めた。

このニュースが世間に知られるには、一日かかった――もっともな理由があることながら、ホワイトハウスがこれらの特赦をみずから宣伝しなかったからである。マスコミは荒れ狂った。二十年以上も連邦政府を騙《だま》しつづけ、六億ドル以上もの金を懐《ふところ》に入れていた男、本来であれば永遠に獄につながれていてしかるべき男だ。それが自家用マンモス・ジェット機で堂々と帰国し、不謹慎なほど豪勢な暮らしで人生の黄昏《たそがれ》を過ごそうとしているとは。バックマン問題もたしかにセンセーショナルな話題だが、いまやデンマーク人観光客誘拐事件という強敵ばかりか、今度は史上最高額の脱税犯人をも敵にまわしてニュースの場で注目度を競うことになった。

しかし、バックマン問題がホットなニュースであることに変わりはなかった。東海岸一帯の主要な新聞各紙は、第一面のどこかに、この大物フィクサーの写真を掲載していた。大半の新聞がバックマンのスキャンダルと司法取引、および今回の特赦についての長文の記事を掲載していた。

カール・プラットはワシントンの北西部にある自分のガレージの上の、広くはあるが散らかったオフィスで、あらゆる記事にオンラインで目を通していた。ここはプラットの隠れ家だった――事務所に吹き荒れる戦乱の嵐《あらし》から逃れ、顔をあわせることすら耐えがたいパートナーたちを避けるための場所。ここでなら、だれはばかることなく酒を飲むことができた。壁にものを投げつけ、壁に毒づくこともできる。なんでも好き勝手にしてかまわない。自分だけの聖域なのだから。

バックマン関係のファイルは、大きな書類保存用の段ボール箱におさめてあった。箱はクロゼットに隠してあったが、いまは作業テーブルにおいてあった。これから何年ぶりかで、改めてファイルの中身に目を通すつもりだった。プラットはすべてを保存していた――新聞記事、写真、事務所内の連絡メモ、みずからコピーをとった機密文書のたぐい、起訴状やジェイシー・ハバードの遺体検案書のコピー。

なんと醜悪な歴史であることか。

一九九六年一月、三人の若いパキスタン人のコンピュータ科学者が驚くべき大発見をした。カラチ郊外のアパートメントの最上階にある狭苦しく暑い部屋で作業をしていた三人は、政府援助金をもとにオンラインショップで買い求めたヒューレット・パッカード製のコンピュータ数台をケーブルでつないだ。彼らが作製したこの新しい〝スーパーコンピュータ〟は、さらに最先端の軍事衛星電話に接続された。これも政府からの支給品だった。作戦のすべてが秘密だった。必要な資金は、軍から帳簿外で提供されていた。作戦の目的は単純だった――パキスタン上空四百八十キロに浮かんでいるインドの最新型スパイ衛星の所在をつきとめ、そののち衛星にアクセスすること。首尾よくアクセスできれば、監視活動をモニターすることも夢ではない。その先には、スパイ衛星を操作するという第二の夢があった。

盗みだした情報が昂奮《こうふん》をかきたてたのは、最初のうちだけだった。というのも、情報には実質的な価値がないことが即座にわかったからである。インドが打ち上げた新型衛星という〝目〟は、旧式のスパイ衛星が十年前からおこなっていたことをなぞっていただけにすぎず、あいも変わらずおなじ軍事施設の写真を数千枚単位で撮影していただけだった。同様にパキスタンの既存のスパイ衛星も、インド国内の軍事基地や部隊の陸上移動のようすをやはり十年にわたって撮影しつづけていた。かりに両国が撮影した写真を交換したとしたところで、どちらにも新たに学ぶところはひとつもないはずだった。

しかし三人は、偶然べつの衛星を発見した。つづいてひとつ、またひとつ衛星が見つかった。三基ともパキスタンやインドの衛星ではなかったし、どの衛星も本来あるべきでない場所にあった。どれも上空約四百八十キロの場所を、時速百九十キロの一定のスピードで動いていた。また、相互に六百四十キロの距離をたもっていた。そののちさらに十日間で、心底から大昂奮していた三人のハッカーは、最初の三基にくわえて六基の衛星を発見した。すべてが同一のシステムに属していることは、一見して明らかだった。衛星はゆっくりとした速度でアラビア半島方向から接近、アフガニスタンとパキスタンの上空を通過したのち、中国西部へとむかっていく動きを見せていた。

三人はこの発見をだれにも教えなかった。人に話す代わりに、三人はさらに強力な衛星電話をまんまと軍に提供させた。インドの監視衛星がらみで片づかない仕事があり、その作業を完了させるために必要だといったのである。それから一ヵ月、二十四時間態勢で系統だてたモニター作業をつづけた結果、三人は九基の同タイプの人工衛星が形作る全地球的ネットワークのパズルを完成させた。九基の衛星は相互にリンクしており、最初に軌道上に打ち上げた者以外には見えないよう周到な設計がなされていた。

三人は自分たちの発見した衛星システムに、〈ネプチューン〉というコードネームをつけた。

若き三人のコンピュータの天才は、みなアメリカ合衆国で教育を受けていた。リーダーのサフィ・ミルツァはスタンフォード大学卒、同大学で助手をつとめたのち、短期間ながらブリーディン社で働いた経歴のもちぬしだった。ちなみにこの会社は衛星システムを専門とする、アメリカの背教者ともいうべき軍需企業である。またファザール・シャリフは、ジョージア工科大学でコンピュータ科学の上級学位を取得していた。

〈ネプチューン〉ギャングの三人めにして最年少のメンバーはファルーク・カーン。最初の〈ネプチューン〉衛星の内部に侵入するためのプログラムを書きあげたのは、このファルークだった。コンピュータ・システムに侵入すると、ファルークは蓄積されていた情報のダウンロードをはじめた。機密度のきわめて高い情報に接するなり、ファルークとファザールとサフィの三人は、ただちに自分たちが立入禁止区域にはいりこんでいることを悟った。アフガニスタンのテロリスト訓練キャンプや、北京《ペキン》の政府関係者のリムジンをとらえた鮮明なカラー写真があった。〈ネプチューン〉は高度六千メートルを飛行中の中国人パイロットたちによる冗談の応酬をききとることも、イエメンのドックにはいっていく怪しい釣り船を監視することもできた。ハバナの街路を移動していくカストロのものとおぼしき装甲自動車の動向を追うこともできた。さらに、三人にショックを与えたリアルタイムのビデオ映像があった——アラファト議長その人がガザの議長府内の路地にはいりこんで、タバコに火をつけていたばかりか、その場で小用におよんでいたのである。

それから二日間、三人はパキスタン上空を通過していく衛星の中身を不眠不休でのぞきつづけた。内部ソフトウエアは英語だったし、〈ネプチューン〉が中東とアジアと中国に焦点をあわせていることから、この衛星システムはアメリカの所有だと推測するのが妥当だった。二番めと三番めの——可能性の薄い——候補がイギリスとイスラエルだった。

二日の傍受ののち、三人はアパートメントから出て、カラチの市街から十六キロ離れた、友人の農場内の家屋に仕事場を再構築した。発見はそれだけでも昂奮をかきたててやまなかったが、三人は一歩先に進もうとしていた。その思いがひときわ強かったサフィは、衛星システムを操作できることに自信をいだいていた。

サフィの最初の成功は、新聞を読むファザール・シャリフの姿をとらえたことだった。自分たちの所在を隠すためにファザールはバスでカラチのダウンタウンに行き、緑色の帽子とサングラスで変装してから新聞を買い、ある交差点近くの公園のベンチに腰をおろした。ファルークが増設された衛星電話を通じて命令を送りこむと、〈ネプチューン〉衛星はファザールをとらえ、手にした新聞の見出しの文字まで読みとれるほど拡大した画像を、農場の家にまで送ってきた。ふたりは信じられぬ思いで、声もなく画像を見つめた。

地球に送信されてきた電子光学画像は、当時のテクノロジーの範囲ではもっとも解像度の高いもので、約一メートル二十センチの物までをとらえることができた——これはアメリカの軍事偵察衛星が供給する最高画質の映像に匹敵していたし、ヨーロッパ諸国やアメリカの商用衛星の二倍の解像度だった。

それから数週間、やがては数カ月間、三人は自分たちが発見した衛星のための自作プログラムを書きつづけた。書いたプログラムの大半は捨てることになったが、成果をあげたプログラムをさらに改良していく過程で、彼らは〈ネプチューン〉が秘めている可能性にさらに驚嘆させられることになった。

最初に〈ネプチューン〉を発見してから一年半後、三人が書きあげたソフトウエアのプログラムは、容量二ギガバイトのＪａｚ《ジャズ》ディスクで四枚の分量になっていた。このプログラムは、〈ネプチューン〉と地球上の無数の連絡地点との通信速度を向上させたばかりか、すでに軌道上に存在する航法衛星や通信衛星、偵察衛星の大半の動きを〈ネプチューン〉に妨害《ジャム》させる機能までそなえるようになっていた。三人はこのプログラムに——ほかにもっといいコードネームを思いつかなかったこともあり——ＪＡＭという名前をつけた。

彼らが〈ネプチューン〉と呼んでいるこの衛星システムは、もちろん三人以外の何者かの所有物ではあったが、三人の共謀者たちはいまではこのシステムを制御することも、完全に操作することも、さらにはまったく無用の長物に貶《おとし》めることさえも可能になっていた。ここで、深刻な意見の対立が発生した。サフィとファザールのふたりは商売気を出し、もっとも高い買値をつけた者にＪＡＭを売ろうといいだした。一方ファルークは、自分たちの手になるプログラムがトラブルの原因にしかならないという意見だった。それゆえこのプログラムをそのままパキスタン軍部に引きわたし、この一件とすっぱり手を切りたがっていた。

一九九八年九月、サフィとファザールのふたりはワシントンにやってきた。それからひと月のあいだ、ふたりはパキスタン人の仲介者を通じて軍情報部と接触を試みたが、思うにまかせぬ苛立《いらだ》ちの日々がつづいた。やがてふたりはある友人から、ワシントンのあらゆるドアをあけることのできる男として、ジョエル・バックマンの名前をきかされた。

しかし、そのバックマンのドアにたどりつくまでがひと苦労だった。このフィクサーは大物依頼人を多数かかえた重要人物であり、わずかでも時間を割いてもらおうという著名人も数多かった。バックマンは新規依頼人と最初に会うときの相談料を、一時間あたり一律五千ドルと決めていた。しかもこれは、偉大なるフィクサーの謦咳《けいがい》に接するという幸運にあずかった人の場合である。サフィはシカゴにいる叔父から二千ドルの借金をし、残額は三カ月以内に支払うとバックマンに約束した。のちのち法廷に提出された記録書類によれば、この最初の会談は一九九八年十月二十四日のこと。場所は〈バックマン、プラット&ボーリング法律事務所〉のオフィスだった。この会談が、やがては出席した面々の人生を破壊することになった。

最初バックマンは、ＪＡＭとその驚くべき機能を眉唾《まゆつば》ものだと考えていたふしがある。いや、あるいはこの男はＪＡＭが秘めている可能性を即座に把握してはいたが、新規依頼人を前に控えめなふりをすると決めたのかもしれない。サフィ・ミルツァとファザール・シャリフはＪＡＭを国防総省に売って――この商品がどれだけの金を稼ぐかについて、バックマンがどう考えようとも――ひと財産つくることを夢見ていた。そしてＪＡＭと引き換えにひと財産を手にいれられる人物がワシントンにいるとするなら、ジョエル・バックマンをおいてほかにはいなかった。

バックマンは早い時期から、この一件にジェイシー・ハバードを引きこんでいた。ハバードは、バックマンが数百万ドルで抱きこんだ利益代弁者であり、当時もまだ大統領と週一回ゴルフをして、議会の大物議員たちとバーめぐりに精を出していた。ハバードは生彩に富む万事が派手な人物で、喧嘩《けんか》っ早く、三回の離婚歴があり、高価なウイスキーに目がなかった――ロビイストたちが勘定をもつとなればなおさらだ。この男が政治の世界で生きのびてこられたのは、ひとえに合衆国上院史上もっとも卑劣な選挙運動家として知られていたからにほかならない。さらにハバードは反ユダヤ主義者としても知られ、議員時代にはサウジアラビアとの緊密な絆《きずな》をつくりあげてもいた。きわめて緊密な絆を。政治倫理にまつわる多くの調査のひとつで、サウジ王子から選挙資金として百万ドル提供されていたことが明らかになった――この王子は、ハバードがオーストリアへのスキー旅行にいっしょに行った相手である。

当初ハバードとバックマンは、JAMを売るための最上の方策をめぐって対立していた。ハバードはサウジアラビアに売りつけたいと思っていた。あの国なら十億ドル出すにちがいないという意見だった。一方バックマンは、これだけ危険なしろものは国内にとどめておくべきだという、いくぶん偏狭な見方をとっていた。ハバードはサウジに、表面上の友好国アメリカに不利な利用はしないと一筆を入れさせたうえで取引をまとめられることに自信をいだいていた。バックマンはイスラエルを恐れていた――アメリカ国内の親イスラエル勢力やあの国の軍事力も恐れの対象だったが、ひときわ恐れていたのがイスラエル諜報《ちょうほう》機関によるスパイ活動だった。

当時〈バックマン、プラット&ボーリング法律事務所〉は、数多くの外国企業と外国政府を依頼人としてかかえていた。それどころか、ワシントンにおいてただちになんらかの影響力を行使したいと願う者がまず頼るべき唯一《ゆいいつ》の場所が、この事務所だったといえる。事務所がふっかける目の玉が飛びでるような料金を払いさえすれば、あとはおのずと道がひらけた。事務所の無限ともいえる依頼人リストに名前をつらねていたのは、日本の製鉄産業、韓国政府、サウジアラビア政府、カリブ海諸島の怪しげな銀行グループの大多数、パナマの現政権、コカイン以外はなんの作物も栽培していないボリビアの農業組合などなど……。合法的な活動をしている依頼人が数多くいる一方、叩《たた》けば埃《ほこり》の出る依頼人もずらりと顔をそろえていた。

JAMがらみの噂《うわさ》が、じわじわと事務所の各オフィスに広がっていった。事務所はだれもが息を飲む高額の報酬をいくたびか手に入れてきたが、JAMはこれまでの最高額記録をも上まわる報酬をもたらす可能性を秘めていた。数週間ののちには、事務所のほかのパートナーたちがぞくぞくと、JAMの売りこみ先について自分なりのシナリオを提示するようになった。そのなかで愛国主義という観点はしだいに忘れ去られていった――なにしろ、途方もない額の大金が待っているのだ！　事務所は、中国空軍の下請として航空電子機器をつくっているオランダの企業の代理をつとめていた。この会社の伝手《つて》を頼れば、北京政府と取引を結んで大もうけすることも夢ではなかった。また韓国政府は、いま北朝鮮でなにが起こっているのかを正確に把握できれば安心できるにちがいない。イスラエル軍内部の通信を攪乱《かくらん》できるとわかれば、シリア政府あたりが国庫の中身を丸ごとさしだしてくるかもしれない。麻薬取締局が麻薬供給を断つためにどんな作戦を展開しているのかを正確に追跡できるとなったら、数十億ドルを出すといってくるドラッグ・カルテルがあっても不思議ではなかった。

日がたつごとに、ジョエル・バックマンと金に目がくらんだ弁護士一味はどんどん巨額の収入をあてにするようになってきた。事務所内でもいちばん広いオフィスでは、これ以外の話題はほとんど出なかった。

医者はかなり無愛想だったうえ、この新しい患者に割いている時間の余裕はほとんどないように見うけられた。なんといっても、ここは軍の基地病院である。医者はろくに口をひらかないまま、脈搏《みゃくはく》と心臓や肺の機能を調べ、血圧や反射などのあれこれを調べおわると、藪《やぶ》から棒にこう宣言した。「どうやらきみは、脱水症状を起こしているようだね」

「程度は？」ジョエルはたずねた。

「長時間のフライトでは珍しくないな。まず薬剤を投与しよう。二十四時間以内には、すっかり元気になるはずだ」

「薬剤……点滴をするということか？」

「いかにも」

「点滴はしない主義だ」

「よくききとれなかったんだが……」

「きこえたはずだぞ。体に針を刺されるのはいやだ」

「さっきは針を刺して、血液のサンプルをとったじゃないか」

「ああ、あんなふうに血が外に出ていくぶんにはかまわない。しかし、なにかを体に注ぎこまれるとなると別問題だ。あきらめてくれ、ドク。点滴は断わる」

「しかし、きみは脱水症状を起こしているんだぞ」

「脱水症状を起こしている感じはしないな」

「いいか、わたしは医者だ。そのわたしが、きみは脱水症状を起こしているといっているんだ」

「だったら、水を一杯もってきてくれ」

三十分後、満面の笑みをたたえたナースがひと握りの薬をもって病室に姿をあらわした。ジョエルは睡眠薬のたぐいを断わり、つぎにナースが注射器を軽くふって見せてくると、こうたずねた。

「それはなにかな?」

「ライアックスよ」

「ライアックスというのは、いったいなんの薬かな?」

「筋肉の緊張をほぐす筋弛《きんし》緩剤《かんざい》ね」

「なるほど。ただし、たまたまいま、わたしの筋肉はどれも緊張などしておらず、くつろいでいる。筋肉の緊張という症状を訴えた覚えもない。筋肉が緊張していると診断された記憶もない。筋肉が緊張しているかどうか質問されたこともない。だから、そのライアックスは引っこめて、自分の尻《しり》にでも針を突き立てるといい。そうすれば、わたしもきみも緊張をほぐして、もっと楽しい気分になれるぞ」

ナースは注射器をとりおとしかけた。気まずい沈黙の時間が長くつづいた。そのあいだナースは絶句したままだったが、やがてなんとかこうつぶやいた。「じゃ、ドクターに確認してくるわ」

「ご自由に。ああ、それでべつのアイデアを思いついた。いっそ、あの医者のでぶっ尻に注射針を突き立ててやったらどうだ？　緊張をほぐすのが必要なのは、医者のほうなんだからね」ジョエルはそういったが、ナースはすでに病室を出ていったあとだった。

基地の反対側では、マコーリフ曹長がキーボードを打って、国防総省にメールを送信していた。メールはただちにラングリーのＣＩＡ本部に転送された。目を通したのはジュリア・ハヴィエル。バックマン問題の担当者として、メイナード長官からじきじきに指名されたベテランのスタッフである。ライアックスがらみの一件が発生してからわずか十分後、その顚末《てんまつ》をモニターで読んだミズ・ハヴィエルは小声で、「くそ」と毒づくと上のフロアにあがっていった。

いつものようにテディ・メイナードは、キルトを体に巻きつけた姿で長いテーブルの一方の端につき、一時間単位でうずたかく積みあがっていく無数の要約報告書のひとつに目を通していた。

ミズ・ハヴィエルはいった。「つい先ほど、アヴィアーノ基地から連絡がありました。バックマンは、あらゆる薬品の服用を拒んでいるそうです。点滴を受けようとせず、錠剤も飲もうとしません」

「食べ物に薬を入れるわけにはいかないのか？」メイナードは低い声でつぶやいた。

「なにも食べようとしていません」

「あの男はなんといっている？」

「胃の調子が思わしくない、と」

「ほんとうの話だと？」

「あの男はトイレをつかっていません。ですから真偽はわかりかねます」

「飲み物はとっているのか？」

「グラスに水を入れてさしだしましたが、飲もうとせず、ボトルいりのミネラルウォーターしか飲まないと強く主張しています。ペットボトルの水をわたしたところ、飲む前にまずキャップがあけられた形跡がないかどうかを仔細《しさい》に調べていたとのことでした」

メイナードは最新の報告書をわきに押しやって、拳《こぶし》の関節で目もとを揉《も》んだ。第一の計画では、バックマンを病院に収容したら——点滴か通常の注射で——睡眠薬を盛って意識をうしなわせ、それから二日ばかり薬づけにすることになっていた。そののち、ＣＩＡ最新の麻薬のスペシャルブレンドをつかって、バックマンをじわじわと現実に引きもどす。数日ばかり朦朧《もうろう》とした状態で過ごさせたら、ペントタールナトリウム療法を開始する。〝自白薬〟の別名があるこの薬剤をベテランの尋問官と組みあわせて利用すれば、つねに求める結果を得ることができた。

この第一の計画は、しくじる余裕さえない簡単きわまるものだった。第二の計画となると、実行には数カ月もかかるうえ、成功する保証はどこにもなかった。

「あの男はでかい秘密をかかえこんでいるのではないかな？」メイナードはいった。

「ええ、その点に疑いの余地はありません」

「それどころか、われわれはそのことを事実として知っている——ちがうか？」

「ええ、そのとおりです」

5

ジョエル・バックマンには三人の子どもがいたが、そのうちふたりはスキャンダルが最初に勃発《ぼっぱつ》した時点で、すでに父親を見すてていた。長男のニールは、すくなくともひと月に二通の手紙を父親に書き送っていた——収監された当初は、きわめて手紙が書きにくかったが。

父親が刑務所送りになった時点で、ニールは二十五歳、バックマンの法律事務所の新人アソシエイトだった。ニール本人はＪＡＭや〈ネプチューン〉のことをなにも知らないも同然だったが、それでもＦＢＩはしつこくつきまとい、やがて連邦検察官に起訴されることになった。

ジョエル・バックマンが唐突に司法取引に応じた最大の理由は、むろんジェイシー・ハバードを見舞った奇禍である。しかし、当局による息子への迫害も、バックマンに取引をうながす要因になった。司法取引の条件のひとつとして、ニールの起訴はすべての訴因について取り下げられた。そして父親が禁錮《きんこ》二十年の刑の宣告とともに退場していくと、カール・プラットはただちにニールの解雇を決定、ニールは武装警備員に付き添われて事務所のオフィスから追いだされた。バックマンという苗字《みょうじ》が呪《のろ》いの重荷となって、ワシントン周辺では再就職は不可能だった。大学時代の友人のひとりに、叔父が元判事だという男がいた。あちらこちらとの電話のやりとりの末、ニールはヴァージニア州のカルペパーという小さな町にある、所属弁護士がわずか五人の法律事務所に職を得た。チャンスを与えられたことがありがたかった。

ニールがなによりも欲していたのは匿名性《とくめい》だった。いちどは改名まで考えたし、父親を話題にすることを拒みとおしてきた。不動産関係の法律実務をこなし、遺言状や不動産の権利証書を作成することで、小さな町の平凡な暮らしにすんなり溶けこんだ。やがて地元の女性と出会って結婚、すぐに娘を授かった。ジョエル・バックマンの二番めの孫、手もとに写真がある唯一《ゆいいつ》の孫である。

ニールは父親が釈放されたことをポスト紙で知った。まずこの件をじっくり時間をかけて妻と話しあったのち、ごく短時間とはいえ事務所のパートナーたちとも話しあった。たしかにこの事件は、ワシントンＤＣに激震を走らせたかもしれない。しかしその揺れは、カルペパーという小さな町までは届かなかった。だれひとりこの事件のことを知らないようだったし、関心をもっている者もいないかに見えた。ここではニールは、悪名高いフィクサーの息子ではなかった。一介のニール・バックマン、南部の小さな町にあまたいる弁護士のひとりにすぎなかった。

そしてある審問会がおわると、担当判事がニールを横に引っぱって質問した。「で、きみのお父さんはどこに身を隠してもらったんだね？」

ニールはあくまでも鄭重《ていちょう》に、「あいにく好みの話題とはいいかねます、判事閣下」と答え、この言葉をもって会話のピリオドにかえた。

表面だけを見れば、カルペパーにはなんの変化もなかった。ニールは、特赦が認められたのはまったくの赤の他人だという顔で、いつもどおりの仕事をつづけた。しかし内心では電話を待っていた——いずれ父親はかならず連絡してくるにちがいない、と思って。

何回も要求をくりかえしたのち、ようやく主任ナースがカンパのための帽子をスタッフにまわしてくれた。小銭ばかりで三ドルほどの金があつまった。金が運ばれていったのは、病院内ではいまだにハーツォグ少佐と呼ばれている患者で、この患者はしだいに奇矯なふるまいを見せるようになっていたばかりか、栄養失調のため体調が悪化の一途をたどっていることは、ひと目で明らかだった。ハーツォグ少佐は金を受けとるなり、すでに二階にあるとわかっていた自動販売機にむかい、〈フリトス〉のコーンチップスの小袋を三つと〈ドクター・ペッパー〉を二本買い求め、ものの数分ですべてを胃袋におさめた。一時間後、患者は激しい下痢に見舞われてトイレにこもっていた。

しかし、すくなくともこれまでのような激しい飢えには悩まされていなかった。そればかりか薬を盛られてもおらず、口に出してはいけないことを話していなかった。

完全な特赦を与えられたのだから、法律を厳格に解釈すればジョエル・バックマンはすでに自由な市民だった。にもかかわらず、いまだに合衆国政府の所有する施設に軟禁されたまま、ラドリーの独居房とさして変わらぬ狭い部屋に閉じこめられている。刑務所の食事はひどいものだったが、すくなくとも睡眠薬を盛られる心配なしに食べることはできた。それがいまでは、チップスと炭酸飲料で生きているしまつ。ナースたちのほうが多少は友好的だといっても、さんざんジョエルをなぐさみ物にした看守たちと五十歩百歩。医者たちはといえば、睡眠薬を飲ませたがってばかりいるが、それが上からの指示によるものであることをジョエルは確信していた。この近くのどこかに、小さな拷問《ごうもん》室が用意されているはずだ――そこには、薬がひとたび奇跡の効果を発揮したら、搾《しぼ》りとれるだけの情報を搾りとってやろうと手ぐすね引いて待ちかまえている連中がいるのだろう。

心底から、戸外に出たくてたまらなかった。新鮮な空気を吸い、日ざしを浴びたい。ふんだんな食べ物にもありつきたいし、制服を着ていない人間とのささやかなふれあいも恋しかった。長く感じられた二日ののち、その願いがついにかなうときがやってきた。

ここに来て三日め、ステネットという無表情な若い男が部屋にはいってきたかと思うと、愛想のいい口調でこう切りだしてきた。「オーケイ、バックマン。話が決まりました。ときに、わたしはステネットといいます」

そういうと、ステネットは一冊のファイルをベッドの毛布に投げ落とした。ファイルはジョエルの足の上、もう三回も読みかえした数冊の古雑誌の横に落ちた。ジョエルはファイルをひらいた。「マルコ・ラッツェーリ？」

「そう、それがあなたです。いまこの瞬間から、あなたは完全なイタリア人になる。そのファイルには出生証明書とイタリア国民であることを示すＩＤカードがはいっています。記載されたすべての情報を、可及的すみやかに記憶してください」

「記憶するだって？　そもそも読めもしないのに」

「だったら勉強することですね。わたしたちは三時間後に出発します。あなたはこの近くのある都市に連れていかれたのち、新しく親友となる者と引きあわせられます。この者が、以後数日間にわたってあなたの案内役をすることになります」

「数日間？」

「あなたの適応程度によって、一カ月間になることも考えられます」

ジョエルはファイルを下におくと、ステネットを見つめた。「きみはどこで働いているんだ？」

「それを打ち明けたら、あなたを殺すしかなくなります」

「笑わせてくれるな。ＣＩＡか？」

「アメリカ合衆国。わたしにいえるのはここまで――そして、あなたが知っておく必要があるのもここまでです」

ジョエルは、ご丁寧にも鍵《かぎ》までついた鉄枠の窓に目をむけた。「ファイルにパスポートが見あたらないんだが……」

「ありません。あなたはどこにも行かないからですよ、マルコ。これからあなたは、ひっそりと静かな生活を送ることになります。隣人たちはみな、あなたがミラノ生まれではあるものの、カナダで育ったと考えることになります。これから学ぶイタリア語が下手でも、言いわけが立ちますね。それに旅をしようなどという料簡《りょうけん》を起こせば、あなたにとってきわめて危険な情況になりかねません」

「危険とは？」

「よしてください。わたし相手に変な駆引きは無駄です。この世界には、あなたを見つけたがっている、きわめて悪質な連中が存在します。われわれの指示に従っていれば、彼らに所在をつきとめられることはありません」

「そういわれても、イタリア語など一語も知らないんだが」

「いや、知っているはずですよ——ピッツァ、スパゲティ、カフェラッテ、ブラヴォー、オペラ、大変だ《マンマ・ミーア》。いずれは覚えますよ。一日でも速く、そしてすこしでも上達すれば、それだけ安全が確保できますからね。教師につくことです」

「ところが、わたしは一文なしだ」

「そういう話ですね。まあ、さがしても見つからなかったという意味でしょうが」ステネットはポケットから数枚の紙幣を抜きだして、ファイルの上においた。「あなたが牢屋《ろうや》に入れられているあいだに、イタリアはリラを廃止し、通貨としてユーロを採用しました。ここに百ユーロあります。一ユーロはほぼ一ドルですね。わたしは一時間後に衣類をもって、またここに来ます。ファイルには、イタリア語の小辞典もあります――あなたが最初に覚えるべき二百のイタリア語の単語が載っています。のんびりしている時間はないでしょう」

一時間後、ステネットがシャツとスラックス、ジャケットと靴とソックスをもってふたたび病室を訪れた。衣類はすべてイタリア製だった。

「ボンジョルノ」ステネットがいった。

「〝こんにちは〟だ」ジョエルは答えた。

「では、車をあらわす単語は？」

「マッキナ」

「上出来です、マルコ。さて、そのマッキナに乗りこむ時間です」

もうひとり、物静かな紳士が、特徴のないコンパクトなフィアットの運転席にすわっていた。ジョエルは体を無理やり折り曲げて、全財産の詰まったキャンバス地のバッグを手にしたまま後部座席に乗りこんだ。ステネットは助手席。ひんやりと冷たい空気は湿気をはらみ、雪がうっすらと形ばかり地面を覆《おお》っていた。車がアヴィアーノ空軍基地のゲートから外に出たときばかりは、自由の実感が初めて胸を刺してきた。とはいえ、昂奮《こうふん》の小さな波の上には、幾重にも不安がかぶさっていたのだが……。

ジョエルは目を皿にして、道路標識を見つめた。前部座席からは、ひとことも話しかけられなかった。車が走っているのは二五一号線。これは二車線のハイウェイで、南にむかっているように思えた。ポルデノーネの街に近づくと、たちまち車の数が増えてきた。

「ポルデノーネの人口は？」ジョエルはそうたずね、重苦しい沈黙を破った。

「五万です」ステネットが答えた。

「ここはイタリア北部なんだな？」

「北東部というべきです」

「アルプスまではどのくらいある？」

ステネットは漠然と右の方角をあごでさし示した。「あっちに六十五キロというところです。よく晴れた日なら山が見えることもありますよ」

「どこかで休憩してコーヒーを飲むわけにはいかないのか？」ジョエルはたずねた。

「無理です。われわれは……その……停車許可を得ていないもので」

これまでのところ運転手は、耳がまったくきこえないようだった。

車はポルデノーネの街の北側を迂回《うかい》して、A二八号線にはいった。ここは四車線の道路で、トラックを運転している者はともかく、それ以外のドライバーはだれもかれも仕事にかなり遅刻しているかのような運転ぶりだった。時速百キロという控えめなスピードで走るジョエルを乗せた車の横を、派手に飛ばしている小型車が追い抜いていく。ステネットはイタリア語の新聞、レプブリカ紙をひらいて、フロントガラスの半分を目隠しした。

なにもしゃべらぬまま、ただ後方に飛び去っていく田園風景をながめているだけで、ジョエルにはなんの不満もなかった。いまは一月下旬ということもあって畑に作物はひとつも見あたらなかったが、それでもうねるように広がるこの草原はきわめて肥沃《ひよく》な土地に見うけられた。ときおり段地状になった山腹に、趣のある古い屋敷が見えた。

昔、ああいった屋敷を一軒借りたことがあった。かれこれ十年ちょっと前になるだろうか、長期間の休暇旅行に連れていってくれなければ離婚してやると、二番めの妻から脅されたのだ。当時ジョエルは週に八十時間働いており、さらに空《あ》いた時間があれば仕事で埋める日々を送っていた。オフィスで暮らすほうが好きだった。自宅の雲ゆきのことを思えば、なるほど、オフィスのほうがずっと心穏やかに過ごせることはまちがいないところだった。そうはいっても離婚となれば、かなり痛い出費を強いられる。そこでジョエルは事務所の一同に、自分と愛する妻はこれより一カ月間、トスカーナ地方で過ごすことにした、と宣言した。しかも、そのすべてが自分の思いつきであるかのようにふるまって——「キャンティの本場での一カ月におよぶワインと美食の探索の旅だぞ！」

そしてふたりは、中世の面影を残すサンジミニャーノの街で、十四世紀に建てられた修道院だったという貸し別荘を見つけた。ハウスキーパーと料理人ばかりか、専属運転手までそろっていた。しかしこの冒険がはじまってわずか四日め、ジョエルのもとに不穏なニュースが届けられた。上院歳出委員会が予算案のある条項の削除を検討しているというのだ。これが実現すれば、依頼人の軍需企業各社にはざっと二十億ドルの損失になる。ジョエルは急遽《きゅうきょ》飛行機で引き返し、上院を鞭《むち》打ってまっとうな状態にもどすべく仕事にかかった。二番めの妻はイタリアに残った。あとで知ったことだが、妻はそのあいだに若い専属運転手と寝るようになっていた。それから一週間というもの、ジョエルは毎日イタリアに電話をかけては、ちゃんと別荘にもどって休暇旅行をさいごまでおえると約束しつづけたが、二週めが過ぎるころには、もう妻はジョエルの電話に出ようとしなくなった。

やがて歳出予算案は、あるべきまっとうな姿にもどった。

一カ月後、二番めの妻は離婚を申し立てる訴訟を起こした。泥沼の争いの結果として、ジョエルは三百万ドルの出費を強いられることになった。

しかも都合三人いた妻のなかでは、この二番めの妻がいちばんのお気にいりでもあった。いまでは三人とも去っていき、すべては散り散りになって、永遠に消えた。最初の妻――ふたりの子どもの母親――はジョエルと別れたのち、二回再婚した。現在は、発展途上国に液体肥料を売りこむことで財をなした男を夫にしている。意外にも最初の妻は、獄中のジョエルに手紙をよこした。といっても、意地のわるさを剝《む》きだしにした短い手紙だったし、文中でこの女は、ようやく最低の悪党を首尾よく始末した司法制度を誉めたたえていた。

とはいえ、最初の妻を責められるものではない。妻が荷物をまとめて出ていったのは、ジョエルが秘書とふたりきりでいる現場を目にしたのがきっかけだ。このグラマーな若い秘書が、二番めの妻になった。

三番めの妻は、ジョエルが起訴されると同時に逃げだしていった。

なんとまあ、惨憺《さんたん》たる人生であることか。当年五十二歳。依頼人を言葉巧みに騙《だま》し、オフィスじゅうで秘書を追いかけまわし、さもしい三流政治家どもを締めあげ、週に七日働き、驚くほどしっかり育った三人の子どものことはまったく無視、世間体をとりつくろうことに汲々《きゅうきゅう》とし、際限なくエゴを膨らませ、金、金、ひたすら金を追い求めてきたそのキャリアの見返りがなんだと？　危険をもかえりみず、偉大なるアメリカン・ドリームの実現にむけて突っ走ってきたことの見返りは？

刑務所での六年間だ。おまけに昔の名前が危険だというので、いまでは名前も新しくした。ポケットにあるのは、ほぼ百ドルの金だけ。

マルコ？　どうすれば毎朝、鏡で自分を見るたびに「ボンジョルノ、マルコ」などといえる？

もちろん、「おはよう、重罪人」と口にするのにくらべたら何倍もましだ。

ステネットはそれほど真剣に新聞を読んでいるのではなく、むしろ新聞と格闘しているような状態だった。ざっと目を通していくあいだも、新聞紙は急に広がったり、ばさばさ音を立てたり、皺《しわ》になったりしている。運転手はおりおりに苛立《いらだ》ちのこもった視線をむけていた。

ヴェネツィアは南に六十キロである旨が記載された標識があった。ジョエルは、そろそろ単調な雰囲気を破るときだと感じた。「ヴェネツィアに住みたいね――もちろん、ホワイトハウスに異存がなければの話だが」

運転手がぎくりと顔をしかめ、ステネットの新聞が十五センチばかりさがった。つかのま、小型車内の空気が緊張をはらんだ。やがてステネットが曖昧《あいまい》なうなり声を洩《も》らして、肩をすくめた。「残念ですが」

「ところで、もう小便を我慢できないんだ」ジョエルはいった。「トイレ休憩のための許可をとりつけてはもらえないかな？」

一行を乗せた車は、コネリアーノ北方のモダンなサービスエリア《セルヴィッツィオ》でとまった。ステネットが三人ぶんのエスプレッソを買ってきた。ジョエルは自分のカップをもって、走りすぎていく車を見られる正面の窓べに近づくと、イタリア語で悪口の応酬をしている若いカップルの会話に聞き耳をたてた。しかし、覚えようと努力した二百語のひとつとしてきこえてこなかった。イタリア語を覚えるのは不可能事に思えた。

ステネットがとなりに近づいてきて、車の流れに目をむけながら、こう質問してきた。「以前、イタリアに来たことは？」

「ひと月過ごしたよ。トスカーナで」

「ほんとうに？　丸々ひと月も？　さぞや楽しかったでしょう？」

「いや、じっさいは四日間だけだ。しかし、妻はひと月トスカーナに残り、いろいろな出会いを楽しんだよ。きみはどうなんだ？　この国は、きみの行きつけの場所のひとつなのか？」

「わたしはあちこち動きまわっています」ステネットの表情は、答えと同様に曖昧だった。小さなカップに口をつけてから、ステネットはこう言葉をつづけた。「コネリアーノ。この街はプロセッコで有名です」

「プロセッコ……イタリア版のシャンペンだな」ジョエルはいった。

「ええ。お酒を飲まれるんですか？」

「この六年は、一滴も口にしていないよ」

「刑務所では酒を出してもらえないと？」

「そのとおり」

「では、いまはどうです？」

「ぼちぼち飲みはじめようかな。かつては悪癖そのものだったがね」

「そろそろ出発したほうがいいでしょう」

「あとどのくらいかかる？」

「もうちょっとです」

ステネットが出口にむかいかけた。しかしジョエルは、その足をとめさせた。「じつをいえば、かなり空腹でね。サンドイッチを買って、車で食べてもかまわないかな？」

ステネットは出来あいのパニーニがならぶラックに目をむけた。「いいですよ」

「ふたつ買ってもいいかな？」

「かまいません」

Ａ二七号線を南に走った車は、トレヴィーゾにやってきた。市街地を迂回しないことが明らかになると、ジョエルは車での移動がそろそろおわりになるのだろうと察した。運転手が車の速度を落とした。高速道路の出口をふたつ通りぬけてまもなく、車はこの街の狭い道路を揺れながら走っていた。

「トレヴィーゾの人口は？」ジョエルはたずねた。

「八万五千人というところです」ステネットが答えた。

「この街について、きみが知っていることは？」

「五百年のあいだほとんど変わっていない、繁栄をつづけている小さな街ですね。かつてイタリアじゅうの都市国家が激しく争っていた時代には、ヴェネツィアの頼りになる同盟都市でした。第二次世界大戦で、アメリカはこの街を派手に空爆したものです。いい土地ですよ。観光客もそれほど多くありません」

身を隠すにはうってつけの土地か――ジョエルは思った。「では、ここがわたしの目的地かな？」

「そのようです」

高い時計台が、すべての車を市街地の中心へと招いていた。そこでは、車が紳士たちの広場《ピアッツア・ディ・シニョーリ》のまわりをのろのろと進んでいた。バイクや原付自転車《モペッド》が車のあいだを縦横無尽に走り抜けていく。ドライバーたちは無鉄砲そのものに思えた。ジョエルは優雅な店がまえの小さな商店を食いいるように見つめた——いくつもの新聞のラックが入口をふさいでいるタバコ屋《タバッケリア》、緑色の十字のネオンのある薬屋《ファルマチア》、あらゆる種類のハムが窓に吊《つ》りさげてある精肉店。そしてもちろん、小さなオープンカフェ。どこのカフェのテーブルも、エスプレッソを飲みながら、なにかを読んだり、ゴシップをかわしたりして何時間でも腰をすえていられそうな客で埋まっていた。時刻はまもなく午前十一時。昼食の一時間前にコーヒーブレイクをとっているとなると、あの人たちはいったいどんな仕事で生計を立てているのだろうか？

よし、そのあたりをぜひ究明してやろう——ジョエルはそう決意した。

名前のない運転手が、車を臨時駐車場に入れた。ステネットが携帯電話の数字ボタンを押し、相手が出るのを待ってから早口のイタリア語で話しはじめた。電話をおえると、ステネットはフロントガラスごしに外を指さしてこういった。

「あそこのカフェが見えますね？　紅白の庇《ひさし》のある、〈カフェ・ドナティ〉という店です」

ジョエルは後部座席から目を凝らして、答えた。「ああ、わかる」

「正面入口からカフェにはいったら、右側にあるバーの前を通りすぎて、店の奥に行ってください。テーブルが八卓あります。そこに席をとって、コーヒーを注文し、待っていてください」

「なにを待つんだ？」

「約十分後、男があなたに近づいてきます。その男の指示に従ってください」

「もし指示に従わなかったら？」

「変な気を起こさぬように、ミスター・バックマン。われわれが監視していますからね」

「で、その男は何者なんだ？」

「あなたの新しい親友です。男の指示に従えば、あなたは生きのびることができるでしょう。馬鹿《ばか》なことをしでかせば、ええ、あなたは一カ月も生きていられません」そう話すステネットの口調には、悦にいっている響きがなきにしもあらずだった——あたかも、哀れなマルコをいたぶることを楽しんでいるかのような。

「つまり、わたしときみはここで〝さようなら《アディオス》〟ということか？」ジョエルはそういいながら、自分のバッグを手もとに引き寄せた。

「いえ、アディオスではなく、〝またいつか《アリヴエデルチ》〟というべきです。書類はちゃんともっていますか？」

「ああ」

「では、アリヴェデルチ」

ジョエルはゆっくりと車から降りて歩きはじめた。保護者であるステネットがまだうしろに控えていて、未知の危険から自分を守る盾になってくれているのかどうか、ふりかえって確かめたい衝動を抑えつけなくてはならなかった。結局ジョエルはいちどもふりかえらず、できるだけさりげなく見えることを心がけながら、キャンバス地のバッグを手にして前に歩いていった。ちなみにこれは、目下トレヴィーゾの中心部で目につく唯一《ゆいいつ》のキャンバス地のバッグだった。

ステネットは監視をつづけているに決まっている。ほかにだれが自分を見張っているのか？　どこかに〝新しい親友〟なる人物がいることは確実。新聞で半分身を隠しつつ、ステネットや、それ以外のチームの面々にこっそりと合図を送っているのだろう。ジョエルはタバコ屋《タバッケリア》の店先でつかのま足をとめると、イタリア語は一言半句もわからないにもかかわらず、イタリア語の新聞の見出しに目を走らせた。足をとめたのには理由があった。足をとめることができるからであり、どこであれ自分の好きなときに足をとめる力と権利や、いつでも好きなときにふたたび歩きだす力と権利をもった自由な人間だからだ。

〈カフェ・ドナティ〉にはいったジョエルは、バーカウンターの拭《ふ》き掃除をしていた若い男からもの静かな声で、「こんにちは《ボンジョルノ》」という歓迎の言葉をかけられた。「こんにちは《ボンジョルノ》」ジョエルはなんとか返事をした。生まれて初めて、ほんとうのイタリア語を口にした瞬間だった。それ以上の会話を避けるため、ジョエルはバーの前を素通りし、二階にカフェ・コーナーがあることを示す案内のある螺旋《らせん》階段を迂回《うかい》、さらに目にもあざやかなペストリー類がならぶカウンターの前も通りすぎた。店の裏手の部屋は薄暗く、ごみごみしていて、タバコの煙で息が詰まりそうだった。空《あ》いていたふたつのテーブルの片方にすわる。ほかの客の視線には気づかないふりを通した。ウエイターが怖かったし、注文をするのが怖かった。逃避行をはじめたばかりなのに、ここで正体を暴《あば》かれてしまうことも怖くてたまらなかった。そのためじっとすわったまま顔を伏せて、新しい身分について記された書類を読んでいた。

「こんにちは《ボンジョルノ》」若い女の声が左の肩の上からきこえてきた。

「こんにちは《ボンジョルノ》」ジョエルはようやくそう答え、ウェイトレスがメニューを早口にならべたてる前にいい添えた。「エスプレッソ」ウェイトレスがにっこりと笑顔を見せながら、なにやら理解できないことをまくしたてた。ジョエルはひとこと、「ノー」と答えた。

これが効果を発揮した。ウェイトレスはテーブルから離れていった。ジョエルにとって、これは大勝利だった。無知な外国人を見る目をじろじろとむけてくる者はひとりもいなかった。ウェイトレスがエスプレッソを運んでくると、ジョエルは静かな声でいった。

「ありがとう《グラーツィエ》」

驚くなかれ、ウェイトレスは笑みをむけてきた。ジョエルはエスプレッソを時間をかけて飲んだ。一杯でどのくらい粘れるのかがわからない。早く飲みおわってしまって、ほかの品を注文せざるをえない立場に追いこまれるのは望ましくなかった。

周囲ではイタリア語が渦まいていた。友人同士が矢つぎ早にゴシップを交換している、いっときも絶えることのない控えめなざわめき。英語もこんなふうに早口にきこえるのだろうか？　たぶんそうだろう。いま周囲からきこえてくる言葉を理解できるほどイタリア語に通じるなど、考えるだけでも不可能に思えてならなかった。ジョエルは、わずか二百語ぽっちのささやかなリストに目を落としたのち、数分ほど、周囲の人々の話し声からひとつでも単語をききとろうと必死に耳をすませた。

ウェイトレスがそばを通りかかって、なにか質問してきた。今回もジョエルは定番になった、「ノー」とだけ返事をした。今回もこの答えが効を奏した。

いま自分は、このジョエル・バックマンはイタリア北東部のヴェネト州にあるトレヴィーゾの街にいて、街の中心であるシニョーリ広場に面したヴェルデ通り《ヴィア・ヴェルデ》の小さなカフェでエスプレッソを飲んでいる。その一方、ラドリー連邦刑務所では、昔の囚人仲間がいまも変わらず保護拘置のもとで独居房に閉じこめられている——彼らにあるのは粗末な食事と水っぽいコーヒー、サディスティックな看守と馬鹿げた規則、そして外界での生活を夢見る境地にいたるまでにさえ、なお過ごさなくてはならない何年もの長い歳月だけだ。

これまでの計画とは異なり、ジョエル・バックマンがラドリーの鉄格子《ごうし》のなかで息絶えることはなくなった。精神も肉体も、そして気力の面でも決して萎縮《いしゅく》したりはすまい。せっかく、これまで自分を苦しめていた相手から十四年という歳月を盗みとることに成功し、いまこうしてヴェネツィアまではほんの一時間たらずの距離にある静かなカフェに、なんの足枷《あしかせ》もないまますわっていられる身分になったのだから。

なぜ刑務所のことなどを考えているのか？　なんであれ六年間もいっしょに暮らしていたら、後遺症なく前に進むことなど不可能だからだ。たとえどれほど不快なものだろうと、人はかならず過去のいくばくかを背負う。刑務所の恐怖があってこそ、今回の予期せぬ釈放がまたいちだんと美味になった。時間はかかるだろうが、それでもこれからは現在に集中しようと誓う。未来のことは考えまい。

さまざまな音に耳をすます。友人同士の機関銃のようなおしゃべり。笑い声。すこし離れたところにいる男が携帯電話で話す声。先ほどの愛らしいウェイトレスが厨房《ちゅうぼう》に注文を伝えている声。さまざまな香りを吸いこむ――タバコの煙、濃いコーヒー、焼きたてのペストリー、何世紀も昔から地元の人々の待ちあわせにつかわれてきた、この古い小さな部屋に満ちているぬくもり。

ついで、これまでにも百回は浮かんだ疑問がまたも頭をもたげてきた。いったいどうして、自分はほかでもない、ここにいるのか？　どうして刑務所から身柄をさらわれて、そのまま国外に出されたのか？　特赦だけならわからないでもない。しかし、どうして本格的な国外逃亡をお膳立《ぜんだ》てしてもらえた？　このところ特赦を受けたばかりのほかの犯罪者とおなじように、必要書類を手わたして、あっさりラドリーに別れを告げさせたら、あとは自分の足で生きていくようにすればよかったのに、どうしてそうしなかったのか？

思いあたるふしはあった。いや、自分の推察どおりでほぼまちがいないと断じてもかまわなかった。

自分の推察に、ジョエルはふるえあがっていた。
そして、どこからともなくルイージが姿をあらわした。

6

ルイージは三十代はじめ、悲しげな黒い瞳《ひとみ》と耳を半分覆《おお》う黒髪、すくなくとも四十日分になると思われるひげのもちぬしだった。このひげと、ぶあついバーンジャケットのような服があいまって、ハンサムな農夫の雰囲気をかもしだしていた。ルイージはエスプレッソを注文し、にこやかな笑みを見せた。ジョエルはこの男の手と爪《つめ》がきれいで、歯ならびがととのっていることにすぐ気がついた。バーンジャケットとひげは変装の一環だ。ルイージと名乗るこの男は、ハーヴァード大学あたりの卒業生かもしれない。

ルイージの話す英語はほぼ完璧《かんぺき》で、この男を生粋《きっすい》のイタリア人だと思わせるに足る訛《なまり》があるだけだった。本人の話では生まれはミラノ。イタリア人外交官だった父親は、アメリカ人を妻にめとり、祖国の公務で妻子を世界じゅう連れてまわったという。ルイージのほうはジョエルのことをつぶさに知っている印象があったので、ジョエルはこの新たな付添役についてどの程度の知識が得られるかどうか、さぐりを入れてみた。たいしたことはわからなかった。結婚歴――なし。大学――ボローニャ。アメリカでの教育――中西部のどこかで受けた。仕事――政府関係。どこの国の政府か――いえない。ルイージは気のおけない笑みのもちぬしで、答えたくない質問をかわすのに笑顔を利用した。ジョエルは、自分がプロフェッショナルを相手にしていることを悟った。

「どうせ、きみはわたしのことを多少は知っているのだろうね」ジョエルはいった。

笑顔、完璧な歯ならび。ほほ笑みをみせると、憂《うれ》いをたたえた目が閉じられる寸前になる。女たちがこぞって夢中になるたぐいの男だ。「ファイルを見ましたから」

「ファイルを？　わたしにまつわるファイルは、この部屋にもおさまらない量だぞ」

「ファイルを見ました」

「そうか。だったらジェイシー・ハバードは何年にわたって上院議員をつとめた？」

「あまりにも長すぎた、といいたいところです。いいですか、マルコ。これからぼくたちは過去を追体験したりしません。いまは、やるべきことがたくさんあるんです」

「ほかの名前にしてもらえないか？　マルコというのは、どうもおさまりがわるくてね」

「あいにく、選んだのはぼくではないので」

「だったら、だれがマルコという名前を選んだ？」

「知りません。とにかく、ぼくではありません。あなたは無用の質問をしすぎです」

「二十五年間も弁護士稼業《かぎょう》をしてきたんだ。昔の癖が抜けなくてね」

ルイージはエスプレッソの残りを一気に飲み干すと、テーブルに数枚のユーロ紙幣をおき、「さあ、散歩に行きましょう」といって立ちあがった。ジョエルはキャンバス地のバッグを手に付添役のあとについてカフェから歩道に出ると、大通りにくらべると車の通行のすくないわき道を歩いていった。しかし、ほんの数歩しか進まないうちに、ルイージが〈アルベルゴ・カンペオール〉なる建物の前で足をとめた。

「ここがあなたの最初の滞在先です」ルイージはいった。

「なんなんだ、ここは？」ジョエルはたずねた。おなじような建物に左右をはさまれた四階建てのスタッコづくりの建物で、柱廊《ポルティイコ》の上にカラフルな旗が何枚もひるがえっていた。

「居ごこちのいいプチホテルです。〝アルベルゴ〟は、イタリア語でホテルを意味します。お望みなら〝ホテル〟という単語でも通じますが、こうした小さな街では〝アルベルゴ〟のほうが通りがいいですね」

「ずいぶん簡単な言語もあったものだ」いいながらジョエルは、狭苦しい通りの左右を見わたした――どうやら、これからここが〝ご近所〟になるらしい。

「英語よりは簡単です」

「いずれ、それが本当かどうかがわかるさ。で、きみは何カ国語を話す?」

「五、六カ国語は」

ふたりはこぢんまりしたロビーに足を踏みいれて、先に進んだ。ルイージが心得たようすで、フロントに立っていた係員にうなずきかけた。ジョエルはなんとか通用する発音で、「こんにちは《ボンジョルノ》」と挨拶《あいさつ》したものの、それ以上の会話に巻きこまれるのを避けるために足をとめないで歩きつづけた。階段で三階にあがって、狭い廊下をつきあたりまで歩く。ルイージの手には、三〇号室の鍵《かぎ》があった。三〇号室は質素ではあるものの、設備のととのった続き部屋《スイート》だった。三方に窓があり、下には運河がのぞめた。

「ここでいちばんいい部屋ですよ」ルイージがいった。「高級ホテルとはいえませんが、なに不自由なく過ごせます」

「この前までわたしが暮らしていた部屋を見せてやりたいよ」ジョエルはバッグをベッドに投げ落とすと、カーテンをあけはじめた。

ルイージは、かなり小さなクロゼットの扉をあけた。「見てください。シャツが四枚、スラックスが四本にジャケットが二着、靴は二足用意しました。どれも、あなたのサイズです。それから、ウールの厚手のコートも——トレヴィーゾはかなり冷えこむ土地ですからね」

ジョエルは、自分の新しいワードローブを見つめた。衣類が非の打ちどころなく吊《つ》られていた。どれもプレスされ、すぐ身につけられる状態だった。どの品も趣味のいい落ち着いた色で、シャツはジャケットやスラックスのどれとも合わせやすい色が選ばれている。ひととおり見おわると、ジョエルは肩をすくめていった。「恩に着る」

「向こうの抽斗《ひきだし》には、ベルトやソックスや下着といった必要な小物がそろってます。バスルームにも、必要な洗面道具をひととおりそろえました」

「なんと礼をいえばいいやら」

「それから、こちらのデスクには眼鏡が二本あります」ルイージはそのうち片方を手にとって、明るい光にかざして見せた。小さな長方形のレンズが細い黒のメタルフレームにはまっている、ヨーロッパ趣味の強い品だった。ルイージはいささかの自負の感じられる口調でいった。「〈アルマーニ〉です」

「読書用眼鏡か?」

「イエスでもあり、ノーでもあります。この部屋から外に出るときには、つねに眼鏡をかけることをおすすめします。マルコとしての変装のひとつですね。新しいあなたの一部ということです」

「きみに古いわたしを会わせたいものだ」

「遠慮します。イタリア人にとって、外見はすこぶる重要です。とりわけ、ここ北部では。服装や眼鏡や髪型などが、すべて統一のとれたものでないと、いやがうえにも人目についてしまいます」

いきなり他人からじろじろ見られている気分になったが……いや、知ったことか。もう思い出したくもないほど長いあいだ、刑務所支給の服しか着てこなかった身だ。それよりもさらに昔の栄光の日々には、高級な誂《あつら》えのスーツに毎度三千ドルを支払うのが習慣だったというのに。

ルイージの講義はまだつづいていた。「ショートパンツ類、黒いソックス、白いスニーカー、ポリエステルのスラックス、ゴルフシャツなどはどれも禁物です。それから、お願いですから太らないように気をつけてください」

「ひとつ教えてくれ――イタリア語で〝よけいなお世話だ〟はどういえばいい？」

「おいおい勉強しましょう。生活習慣や土地の習わしもきわめて重要です。なに、すぐに慣れますし、慣れれば楽しいものです。たとえば、午前十時半を過ぎたらカプチーノは注文しないこと。ただしエスプレッソなら、一日のうち何時でも注文してかまいません。知ってましたか?」

「いや」

「昼食や夕食のあとにカプチーノを注文するのは観光客だけです。恥ずかしいことなんですよ。満腹になった胃に、さらに牛乳を入れるなんて」つかのまルイージは顔を歪《ゆが》め、本当に吐きそうな表情を見せた。

ジョエルは右手をかかげた。「誓うよ、ぜったいにそんな真似《まね》をしないと」

「すわってください」ルイージはそういい、小さなデスクと付属の二脚の椅子《いす》をさし示した。ふたりは腰をおろし、ともに居ごこちのよい姿勢をとろうとした。ルイージは話をつづけた。「まず、この部屋のことです。部屋はぼくの名前で借りてありますが、ホテルのスタッフはカナダ人ビジネスマンが二週間にわたって滞在すると思いこんでいます」

「二週間?」

「ええ。二週間が経過したら、あなたはまたほかの土地に移る予定です」ルイージは不気味な響きのある口調でいった——このトレヴィーゾの街に早くも暗殺者の小隊が潜入し、ジョエル・バックマンを血眼になって探しているかのような声音。「この瞬間から、あなたは足跡を残すことになります。そのことを決して忘れないように。なにをしようと、だれと顔を合わせようと、すべてが足跡の一部になります。生き残るための秘訣《ひけつ》、それはあとに残す足跡を最小限にとどめることにつきます。ホテルのフロントのスタッフやメイドも含めて、会話をかわす人間は最低限にとどめること。ホテルのスタッフは客をよく観察していますし、記憶力も抜群です。ひょっとしたら半年後にだれかがこのホテルを訪れ、あなたについての質問をしてまわるかもしれない。その人物は顔写真をもっているかもしれず、袖《そで》の下をもちかけるかもしれない。そうなったら、フロント係がいきなりあなたのことを思い出すかもしれません——イタリア語もろくに話せなかったという事実ともども」

「質問があるんだが」

「答えられる範囲はごくかぎられています」

「なぜこの街なんだ？　なぜ、わたしが言葉を話せない土地なんだ？　イギリス本土なりオーストラリアなり、とにかくわたしがもっと容易に溶けこめる土地にしなかった理由が知りたいね」

「この決定は、ぼく以外の人間によるものなんですよ、マルコ。ぼくが決めたわけじゃありません」

「そういうだろうと思ったよ」

「だったら、なぜわざわざ質問を?」

「さてね。では、配転願を出すことは可能かな?」

「それも無用の質問です」

「いや、下手な冗談だ。下手な質問じゃない」

「話を先に進めても?」

「もちろん」

「最初の数日間は、ぼくが昼食と夕食につきあいます。あちこち歩きまわり、おなじ店には二度と行かないようにして。トレヴィーゾはいい街ですし、たくさんのカフェがある。全店征覇を目ざしましょう。一方であなたは、ぼくがこの街からいなくなる日のことを考えなくてはいけません。だれと会うかという点に、くれぐれも慎重になってください」

「またちがう質問があるんだが」

「なんなりと、マルコ」

「金のことだ。破産して無一文というこの身の上が、どうにもこうにも気にいらなくてね。きみたちはわたしに、多少の余裕というか、その手のものを許すつもりはあるのかな？　きみの車を洗ったりなんだり、その手の雑用をしたっていいぞ」

「余裕というと具体的には？」

「現金だよ。ポケットマネーだ」

「お金の心配は無用です。なんにせよ、当座はぼくが金を出します。あなたが飢えることはありません」

「わかった」

ルイージはバーンジャケットの奥深くに手を突っこみ、携帯電話をとりだした。

「これをどうぞ」

「そういわれても、だれに電話をかければいい？」

「ぼくです。なにか必要になったときのために。こちらの番号は裏に書いてあります」

ジョエルは携帯電話を受けとって、デスクにおいた。「腹がすいてるんだ。パスタとワインとデザート、それにもちろんエスプレッソというのんびりした昼食をずっと夢見ていてね――ああ、この時間だとカプチーノは当然ながら禁物だな。そのあと、義務とされている昼寝をしてもいいし。イタリアに来て、これでもう四日になるというのに、コーンチップスとサンドイッチしか食べていないんだぞ。どう思う？」

ルイージは腕時計に目をむけた。「いい店の心あたりがありますが、その前に必要な話をすませましょう。あなたはイタリア語が話せない——そうですね？」

ジョエルはぎょろりと目玉をまわし、もどかしさに重々しくため息をついた。それから笑顔をつくろうとしながら、こういった。「そのとおり。これまでイタリア語を身につける機会がなくてね。それをいうなら、フランス語だろうとドイツ語だろうと、どの言葉だろうとおなじことだ。いいか、わたしはアメリカ人だぞ。アメリカは、ヨーロッパ諸国をすっかりあわせたよりもなお広い。それでいて、アメリカで必要なのは英語だけだ」

「お忘れかもしれませんが、あなたはカナダ人です」

「オーケイ。なんだっていい。いま、この場にはわたしたちしかいないんだ。わたしというカナダ人と、アメリカ人のきみしかね」

「ぼくの仕事は、あなたの身の安全を保つことです」

「うれしいお言葉だな」

「ふたりであなたの身の安全を保つためにも、あなたは一日でも早くイタリア語をたくさん覚える必要があります」

「事情はわかるとも」

「あなたには教師がつきます。エルマンノという若い学生です。午前中、それから午後にも、エルマンノとイタリア語を学んでもらいます。勉強はかなり大変になるでしょう」

「期間は？」

「必要なだけ。あなたの進み方次第です。真剣に身を入れて勉強にとりくめば、三、四カ月後にはひとり立ちできるでしょう」

「きみが英語を身につけるには、どのくらいかかった？」

「ぼくの場合は母がアメリカ人でしたからね。家庭では英語を話し、それ以外の場所ではすべてイタリア語で話をしていました」

「ずるい話だな。ほかには、何語を話せる？」

「スペイン語とフランス語、および二、三の言葉を。エルマンノは優秀な教師ですよ。教室は、この通りのすぐ先です」

「このホテルの部屋ではだめだと？」

「ええ、ぜったいに。足跡のことを考えなくては。だいたい、昼日中にあなたと若い男がふたりきりで客室に籠《こも》っていたら、ベルボーイやメイドからどう思われると？」

「考えるのもおぞましいな」

「メイドがドアに耳を押しつけて、あなたのレッスンを盗みぎきするかもしれませんし、その話を上司に耳打ちするかもしれない。そうなったら一日か二日で、ホテルのスタッフ全員に知れわたりますよ――カナダ人ビジネスマンが熱心にイタリア語を勉強している、という話が。しかも、一日なんと四時間も！」

「わかった。そろそろ昼食にしてはどうだ？」

ホテルを出ていくさい、ジョエルはひとことの言葉も口にしないで、フロント係や清掃スタッフやベルキャプテンになんとか笑みをむけることができた。ふたりは一ブロック歩いて街の中心に――すなわちシニョーリ広場に出た。大きな広場のまわりには、さまざまな商店やカフェがならんでいた。ちょうど正午ということもあり、地元の人々が急ぎ足で昼食にむかうため通行人の数が増えていた。気温は下がっているようだったが、新品のウールのコートに身を包んでいたおかげで、寒さを感じることはなかった。ジョエルは精いっぱいイタリア人らしく見せることを心がけた。

「室内と戸外はどちらの席が？」ルイージがたずねた。

「室内がいいな」ジョエルが答え、ふたりは〈カフェ・ベルトラメ〉にはいった。入口に近い場所に煉瓦《れんが》づくりのオーブンがあり、その熱が店内の暖房になっていた。店の奥のほうから、本日の特別料理の芳香がただよってくる。ルイージと給仕頭が同時に口をひらいて、おたがいに笑い声をあげた。それからふたりは、正面の窓に近いテーブル席に案内された。

「きょうはツイてましたよ」ふたりでコートを脱いで席につきながら、ルイージがいった。「きょうの特別料理は、ファラオーナ・コン・ポレンタだそうです」

「で、どんな料理なんだ？」

「ホロホロ鳥にポレンタ——つまり、玉蜀黍《とうもろこし》のお粥《かゆ》を添えたものです」

「ほかには？」

ルイージは粗削りな梁《はり》に吊ってある黒板のメニューを見つめた。「パンツェロッティ・ディ・フンギ・アル・ブッロ——バターで炒《いた》めたマッシュルームのペストリー。コンキリエ・コン・カヴァルフィオーリ——貝殻の形のパスタ、カリフラワー添え。スピエディーノ・ディ・カルネ・ミスト・アッラ・グリッリア——各種の肉を焼き串《ぐし》に刺して焙《あぶ》ったシシカバブ」

「それをもらおう」

「ここのハウスワインはなかなかの味です」

「では赤ワインを」

数分もしないうちに、カフェは地元住民で混みあってきた。全員がたがいに顔見知りのようだった。汚れた白いエプロンをつけた太った小男がテーブルのそばを通って、ジョエルと視線をあわせるあいだだけ足どりをゆるめた。ルイージがふたりの食べたいものを早口に述べ立てたが、男は注文を書きとめもしないで歩いていった。ハウスワインのカラフが、温めたオリーブオイルのボウルとフォカッチャのスライスとともに運ばれてきた。ジョエルは食事にとりかかった。ルイージは昼食と朝食の複雑さや、習慣や伝統、生粋《きっすい》のイタリア人のふりをしようとする観光客が犯しがちなミスなど、さまざまな説明に忙しかった。

ルイージがいっしょにいると、どんなときでも学びの機会になりそうだった。

ジョエルはしばらくぶりのワインをわずかに口に入れ、風味をゆっくり味わってはみたものの、アルコールが脳を直撃してきた。妙《たえ》なるぬくもりと痺《しび》れるような感覚が全身をすっぽりと包む。いまの自分は自由だ……この先まだ何年もの自由な歳月がある……そしていまは、これまで名前をきいたこともないイタリアの街のひなびた小さなカフェにすわり、口あたりのいい地元のワインを飲み、美味なる料理の香りを胸いっぱいに吸いこんでいる……。ジョエルは説明をつづけているルイージに笑顔をむけてはいたが、魂はいつしか異世界にはいりこんでいた。

エルマンノは自称二十三歳だったが、どう見ても十六歳以上には見えなかった。痛々しいほど痩《や》せた長身、砂色の髪の毛と榛色《はしばみいろ》の瞳《ひとみ》というその姿は、イタリア人ではなくドイツ人のように見えた。おまけに人見知りが強く、かなり神経質な性格らしい。ジョエルがいだいた第一印象は、決して好意的ではなかった。

ふたりがエルマンノと会ったのは、この男の自宅アパートメントだった。ジョエルの滞在先のホテルから六ブロックばかり離れたところにある、ろくに手入れもされていない建物の三階。狭い部屋が三つあり――キッチンと寝室と居間――いずれの部屋にも家具や調度品はまともにそろってもいなかったが、エルマンノが学生であることを思えば、それほど意外とはいえない。しかしその一方、ここにエルマンノが引っ越してきたばかりであり、いつでも即座に引っ越していけそうな雰囲気でもあった。

三人は居間のまんなかにある小さなテーブルを囲んだ。テレビは見あたらない。薄ら寒い部屋で、照明も不充分だった。ジョエルは、逃亡者をかくまっては、つぎの隠れ家に送りだす地下組織のネットワークにはいりこんでしまった気がしてならなかった。二時間かけた昼食で得たぬくもりが、たちまち冷えていった。

それに輪をかけてこの場の居ごこちをわるくしていたのが、語学教師の神経質なふるまいだった。

エルマンノではこの会合の主導権を握れないことが明らかになると、ルイージがすかさず割りこんできて話を進めはじめた。ルイージの提案は、ふたりが朝の九時から十一時まで勉強し、そのあと二時間の昼休みをとったのち、午後一時半ごろから勉強を再開、そのあとふたりが疲れるまでつづける、というものだった。エルマンノにもジョエルにも異存はなかった。とはいえジョエルは、明らかな疑問を口にすることを考えないではなかった。新しい知りあいは学生だという話だが、それならどうして一日じゅうわたしの勉強につきあえるのか？　しかし、いまは不問に付すことにした。なに、あとで追及すればいい。

まったく、疑問が増えていくばかりだ。

やがてエルマンノも緊張がほぐれたと見え、これからの学習課程について説明しはじめた。ゆっくり話しているぶんには、訛《なまり》もそれほど強くはならなかった。しかし気が急《せ》いてくると――エルマンノは気が急きがちだった――英語を話しているにもかかわらず、イタリア語同然の発音になってしまう。途中で一回、ルイージがこう口をはさんだ。

「エルマンノ、ゆっくり話すことが大事なんだよ。とりわけ、最初の数日間は」

「ありがたや」ジョエルは筋金いりの皮肉屋の口調でいった。

エルマンノはみるみる頰を赤く染めながら、弱々しい声でひとこと、「すみません」と謝った。

それからエルマンノは、最初の教材をジョエルに手わたした——教科書の一巻めと小型テープレコーダー、二本のカセットテープだった。

「テープの内容は教科書に準拠しています」エルマンノはかなりゆっくりと英語で話した。「今夜は教科書のレッスン1を予習し、二本のテープを両方とも数回ずつきいてください。あしたは、そこから勉強をはじめます」

「かなりの猛勉強になるでしょうね」ルイージがそういい添え、さらにプレッシャーをかけてきた——これ以上のプレッシャーが必要だと思いこんでいるかのようだ。

「英語をどこで学んだんだね？」ジョエルはエルマンノにたずねた。

「大学です」エルマンノは答えた。「ボローニャの」

「では、アメリカでの学習経験はないと？」

「いえ、ありません」エルマンノはそういって、不安そうな一瞥《いちべつ》をルイージに投げた——アメリカでなにがあったにしろ、それを話題にしたくないと思っているのか。ルイージとは異なり、エルマンノは内心をすぐ顔に出す。プロフェッショナルでないことは教えられずともわかった。

「どこで？」ジョエルはどこまで情報を得られるかが知りたくて、さらに質問を重ねた。

「ファーマンです」エルマンノは答えた。「サウスカロライナ州にある小さな学校です」

「その学校にいたのはいつかね？」

ルイージが咳《せき》ばらいをし、エルマンノ救出に乗りだした。「その手の世間話をする時間は、あとでいくらでもあります。いま大事なのは英語を忘れることですからね、マルコ。きょうこの日から、あなたはイタリア語の世界で暮らしていきます。手にふれるものすべてに、イタリア語の名前があります。なにを考えるにしても、イタリア語に訳す必要がある。一週間後にはレストランで注文しているでしょう。二週間後にはイタリア語で夢を見ています。イタリア語とイタリア文化の完全集中トレーニングです——しかも、あともどりする道はもうありません」

「どうかな、朝の八時から授業をはじめられないか？」ジョエルはたずねた。

エルマンノはちらりと視線を泳がせ、もじもじしてから、ようやくこう答えた。

「八時半ならなんとかなります」

「よし、では八時半にここに来るとしよう」

ふたりはアパートメントをあとにし、ゆっくりと歩いてシニョーリ広場にむかって引き返した。午後もなかばの時刻、車の通行量は目に見えて減り、歩道にはほとんど人影がなかった。ルイージは〈トラットリア・デル・モンテ〉の前で足をとめ、店の入口をあごで示した。「八時にここで待ちあわせて、夕食にしましょう」

「ああ、わかった」

「ホテルの場所はわかりますか？」

「わかるとも。アルベルゴだな」

「街の地図はもっていますか？」

「ああ」

「けっこう。だったら、ここからは自由行動ですよ、マルコ」それだけいうと、ルイージは姿を消すべく、すばやく路地に飛びこんだ。ジョエルは一秒ほどその背中を見おくってから、さらに街の中央広場にむかっていった。

自分が孤独であることがひしひしと感じられた。ラドリーの連邦刑務所を出てから四日めにしてようやく、付添のいない自由の身になれた。監視もついていないかもしれないが、その点は疑わしい。ジョエルはすぐ、監視している者などいないかのようなそぶりで、この街をあちこち歩きまわり、自分のするべきことをしてやろうと決意した。小さな革製品の店のショーウィンドウをのぞきこむふりをしながら、こうも決心した――死ぬまで、うしろをちらちらふりかえってばかりの人生などまっぴらだ。やつらに見つかってなるものか。

気ままに歩くうち、気がつくとサンヴィート広場に出ていた。約七百年も前から二軒の教会がある小さな広場である。サンタルチア教会もサンヴィート教会も、どちらも扉を閉ざしていた。古びた真鍮《しんちゅう》の銘板によれば、午後の四時から六時のあいだにふたたび扉をあけるとあった。正午から四時まで扉を閉めているとは、いったいどんな教会なのか?

バーは店を閉めていなかった。ただし、どのバーにも客はいない。ジョエルはようやく勇気をふりしぼって、一軒に足を踏みいれた。スツールを引きだして腰かけ、息を殺し、バーテンダーが近づいてきたときには、「ビール《ビッラ》」とだけいった。

バーテンダーがすかさずなにか話しかけ、返答を待っていた。ほんの一瞬だけ、このまま脱兎《だっと》のごとく店から逃げたい衝動に駆られたが、すぐにビールの注ぎ口が目にはいってきた。そこで、これこそ自分が飲みたかった銘柄だという顔で指さすと、バーテンダーは手を伸ばして空《から》のジョッキをとった。

六年ぶりのビール。よく冷えた、コクのある深い味わいのビールだった。ジョエルはさいごの一滴まで堪能《たんのう》した。バーカウンターのいちばん端のほうにあるテレビには、ソープオペラらしき番組が流れていた。ときおり耳をすましてはみたが、一語たりともききとれなかった。勉強さえすればイタリア語をマスターできるはずだ、と自分にいいきかせる。そろそろ腰をあげてホテルにもどろうと思いたって、ふっと店の正面の窓から外に視線をむけた。

ステネットが店先を歩いていった。

ジョエルはビールのお代わりを注文した。

7

バックマン事件を詳細に記録していたのは、ダン・サンドバーグというワシントン・ポスト紙のベテラン記者だった。この記者はまず一九九八年に、ある種の高度な機密文書に属する書類が、なんら承認のないまま国防総省から流出したという特ダネを報じた。これによりFBIはただちに捜査に着手、そちらで半年のあいだ忙殺されることになったが、その期間に十八本の調査記事を発表、そのほぼすべてが同紙の一面を飾った。サンドバーグは、CIAとFBIの双方に信頼のおける情報源を確保しているうえ、〈バックマン、プラット&ボーリング法律事務所〉のパートナーにも知人がいて、彼らのオフィスで時間を過ごすこともあった。司法省にしつこく食いさがって情報を引きだしもした。バックマンが有罪答弁による司法取引に応じてそそくさと退廷していった日の法廷にも、この記者の姿があった。

その一年後、サンドバーグはバックマン・スキャンダルを題材にした二冊の本のう

ち の一冊を出版した。ハードカバーで二万四千部というかなりの売行きだった——もう一冊はその半分にも及ばなかった。こうした経歴のあいまに、サンドバーグは何人かのキーとなる人物とのコネクションを築きあげていた。そのひとつが——かなり意外なつながりではありながら——有益な関係に育っていた。きっかけはジェイシー・ハバードの死に先立つこと一カ月、おなじ事務所のシニアパートナーの大多数と同様に起訴中の身だったカール・プラットがサンドバーグに連絡してきたことで、ふたりは会合をもつことにした。そのあとスキャンダルが展開していくあいだ、ふたりはおりおりに十回以上も顔をあわせた。その後の数年間には飲み友だちになり、すくなくとも年二回はこっそり待ちあわせて、ゴシップを交換する仲になっていた。

特赦が報道されてから三日後、サンドバーグはプラットに電話をかけ、お気にいりの店で待ちあわせることを決めた——ジョージタウン大学近くにある大学生御用達のバーだった。

プラットは、もう何日も酒びたりがつづいているかのような見るも無残なありさまだった。それでも注文はウォッカ。サンドバーグはとりあえずビールを注文した。

「で、あの男はいまどこにいる?」サンドバーグはにやりと歯を見せて笑いながらたずねた。

「もう刑務所にはいない――それだけは確実だな」プラットはそういうと、致死量寸前のウォッカをぐいとひと飲みにしてから、湿った唇を鳴らした。

「連絡はまったくなしか?」

「ないな。わたしのところにもないし、事務所のほかのパートナーのところにもない」

「電話があったり、あの男がいきなり姿をあらわしたりしたら……あんたは驚くんじゃないか?」

「イエスでもあり、ノーでもあるな。バックマンのことだ、いまさらなにをされても驚けないね」またウォッカを口に運ぶ。「あの男が二度とワシントンDCに足を踏みいれなくたって驚かない。その逆に、あしたこの街に姿をあらわして、新しく法律事務所をかまえると宣言したって驚くものか」

「しかし、特赦には驚いただろう?」

「もちろん。しかし、あれはバックマンが仕組んだ取引じゃないな?」

「ああ、ちがうと思う」近くを通りかかった女子大生を目で追いながら、サンドバーグはいった。二回の離婚歴のあるこの記者は、つねに女を物色していた。ビールをひと口飲んでから、言葉をつづける。「でも、あの男はもう法律実務の世界にはもどれまい？　たしか、資格を剝奪《はくだつ》されたんじゃなかったか？」

「それであきらめるバックマンか。あの男なら、自分がしているのは法律実務ではなく、〝政府との関係調整〟や〝企業コンサルティング〟だといいかねないな。バックマンの得意技はロビー活動だぞ。その手の仕事なら法曹資格は不要だ。だいたい、ワシントンの弁護士のうち半分は、最寄りの裁判所のありかさえ知らない手あいだ。そのくせ、連邦議事堂に行くときには迷いっこないときてる」

「どうやって依頼人を確保する？」

「まあ、現実にはそんなことは起こらないだろうな。バックマンにはDCに帰ってくるつもりがないようだ。いや、もちろん、きみがちがう話をききこんでいれば話はべつだが……どうなんだ？」

「話はなにもきこえてこない。バックマンは消えた。刑務所の人間はみんな口が固くてね。そっちの関係筋からは、ひとことの話も引きだせなかった」

「で、きみの見立ては？」プラットはそうたずねてグラスの中身を干したが、まだ飲みたりない顔をしていた。

「きょうになって、十九日の夜遅くにCIA長官のテディ・メイナードがホワイトハウスを訪問していた事実をつかんだよ。あの特赦のようなことをモーガンから引きだせる人物となったら、メイナードしかいない。かくしてバックマンは――おそらくエスコートつきで――刑務所を出ていき……姿をくらました、と」

「証人保護プログラムのもとで？」

「似たようなものだな。ＣＩＡには人を隠した前歴がある。必要に迫られてね。公的な書類にはいっさい出ていないが、ＣＩＡにはそれだけの組織力があるんだよ」

「だったら、どうしてバックマンを隠した？」

「復讐《ふくしゅう》だよ。オルドリッチ・エイムズを覚えてるだろう？　ＣＩＡの対ソ連防諜《ぼうちょう》部長でありながら、九年間もＫＧＢに情報を流しつづけていた男、ＣＩＡ史上でも最悪の二重スパイだった男だ」

「もちろん、覚えているさ」

「いまはたしか、どこぞの連邦刑務所にしっかり閉じこめられているはずだ。で、ＣＩＡがエイムズの口を割りたくて割りたくて、うずうずしていたことは知らないわけでもあるまい？　しかし、ＣＩＡには手も足も出せなかった。法律で禁止されているからだよ。国内はもちろん、たとえ海外であろうと、ＣＩＡがアメリカ国民を狙《ねら》い撃ちにすることは禁じられているからね」

「だけど、バックマンはＣＩＡの二重スパイじゃないぞ。それどころかあの男は、テディ・メイナードを毛ぎらいしていたし、向こうは向こうでバックマンには恨み骨髄だった」

「メイナードがバックマンを殺すものか。あの男は、自分以外の人間がお楽しみに手を出してくるのを高みの見物だよ」

プラットが立ちあがり、ビールを指さしながらたずねた。「どうだ、もう一杯飲みたくはないか？」

「いまは遠慮しておく」サンドバーグは一パイントいりのジョッキを手にとると、ひと口だけ飲んだ。口にジョッキを運んだのは、これがようやく二度めだ。

プラットはウォッカのダブルを手にして席にもどり、椅子《いす》に腰をおろした。「じゃ、バックマンに残された日々は数えるほどだと、そう思っているわけか？」

「あんたはわたしに見立てをきいてきた。今度はそっちの考えをきかせてくれ」

ウォッカをたっぷりとひと息に飲んでから、プラットは口をひらいた。「結果はおなじ……しかし、切り口がちょっとちがうな」そういうとグラスに指を突っこんで酒をかきまわし、濡《ぬ》れた指を舐《な》めてから、数秒のあいだ考えこむ。「オフレコにしてもらえるか？」

「もちろん」これまで長年にわたってさまざまな話をしてきたふたりなればこそ、話は一から十までオフレコだった。

「ハバードが死んでからバックマンが司法取引に応じるまでには、八日あった。この八日間は生きた心地がしなかった。キム・ボーリングとわたしには、一日二十四時間態勢でＦＢＩによる身辺警護がついた。どこに行くにも警護がついてきたんだぞ。だけど、まっとうに考えれば妙な話だ。ＦＢＩはわたしたちを永遠に刑務所に叩《たた》きこみたがっていて、その一方ではわたしたちの身の安全を確保しなくてはならないと感じていたわけだからね」グラスに口をつけ、周囲をこっそりと見まわして、まわりの大学生たちのあいだに聞き耳を立てている者がいないかどうかを確かめる。そのような者はいなかった。「いくつか脅迫も寄せられていたし、ジェイシー・ハバードを殺したのとおなじ勢力による、かなり本腰の動きもあるにはあった。そのあと……バックマンが刑務所に行って、騒ぎが落ち着いてきた数カ月後、ＦＢＩはわれわれから事情聴取をおこなった。そのころには多少人心地がついてはいたがね、ボーリングとわたしはそのあと二年も、金を払って警備員を雇っていたよ。いや、いまだって、しじゅうバックミラーに目をむけないではいられないし、哀れなキムにいたっては正気をなくしてしまったな……」

「脅迫を寄せてきたのはだれだったんだ？」

「ジョエル・バックマンを見つけたがっているのと、おなじ連中だよ」

「だれなんだ？」サンドバーグはたずねた。

「バックマンとハバードのふたりは、例のちょっとした商品を貨物列車ほどの大金でサウジアラビアに売りつけようと画策していた。かなりの高額ではあるが、新しい衛星システムを一から築きあげる経費と比べたら、このほうがずっと安あがりだ。この取引がおじゃんになった。ハバードは殺された。で、バックマンは泡を食って刑務所に逃げこんだ。この展開が、サウジの連中のお気に召さなかったわけだな。気にくわなかったのはイスラエルも同様だ。あの国の連中も取引を結びたがっていたからだよ。それだけじゃない、イスラエルはハバードとバックマンのふたりに激しい怒りを燃やしていた――連中があれをサウジに売りこもうとしていたからだ」プラットはいったん言葉を切ると、酒を口に運んだ――しめくくりを口にするためには気合を入れる必要がある、とでもいうように。「それから、そもそも最初に問題の衛星システムをつくりあげた連中がいるな」

「ロシア人か？」

「いや、ちがうと思う。ジェイシー・ハバードは、アジア人の若い女に目がなかった。さいごに姿を目撃されていたバーでは、足のすらりとした美人といっしょだったというが、その美人は黒髪を長く伸ばした丸顔で、地球の反対側からやってきた人間らしい。中国はアメリカ国内で数千の人間をつかって情報をあつめさせてる。留学生やビジネスマンや外交官といった連中だ。つまりこの国には、あちこち嗅《か》ぎまわっている中国人がうようよいるわけだ。それにくわえて、中国の諜報組織にはすこぶる有能な人間が何人もいる。この手の問題となったら、連中は一瞬のためらいも見せずにハバードとバックマンを追いはじめるはずだね」

「じゃ、相手は中国だという確信がある？」サンドバーグはたずねた。

「確信をもてる者はいないよ。いいな？　バックマンなら知っているかもしれない。だけど、あの男はだれにもなんにもしゃべってない。忘れちゃいけないのは、CIAでさえくだんの衛星システムのことをなにも知らなかったってこと。いってみりゃ、あいつらは人前で赤っ恥をかかされたわけで、だからこそテディ爺《じい》さんはいまも帳尻《ちょうじり》あわせに躍起になってるんだ」

「テディ爺さんにとっては、これが楽しいゲームだというのかな？」

「そうとも。テディ・メイナードは国家安全保障を餌《えさ》にして、モーガンの鼻先に釣糸を垂れた。意外でもなんでもないが、モーガンはこれに食いついた。バックマンは晴れて自由の身。メイナードはバックマンを隠密裡《り》に国外に逃亡させ、だれが銃を片手に姿をあらわすのかを見さだめようとしてる。メイナードからすれば、どっちに転んでも負けにならないゲームだ」

「なかなかの名案だな」

「名案なんてものじゃないぞ、ダン」プラットはいった。「考えてもみろ。ジョエル・バックマンが神のもとに召されても、そのことはだれにも知られないんだ。いまバックマンがどこにいるのか、だれも知らない。いずれ死体が見つかったところで、そのときバックマンが何者に変わっているのかは、だれにもわからないわけだ」

「死体が見つかった場合にはね」

「そのとおり」

「で、バックマンはそのあたりの事情を心得ていると？」サンドバーグはたずねた。

プラットは二杯めのウォッカを飲み干して服の袖《そで》で口もとを拭《ぬぐ》うと、顔をしかめてこういった。「バックマンはどう考えても愚か者じゃない。しかしバックマンが表舞台から退場したあと、われわれが知っていることのかなりの部分が明るみに出た。刑務所で六年も生きのびたあの男のことだ、なにがあっても生きのびられると思っていても不思議じゃないな」

クリッツは、ロンドンのコノート・ホテルからそれほど遠くない一軒のバーに飛びこんだ。小雨が本降りになってきたので、雨宿りの場所が必要になったのだ。妻はひと足先に、クリッツの新しい就職先が貸与してくれた小さなアパートメントに帰った。だから客のだれひとり自分のことを知らない混みあったパブにこうして腰をすえ、一パイントのジョッキを何杯もあける贅沢《ぜいたく》も許される。ロンドンで過ごして早一週間。あと一週間をロンドンで過ごしたら、大西洋をわたってDCにもどらなくてはならない。向こうで待っているのは、気の滅入《めい》るようなロビー活動の仕事だ。依頼人の大企業はさまざまな製品をつくっているが、欠陥品のミサイルもそのひとつ。国防総省はこのミサイルをきらっていたが、優秀なロビイストをかかえている企業の製品とあれば結局はミサイルを購入せざるをえない。

　クリッツは、もうもうたるタバコの煙に半分隠れた空《あ》いているボックス席を見つけて椅子に体を押しこめ、一パイントのジョッキを前に腰を落ち着けた。こうしてひとりで飲んでいても、だれかに見つけられて駆けよられ、「やあ、クリッツ、例のバーマンの拒否権について、きみたち馬鹿者《ばかもの》どもはどう考えてる?」だとかなんだとか、その手のやくたいもないおしゃべりをきかされる気づかいがないのは……なんと気分のいいものか。

店にあらわれては去っていく近隣の人々の陽気な英語の声を堪能《たんのう》する。タバコの煙でさえ気にならなかった。いま自分はたったひとり、だれにも知られていない。クリッツはひとり静かにこのプライバシーを楽しんでいた。

しかし、ここでもクリッツは完全に名前を知られていない存在というわけではなかった。というのも、くたびれた水夫帽をかぶった男が背後から姿をあらわしたかと思うと、ボックス席のテーブルをはさんだ反対側の椅子に腰を落ち着けたのである。クリッツはびっくりした。

「相席《あいせき》させてもらってもいいかな、ミスター・クリッツ？」水夫帽の男はそういってにやりと笑い、大きくて黄色い歯を剝《む》きだしにした。あとあとクリッツは、この汚い歯を思い出すことになる。

「かまわないとも」クリッツは用心深くいった。「ところで名前は？」

「ベンだ」男はイギリス人ではなかった。英語が母国語ではない者の口調だった。ベンと名乗った男は三十歳ほど、黒髪に焦茶《こげちゃ》色の瞳《ひとみ》と長く先端の尖《とが》った鼻のせいで、ギリシア人のような顔だちに見えていた。

「ほう、苗字《みょうじ》はないというわけか？」クリッツはジョッキから酒をひと口飲んだ。

「ところで、どうしてまたわたしの名前を知っているのかな？」

「あんたのことなら、こっちはなんでも知ってるんだよ」

「ほう、自分がそこまで有名だとは知らなかったな」

「おれなら〝有名〟という言葉はつかわないね。話は手短にすませよう。おれは、ジョエル・バックマンをなんとしても見つけたがっている人々のもとで働いている。この人々は、とんでもない額の金をキャッシュで払う用意がある。現金を箱に詰めてもいいし、スイス銀行の口座に入金したっていい。しかも手続はあっという間、ほんの数時間でおわる。バックマンの居どころを打ち明けるだけで、あんたには百万ドルが転がりこむ——だれにも知られずにね」

「どうやってわたしを見つけた？」

「簡単だったよ、ミスター・クリッツ。おれたちは、いってみれば、その道のプロなのでね」

「スパイか？」

「それは重要じゃない。おれたちは、まあ、おれたちそのものだ。いずれはバックマンを見つけだす。そこで問題は、あんたに百万ドル儲《もう》ける気があるのかどうか、という点だ」

「あの男の居場所など知らないんだが」

「しかし、突きとめることは可能だ……」

「あるいはね」

「では、このビジネスの話に乗る気があると?」

「百万ドルでは断わるしかないな」

「いくらなら?」

「それについては考えさせてもらう」

「だったら、急いで考えることだな」

「もし、肝心の情報を入手できなかったら?」

「それなら、あんたとは二度と会わないだけのことだ。この話しあいもなかったことになる。なに、きわめて単純な話でね」

クリッツはジョッキから時間をかけてビールを飲みながら、考えをめぐらせた。

「オーケイ。では、とりあえずわたしが問題の情報を入手できると仮定しよう――といっても、そうそう楽観的に考えているわけではないがね。しかし、もし幸運に恵まれたら?　そのときはどうすればいい?」

「ワシントンのダレス空港から、ルフトハンザ機のファーストクラスでアムステルダムに行くこと。到着後、ビッテンハム・ストリートのアムステル・ホテルにチェックイン。そうすれば、きょうここで見つけたように、おれたちがあんたを見つけだす」

クリッツはいっとき口をつぐんで、いまの取決めの詳細を記憶に叩きこむと、こうたずねた。「いつ?」

「早ければ早いほどいい。ほかにもあの男の行方を血眼で追っている連中がいるんでね」

ベンはあらわれたときとおなじく、たちどころに姿を消した。残されたクリッツはたちこめる煙に目を凝らしながら、いましがたまで夢を見ていたのだろうか、と考えていた。一時間後パブをあとにしたクリッツは、傘で顔を隠して歩いた――監視されていることには確信があった。

彼らはワシントンでも監視をつづけるのだろうか?　おそらくつづけるだろう――そう思うと、クリッツの心は不安にかき乱された。

8

昼寝《シエスタ》には効き目がなかった。昼食の席で飲んだワインと、午後のあいだに飲んだ二杯のビールにも効き目はなかった。とにかく、考えなくてはならないことが多すぎた。

そもそも、休養はとりすぎていたくらいだ――いまのジョエル・バックマンの体は、睡眠欲が底をついたも同然だった。六年間も独居房に閉じこめられていると、人間の肉体は萎縮《いしゆく》して受け身一方になり、睡眠が主たる肉体活動という状態になってしまう。ラドリーの連邦刑務所に収監されて最初の数カ月間は毎日、夜は八時間寝て、昼もたっぷり昼寝をしていたが、これも当然の話だ――それに先立つ二十年というもの、昼間は共和国を掌握しておく仕事で多忙をきわめ、夜は明け方まで女の尻を追いまわす暮らしをしていたせいで、ろくに睡眠をとっていなかったのだ。さらに収監が一年にもなるころには、九時間でも――ときには十時間でも――寝ていることのできる体になった。なにかしようにも、本を読むかテレビを見ることくらいで、あとは手もちぶさたをまぎらすものとてない。あるとき退屈しのぎに、こんな世論調査をやってみた(ちなみに、この手の調査は何回もおこなった。看守たちが昼寝をしている隙《すき》をぬい、独居房から独居房へと紙切れをまわすのだ)。おなじ収監ブロックの囚人のうち、三十七人から回答が得られた。それによれば、彼らの一日の平均睡眠時間は十一時間。マフィアの殺し屋のモーは、一日十六時間寝るという回答だったし、じっさい正午にいびきがきこえてくるほどだった。〝狂牛〟の異名をとっていたミラーの回答が三時間で、これは最短睡眠時間だったが、この哀れな男はもう何年も前に正気をうしなっていたので、無効回答として調査結果に反映させなかった。

不眠に悩まされた時期もあった。長いあいだ闇《やみ》だけをじっと見つめては、自分の過《あやま》ちのこと、子どもたちや孫たちのことを思い、過去の屈辱を思い、将来への不安に苛《さいな》まれた。何週間にもわたって、独居房に——一回一錠ずつ——睡眠薬がとどいた時期もあるが、薬が効いたためしはなかった。それゆえ前々から、飲まされていたのはただの偽薬《プラセボ》だったのではないかという疑いをいだいていた。

しかし六年間をひっくるめて考えるなら、充分以上の睡眠をとってきたといえる。いま、肉体は完全に休養をとった状態だった。精神は夜も昼も関係なく回転をつづけていた。

一時間ばかり身を横たえていたが、結局は瞼《まぶた》を閉じることもできないまま、ベッドからゆっくり身を起こすと、ルイージからわたされた携帯電話のおいてある小さなテーブルに歩みよった。携帯を手にして窓に近づき、裏側にテープでとめてあった番号に電話をかける。四度めの呼出音のあとで、きき慣れた声がきこえてきた。

「チャオ、マルコ。どうしました《コメ・スタイ》?」

「いや、電話がちゃんと動くかどうかを確かめたかっただけさ」ジョエルは答えた。

「まさか、ぼくが故障している携帯をわたすとでも?」ルイージがたずねた。

「いや、当然そんなことはあるまいな」

「昼寝はしましたか?」

「ああ、気分がよかったよ、とてもね。では、また夕食の席で」

「チャオ」

ルイージはどこにいるのか? ポケットに携帯電話を忍ばせたまま、この近くにこっそり身を隠している? ホテルを監視しつつ? ステネットと運転手がまだトレヴィーゾにいるとすれば、ルイージとエルマンノをあわせて合計四人の〝友人〟がジョエル・バックマンの動向を見張るために配されていることになる。

さらに電話を握りしめながら、ほかにいまの通話のことを知っている人間が何人いるのだろうか、と思った。ほかにだれがきいていたのか？　ちらりと下の街路を見おろすと、下には何人いるのだろうか、という疑問も浮かんだ。ルイージだけか？

その手の思いを頭から押しのけ、テーブルの前の椅子《いす》に腰をおろす。コーヒーが飲みたかった。昂《たか》ぶった神経を鎮《しず》めるには、ダブルのエスプレッソあたりが必要だろう。こんなに午後も遅くなっていては、カプチーノはご法度《はっと》に決まっている。しかし、客室の電話をとりあげて、注文をする心がまえはできていなかった。「もしもし」と「コーヒーを」とならイタリア語でもいえるが、それにつづいてまだ知らない単語の奔流が出てくるに決まっているからだ。

それにしても、男が濃いコーヒーもないまま生きていけるだろうか？　かつてはいちばんお気にいりの秘書が週に六日、毎朝きっかり六時半になると、ひと口飲めば飛びあがること請けあいの濃いトルココーヒーを出してきた。この秘書とは結婚しかけたほどだ。さらに毎朝十時になれば、フィクサー氏は精気溌剌《はつらつ》のあまり、手近なものを投げつけ、部下たちを怒鳴りまくり、上院議員からの電話を保留にしつつ、同時に三本の電話の受け答えをするという軽業までこなしていた。

ふいに訪れた過去の思い出に、しかし心は晴れなかった。過去を思い出して喜ばしくなることはめったにない。思い出す過去なら山ほどある。孤独をかこった六年間、ジョエルは過去を抹消しようとして、苛烈《かれつ》な精神戦を遂行してきていた。

コーヒーの話題にもどれば、ジョエルが注文に恐れを感じていたのは、ひとえにイタリア語が怖かったからだ。ジョエル・バックマンはおよそどんなことも恐れたためしのない男だ。議会での三百にものぼる法案の審議進行のようすをあまさず正確に把握し、回転式カードファイルや住所録を一回も参照することなく、一日に百本の電話をかけられた身なれば、コーヒーを注文するのに充分なイタリア語くらいは習得できるはずではないか。ジョエルはまずエルマンノからわたされた教材をテーブルに整然とならべ、概要に目を通した。ついで小型テープレコーダーの電池をチェックし、カセットを入れて操作してみた。レッスン1の最初のページは、お世辞にも上手とはいえないカラーイラストだった——ある家庭の居間で、パパとママと子どもたちがテレビを見ている光景を描いたイラスト。品物のそれぞれに、英語とイタリア語が付されていた。ドアとポルタ、ソファとソウファ、窓《ウインドウ》とフィネストラ、絵画《ペインティング》とクァドロ……といった具合。男の子《ボーイ》はラガッツォ、母親《マザー》はマードレ、そして絵の隅で杖《つえ》をついて歩いている老人は祖父《グランドファーザー》、あるいはノンノだ。

数ページあとにはキッチン、つづいて寝室、バスルーム。それから約一時間、ジョエルはあいかわらずコーヒーを飲まないままホテルの客室を歩きまわり、目についたものを片はしから指さしては、イタリア語を小声でつぶやいていた。ベッドはレット。ランプはランパダ。時計はオロロージョ。石鹸《せっけん》はサポーネ。注意をうながす意味で、いくつかの動詞も投げこまれていた。〝話す〟はパルラーレ、〝食べる〟はマンジャーレ、〝飲む〟はベーレ、〝考える〟はペンサーレ。ついで狭いバスルーム（バーニョ）の鏡（スペッキオ）の前に立ち、自分はほんとうにマルコという男だと思いこもうとした。マルコ・ラッツェーリ。

「わたしは《ソノ》マルコです《マルコ》。わたしは《ソノ》マルコです《マルコ》」と、くりかえしてみる。最初は馬鹿《ばか》らしく思えたが、そんな気持ちはわきに押しのけなくては。昔の名前に執着していれば、それだけ殺される可能性が高まる。マルコになることで首がつながるのなら、マルコになるだけのこと。

　マルコ。マルコ。マルコ。

　ついで、イラストには載っていない単語をさがしはじめた。新しい辞書を見ると、トイレットペーパーはカルタ・イジェニカ、枕《まくら》はグァンシアーレ、天井はソッフィットだとわかった。すべてのものに新しい名前があった。この部屋にあるすべての品物、ささやかな自分だけの世界でも、目についた瞬間には新しいものに変化した。ジョエルはある品物からつぎの品物へと目をすばやく移動させながら、イタリア語の単語をくりかえしなんども口にしていった。

自分のことはどうか？　自分には脳《チエルベッロ》がある。それから手《マーノ》にふれてみた。さらに腕《ブラッチヨ》、足《ガンバ》。自分は呼吸をする《レスピラーレ》、見る《ヴエデーレ》、ふれる《トッカーレ》、きく《センティーレ》、眠る《ドルミーレ》、夢を見る《ソニャーレ》。いや、これではわき道にそれている。そう思って自分を引きもどした。あしたエルマンノは、レッスン1からとりかかるはずだ。最初の語彙《ごい》の大洪水、および基本に力点がおかれるはず。もろもろの挨拶《あいさつ》の文句、礼儀正しい話し方、一から百までの数字、曜日、一月から十二月まで、さらにはアルファベットも。おまけにｂｅ動詞の〝～である《エッセレ》〟にも、〝もつ《アヴエーレ》〟という動詞にも、現在形と単純過去形と未来形のそれぞれがあった。

夕食の時間になるころには、マルコはレッスン1に出てくる単語をすべて記憶し、テープもかれこれ十回以上はきいていた。かなり肌寒い夜気のなかに歩みでていくと、楽しい気分で〈トラットリア・デル・モンテ〉の方角に歩きはじめた。どうせルイージはもうみずから選んだテーブル席につき、極上のメニューから薦めるべき料理を用意して待っていることだろう。数時間ほども機械的な丸暗記に費やした後遺症で、頭がくらくらしている状態のまま街路に出てきたせいだろうか、スクーターや自転車、犬、双子の女の子などに目がとまるなり、そのどれひとつとして新しく学んでいる言語でどう表現するのかを知らないことに気づいて愕然《がくぜん》とした。

どうやらなにもかも、ホテルの部屋に忘れてきたとみえる。

ただし食事が待っているので、マルコは歩きつづけた。気落ちしたりはしていなかったし、いまでも自分は——マルコは——それなりに他人から一目おかれるイタリア人になれるという自信も揺らいでいなかった。店の片隅のテーブルについていたルイージを見つけると、マルコはイタリア語で流暢《りゅうちょう》に挨拶した。「こんばんは《ボナセーラ》、シニョーレ。元気ですか《コメ・スタ》？」

「すこぶる元気です《ストー・ベーネ》。ありがとう《グラーツィエ》。そちらは《エ・トゥ》？」

「大いに元気ですよ《モルト・ベーネ》、ありがとう《グラーツィエ》」マルコは答えた。

「勉強していたみたいですね？」ルイージがいった。

「ああ、ほかにすることもなかったし」

マルコがまだナプキンを広げもしないうちから、藁《わら》で下半分が包まれている赤のハウスワインの瓶をたずさえてウェイターが近づいてきた。ウェイターは手早くふたりのグラスにワインを注ぐと、また下がっていった。

「エルマンノはとても優秀な教師ですよ」ルイージがそう話していた。

「前にもあの男をつかったことがあるのかね？」マルコはさりげなくたずねた。

「ええ」

「では、わたしのような男を国内に運びこんでイタリア人にする仕事を、どのくらいの頻度でこなしているのかな？」

「おりおりに」

「それはなかなか信じにくいな」

「お好きに信じてください、マルコ。どうせ、すべてフィクションですから」

「まるでスパイのような話しぶりだね」

ルイージはまともに答えず、肩をすくめただけだった。

「で、きみはどこで働いているんだ？」

「どこだと思います？」

「アルファベットの略称で呼ばれる組織だな——CIAやFBI、NSA。いや、曖《あい》昧《まい》な名前をもつ軍情報部の一部署かもしれないね」

「こうした居ごこちのいい小さなレストランでわたしと会うのは、あなたにとって楽しいことでは？」

「こちらがより好みをいえる立場だとでも？」

「ええ。いまのような質問をこの先もするのであれば、もう会うことをやめるしかありません。わたしと会うのをやめれば、ただでさえ不安定なあなたの立場が、なおいっそう危ういものになりますよ」

「おや、きみの仕事はわたしを生かしつづけることだと思っていたが」

「そのとおりです。ですから、もう質問はやめること。それにはっきりいっておきますが、わたしはなにも答えませんせん」

まさかルイージとおなじ組織で働いているわけはないだろうが、ウェイターが完璧《かんぺき》なタイミングで近づいてきて、ふたりのあいだに二冊の巨大なメニューをおき、事実上それまでの会話の方向を変えた。ずらりとならんだ料理のリストを渋面で見つめながら、マルコはここでも自分のイタリア語学習のほどを思い知らされることになった。いちばん下に、かろうじて意味のわかる単語が見つかった。コーヒー《カッフェ》、ワイン《ヴィーノ》、それにビール《ビッラ》。

「どの料理がおすすめかな？」

「ここのシェフはシエナ出身ですから、トスカーナ料理が得意です。ポルチーニ茸《だけ》のリゾットは最初のひと皿としてはうってつけですね。ぼくはフィレンツェ風ステーキをもらいます。絶品ですよ」

マルコはメニューを閉じ、厨房《ちゅうぼう》から流れてくる芳香に鼻をひくつかせた。「では、わたしはその両方をもらおう」

ルイージもメニューを閉じて、ウェイターに合図を送った。注文がすむと、ふたりはしばらく黙ったままワインをすこしずつ口に運んだ。

「数年前のことです」ルイージが話しはじめた。「ある朝目覚めると、そこはイスタンブールの小さなホテルの一室でした。まったくのひとり。ポケットには五百ドルばかりの金。偽造パスポートもありました。トルコ語なんかひとことも話せませんでした。ぼくの担当者は街にいることはいましたが、連絡をとるような真似《まね》をしたら、つぎの職場をさがす羽目になる。そしてぼくは十カ月後におなじホテルにもどって、国外に連れだしてくれるはずの人間と落ちあう手はずになりました」

「ＣＩＡの基本訓練のような話だな」

「アルファベットちがいですよ」ルイージはそういうと、言葉を切ってワインをひと口飲んでから話をつづけた。「食べることがなにより好きでしたから、とにかく生き残るすべを学んで身につけました。言葉や文化、とにかく周囲のあらゆることを吸収しましたとも。かなり巧《うま》くやることができて、まわりにも溶けこみ、十カ月後に友人と落ちあったときには所持金は千ドルを超えていましたっけ」

「イタリア語、英語、フランス語、スペイン語、トルコ語――ほかには？」

「ロシア語です。彼らはぼくを、丸一年のあいだスターリングラードに〝落として〟

いたんですよ」

マルコは思わず〝彼ら〟の正体をたずねる質問を口にしかけたが、きき流すことにした。どうせ答えてもらえないに決まっているし、きくまでもなく答えがわかっている気もしたからだ。

「では、わたしの場合はこの街に〝落とされた〟ということか?」マルコはたずねた。

ウェイターがさまざまなパンを盛ったバスケットと、オリーブオイルのはいった小さなボウルをテーブルにおいた。ルイージはパンにオリーブオイルをつけて食べはじめた――マルコの質問を忘れたか、無視しているかして。料理も運ばれてきた。ハムとサラミにオリーブを添えた小さな皿。ルイージはスパイかもしれないし、逆スパイかもしれず、どこやらの組織に属する工作員か捜査官のたぐいかもしれないし、単純に付添役とか連絡員でしかないとか、あるいは通信員だとも考えられるが、それ以前にまずイタリア人だった。たっぷり積んできたとおぼしき訓練ですら、食卓が料理で埋まっているときは目の前の挑戦課題からこの男の気をそらすことはできないようだ。

食事を進めながら、ルイージは話題を変えた。標準的なイタリアの夕食の厳格なルールを説明したのである。まず最初に食べるのは前菜《アンティパスト》《プリモ・ピアット》――ふつうは、いま前においてあるような肉製品の盛りあわせだ。つづいて第一の皿。おおむね、ほどよい分量のパスタ料理か米料理、スープ、ないしはポレンタという玉蜀黍《とうもろこし》の粥《かゆ》。この目的は、来《きた》るべきメイン料理にそなえて胃袋を柔軟にしておくことにある。そして第二の皿《セコンド・ピアット》——肉や魚、豚肉や鶏肉《とりにく》、あるいは羊肉をもちいた食べごたえのある料理。ついでルイージは脅かすような声音で、デザートには注意しなくてはならないと告げ、あたりを見まわしてウェイターが盗みぎきをしていないことを確かめてから、言葉をつづけた。まっとうなレストランでも、いまはデザートを出入りの業者から買っている店がほとんどだ。そういったデザートはたっぷりと砂糖をまぜこんであるか、そうでなくても安物のリキュールを大量につかっているので、食べたりしたらあっという間に虫歯になって歯が抜け落ちかねない。

　この国家規模スキャンダルを知らされて、マルコは当然のショックを禁じえないという表情をつくった。

「〝ジェラート〟という単語を覚えてください」そう話しながら、ルイージの目がふたたび輝きはじめた。

「アイスクリームだな」マルコは答えた。

「ブラヴォー。世界最高のアイスクリームです。この道の先にジェラート専門店があるんです。食事のあとで寄りましょう」

ルームサーヴィスは夜中の十二時までだった。十一時五十五分、マルコはゆっくりと受話器を手にとると、数字の4が書かれたボタンを二回つづけて押した。ごくりと唾《つば》を飲みこみ、息を詰める。三十分も前から、電話での会話を練習していた。気だるげな呼出音が数回鳴って——そのあいだ二回ほど、受話器をおろしてしまおうかと思った——ようやく眠たげな返事があった。「こんばんは《ボナセーラ》」

マルコは目を閉じ、思いきって一歩を踏みだした。「こんばんは《ボナセーラ》。お手数だがコーヒーをもってきてほしい《ヴォーレイ・ウン・カッフェ・ペル・ファヴォーレ》。二人前のエスプレッソを《ウン・エスプレッソ・ドッピオ》」

「はい《シ》。ミルクと砂糖は《ラテ・エ・ズッケロ》?」

「いや《ノー》、ミルクと砂糖はいらない《センツァ・ラテ・エ・ズッケロ》」

「わかりました《シ》。では、五分後に《シンクエ・ミヌーティ》」

「ありがとう《グラーツィエ》」マルコは、これ以上の会話をする危険を避けるためにすばやく受話器をおろした。とはいえ、電話相手が気のない口調だったことを思えば、そんな危険があったとはとても思えなかった。マルコはさっと椅子《いす》から立ちあがると、空中に拳《こぶし》を突きだし、つづいて自分で自分の肩を軽く叩《たた》いて、イタリア語での最初の会話をやりおおせた健闘をたたえた。途中でつかえることもなかった。こちらも向こうも、ともに相手の言葉を完璧に理解していた。
午前一時になっても、マルコはまだダブルのエスプレッソをちびちびと飲んでいた。もうすっかり冷めてはいたが、その美味はいささかも変わらなかった。いまはレッスン3のなかばまで勉強が進んでいたし、おまけに眠気はまったく襲ってこなかった。このぶんだと、エルマンノとの最初の授業で教科書を丸ごと習得することだってできるかもしれない——マルコはそんなことを思っていた。

予定よりも十分早く、アパートメントのドアをノックした。これは場を支配するための手だった。自分では抵抗しようとしたが、気がつくと衝動的ながらも昔の習慣に逆もどりしていた。できれば、授業をいつ開始するのかを決める側に身をおきたかった。十分早く来ようと二十分遅れようと、時間は重要ではない。薄暗い廊下で待っているあいだ、かつて自分が巨大な会議室で仕切っていたハイレベルな会議の思い出がいきなりよみがえってきた。会議室には、大企業のエグゼクティブたちや連邦政府の各機関に所属するお偉方がずらりと顔をそろえていた。フィクサーである自分が声をかけて招集した面々である。自分のオフィスは会議室から廊下を歩いて五十歩たらずだったが、出席はいつも二十分遅れだった。詫《わ》びの言葉を口にし、どこやらの小国の首相との電話が長びいてしまったなどと言いわけをしながら。

つまらない、じつにつまらないことをしていたものだ。あんなゲームをしていたとは。

エルマンノは、さして感心したそぶりも見せなかった。生徒を五分ほども待たせたあげく、ドアをあけて内気な笑みをのぞかせながら、親しげな声でこう挨拶しただけだ。「おはようございます《ボンジョルノ》、シニョール・ラッツェーリ」

「おはよう《ボンジョルノ》、エルマンノ。元気かい《コメ・スタイ》？」

「すこぶる元気ですよ《モルト・ベーネ》、ありがとう《グラーツィエ》。そちらは《エ・トゥ》？」

「すこぶる元気だよ《モルト・ベーネ》、ありがとう《グラーツィエ》」

エルマンノはドアをさらに広くあけると、手をさっとふっていった。「どうぞ《プレーゴ》」

室内に足を踏みいれたマルコは、今回もここがかなり殺風景で、どこを見ても〝仮住まい〟の雰囲気がただよっていることに気づかされた。教科書類を正面の部屋の中央にある小さなテーブルにおき、コートは着たままでいようと思った。外の気温は摂氏五度程度だったが、この部屋もあまり変わらない寒さだったからだ。

「コーヒーはいかがですか《ヴォレッツベ・ウン・カッフェ》？」

「ああ《シ》、ありがとう《グラーツィエ》」

マルコは四時から六時までの二時間ほど眠っただけで、シャワーを浴びて服を着ると、思いきってトレヴィーゾの街に出てみた。早朝から店をあけているバーが見つかった。客は年寄りの男ばかりで、みなエスプレッソを飲み、全員がいっせいにしゃべっていた。コーヒーをもっと飲みたかったが、ほんとうに必要なのは食べ物だった。クロワッサンだかマフィンだか、その手の食べ物、まだ名前を覚えていない食べ物。結局、食欲を満たすのは昼まで待つことにした。昼になればまたルイージと会い、また一歩イタリアの食生活に踏みこむことになるだろう。

「きみは学生なんだな？」エルマンノが小さなカップをふたつ手にしてキッチンからもどってくると、マルコはそうたずねた。

「英語はだめ《ノン・イングレーゼ》ですよ、マルコ。英語はだめ《ノン・イングレーゼ》です」

それで英語はおしまいだった。唐突な幕切れ。慣れ親しんだ母国語との容赦ない訣《けつ》別《べつ》。エルマンノとマルコは向きあってテーブルに腰をおろし、きっかり八時半に教科書のレッスン1のページをひらいた。まずマルコがイタリア語の会話を読みあげ、つぎにエルマンノがやさしい言葉で訂正していく。しかしエルマンノは内心、この生徒の予習ぶりに感心させられていた。単語はすっかり記憶している。しかし、発音には練習が必要だった。一時間後、エルマンノは室内のさまざまな品物を指さしていった

──ラグマット、本、雑誌、椅子、キルト、カーテン、ラジオ、床、壁、バックパック。マルコは苦もなくイタリア語で応じた。さらにマルコはしだいに向上していくアクセントの発音で、丁寧な挨拶《あいさつ》表現のリストをすべて暗誦《あんしょう》していった。こんにちは、ごきげんいかがですか、ありがとうございます、お願いします、またお会いしましょう、さようなら……これらのほか、三十もの表現をすらすらと口にしたのである。一週間の曜日も、一年十二カ月のそれぞれの名前もよどみなく答えることができた。二時間の勉強でレッスン1を完璧にマスターすると、エルマンノはそろそろ休憩が必要ではないか、とたずねた。

「ノー」マルコは答えた。

ふたりはレッスン2に進んだ。このページでも、マルコは単語をすでにすっかり暗記していたばかりか、ここに出てきた会話をじつに見事に披露してみせもした。

「かなり予習をしたんですね」エルマンノは英語でそうつぶやいた。

「英語はだめ《ノン・イングレーゼ》だよ、エルマンノ。英語はだめ《ノン・イングレーゼ》だ」マルコは相手を正した。すでにゲームははじまっている──どちらが熱心な態度を見せられるかというゲームが。正午にはすでに教師のほうがくたくたになって、休憩をとりたい状態になっていた。そんなわけだから、ドアにノックの音がして廊下からルイージの声がきこえてくると、ふたりとも内心で胸を撫《な》でおろした。部屋にはいってきたルイージは、教材で埋めつくされた小さなテーブルをはさんですわっているふたりに目をむけた。ふたりは、何時間も腕相撲をとりつづけていたような雰囲気だった。

「調子はどうかな《コメ・ヴァ》？」ルイージがたずねた。

エルマンノが疲れた顔をルイージにむけて答えた。「とても充実しています《モルト・インテンゾ》」

「昼食にしたいな《ヴォレイ・プランザーレ》」マルコはそう宣言すると、ゆっくり立ちあがった。

マルコとしては、言葉にまつわる苦労を軽くするばかりか、耳にはいる単語ひとつひとつを頭で翻訳するというストレスからも解放されたい気持ちがあり、多少は英語まじりの気楽な昼食を期待したいところだった。しかしエルマンノから午前中の授業について充実した内容の報告をきくうちに、ルイージは食事中もイタリア語の集中特訓をつづけようと思いたったようだった——たとえさいごまで通すのではなくても、最初のうちだけは。メニューには英語が一語たりとも見あたらなかった。ルイージがそれぞれの料理について説明してくれたが、これがちんぷんかんぷんのイタリア語。とうとうマルコは両手をかかげて降参し、こういった。

「もうたくさんだ。これから一時間は、イタリア語は口にしないし耳にも入れないことに決めたぞ」

「昼食はどうします？」

「きみのぶんも食べたいくらいだ」マルコはそういって赤ワインをがぶ飲みし、緊張をほぐそうとした。

「わかりました。では、これから一時間は英語にしましょう」ルイージはいった。

「ありがとう《グラーツィエ》」口をつぐむ間もなく、マルコはイタリア語で応じていた。

9

翌日の午前中の授業がなかばにさしかかったころ、マルコはいきなり会話の方法を変えた。ことのほか退屈きわまりない会話の練習を途中で打ち切って、イタリア語をかなぐり捨てると、英語でこうエルマンノにいったのである。「きみは学生ではないな」

　エルマンノは教材から顔をあげ、つかのま黙っていたのちに口をひらいた。

「英語はだめです《ノン・イングレーゼ》よ、マルコ。イタリア語だけです《ソルタント・イタリアーノ》」

「いまはイタリア語にうんざりしているんでね。いいだろう？　で、きみは学生じゃないな」

　嘘《うそ》はエルマンノの得意技ではない。それに、黙っている時間がいささか長すぎた。

「いや、学生ですよ」と答えたものの、その口調に説得力はなかった。

「ちがうな。そうは思えない。そもそも、きみは大学の講義に出ていないじゃないか。

一日じゅう、朝から晩までわたしを教えていたら、いったいいつ授業に出られるんだ？」

「夜間の授業をとっているのかもしれないですよ。それがなぜ重要だと？」

「どこの学校の授業にも出ていないくせに。ここには本もなければ学生新聞も見あたらない。大学生なら、いたるところに散らかしておくがらくたのたぐいがまったく見あたらないじゃないか」

「ほかの部屋にあるのかもしれません」

「では、見せてもらおう」

「なぜです？　なぜそんなことにこだわるんです？」

「きみがルイージとおなじ連中の下で働いているように思えるからだよ」

「そのとおりだったら？」

「連中の素性が知りたいな」

「ぼくがなにも知らなかったとしたら？　なぜそんなことに関心をもつんです？　あなたのやるべきこと、それはイタリア語をマスターすることですよ」

「ところで、このアパートメントにはいつから住んでるんだ？」

「あなたの質問に答える義務はありません」

「わたしの考えでは、先週から住みはじめたというところかな。ここはある種の隠れ家のようなものだとも思うし、きみはきみで、自称どおりの人物ではないとも思っているよ」

「だとしたら、あなたにもおなじことがいえますね」

エルマンノはそういっていきなり立ちあがると、狭いキッチンを抜けてアパートメントの奥の部屋にむかった。それから数枚の書類を手にして引き返し、書類をマルコの前まで滑らせた。ボローニャ大学から学籍登録関係の書類を送ってよこした封筒だった。宛名《あてな》ラベルにはエルマンノ・ロスコーニの名前と、いまふたりがすわっている場所の住所が記されていた。

「まもなくまた授業に出ますよ」エルマンノはいった。「コーヒーのお代わりはいかがです？」

マルコは書類にざっと目を通していった。要旨がわかる程度には言葉が理解できた。

「ああ、頼む」とコーヒーの件に返事をしながら、こう思った。こんなのはただの紙切れだ。簡単に偽造できる。しかし偽造だとしたら、きわめて精巧な偽造ではある。

エルマンノはキッチンに姿を消して、水道の水を流しはじめた。

マルコは椅子《いす》をうしろに押して立ちあがった。「このブロックをひとまわり散歩に行ってくるよ。頭をすっきりさせたいんでね」

夕食からは、これまでの慣例に変化が生じた。ルイージとマルコはシニョーリ広場に面したタバコ屋の前で待ちあわせをし、そのあと店じまいの準備をしている商店がつらなる、にぎやかな歩道をのんびり歩いていった。すでに日は落ちて、かなり冷えこんでいた。スマートに服を着こなした勤め人たちが、頭を帽子やスカーフで覆《おお》った姿で家路を急いでいた。

ルイージは手袋をはめた手を、目の粗い生地でできた膝丈《ひざ》のダスターコートのポケットに深く突っこんでいた。コートは祖父から譲られた品であっても、あるいは先週ミラノあたりで買い求めた、不届きなほど高価なデザイナーズブランドの品であっても不思議はなかった。どちらにしてもルイージは、このコートをスタイリッシュに着こなしていた。このときもマルコは、自分の付添役をつとめるこの男のさりげなく優雅な雰囲気を羨《うらや》ましいと思った。

ルイージには急ぐようすはなく、むしろこの寒さを楽しんでいる気配さえあった。そのルイージがイタリア語で何回か話しかけてきたが、マルコは調子をあわせることを拒んだ。

「英語にしてくれ、ルイージ」と二回くりかえす。「いまのわたしには英語が必要なんだ」

「わかりました。で、二日めの授業はどんなようすでしたか？」

「充実していたよ。エルマンノは優秀だね。ユーモアのセンスはないが、教師にはむいているよ」

「勉強は進んでいますか？」

「進まない道理があるかな？」

「エルマンノから、あなたには言葉をとらえる鋭い耳があるという話をきいてます」

「エルマンノは人を騙《だま》すのがからきし下手だし、そのことはきみも知っているはずだ。わたしが真剣に勉強に打ちこんでいるのは、その結果に多くのことが左右されるからだよ。だからエルマンノと六時間ずっと勉強したあと、夜も三時間は勉強してる。だとすれば、勉強が進まないはずがないじゃないか」

「ほんとうに熱心に勉強していますね」ルイージはそうくりかえしたあと、いきなり一軒の小さなデリカテッセンとおぼしき店の前で足をとめた。「マルコ、きょうの夕食はこの店です」

マルコは納得のいかない気分で店をまじまじと見つめた。店の幅はたかだか四メートル半あるかないか。窓ぎわに三脚のテーブルが窮屈に押しこめられており、しかも席はすべて埋まっているようだった。

「本気かね？」マルコはたずねた。

「ええ。かなりおいしい店ですよ。どちらかといえば軽食中心です。サンドイッチのたぐいですね。ひとりで食事をしてください。ぼくは行きません」

マルコはルイージの顔を見つめて抗議しかけたが……すぐに口をつぐみ、この挑戦を喜んで受けてやろうという笑みをのぞかせた。

「メニューはレジのうしろの黒板に書いてあります。英語は書いてありません。最初に注文をして代金を支払ったら、カウンターのいちばん奥で注文の品をうけとります。スツールさえ確保できれば、腰を落ち着けるにはいいところですよ。チップは代金に含まれています」

マルコはたずねた。「この店の得意料理は？」

「おいしいのは、ハムとアーティチョークのピザです。それからパニーニも。では一時間後に、あそこの噴水の前で待ちあわせをしましょう」

マルコは歯を食いしばり、孤立無援のままカフェの店内に足を踏みいれた。ふたりの若い女性のあとについて順番を待つあいだ、必死になって黒板に目を走らせ、とりあえず発音できる食べ物をさがす。味についてとやかくいう余裕はない。肝心なのは、注文と代金の支払だ。さいわいレジに立っていたのは、笑顔を絶やすことのない中年の女性だった。マルコは親しげな声で、「こんばんは《ボナセーラ》」と声をかけると、女性が話しかけてこないうちに「ハムとチーズのサンドイッチを《パニーニ・プロシュット・エ・フォルマッジョ》」と注文し、さらにコカ・コーラを追加した。

すばらしきかな、コカ・コーラ。どこの国の言葉でも発音はおなじだ。

レジマシンががちゃんと音をたて、係の女性がなにやら話していたが、マルコには意味が理解できなかった。しかしマルコは笑顔のまま、「ああ《シ》」と答えて二十ユーロ紙幣を手わたした。これなら注文の品の代金をまかなって、お釣りが来るはずだ。はたして狙《ねら》いどおりになった。釣銭といっしょに番号が書いてある引換券をわたされた。

「六十三番です《ヌーメロ・セッサンタセッセ》」女はいった。

マルコは引換券を受けとると、カウンターにそってゆっくりと厨房《ちゅうぼう》の方向に歩いた。じろじろ視線をむけてくる者はいなかったし、だれひとり気にもとめていないようだった。それでは自分はほんとうにイタリア人として、地元の人間として見られているのだろうか？　それとも自分が外国人であることは明らかで、だからこそ、わざわざ視線をむけてこないのか？　またマルコは、まわりの男たちの服装を値踏みするという習慣をたちまち身につけてもいた。観察の結果、自分は仲間はずれになっていないと判断をくだす。ルイージが話していたことだが、イタリア北部の人間はアメリカ人よりもよほどファッションと外見に気をつかっていた。アメリカにくらべればジャケットと誂《あつら》えのスラックスとセーターとネクタイの数は多く、その反対にジーンズはずっとすくない。スエットシャツをはじめ、服装に無頓着《むとんちゃく》であることを示す服はまったくといっていいほど目につかなかった。

ルイージは——というか、マルコのための服一式を用意した人物、アメリカ国民の税金によって給与をまかなわれていると見てまちがいのない人物は——じつに見事な仕事ぶりだった。六年間にもわたって変わりばえのしない刑務所の服だけを着ていたにもかかわらず、マルコはたちまちのうちにイタリア流の着こなしに馴染《なじ》んでいた。

調理用の鉄板がすぐ近くにあるカウンターにそって前に進んでいくあいだ、マルコはならんでいる料理の皿を観察した。十分ほどたっただろうか、ぶあついサンドイッチが出現した。スタッフがサンドイッチの皿を手にとり、引換券を引きちぎって大きな声をあげた。

「六十三番の人《ヌーメロ・セッサンタセッテ》」

マルコは無言のまま前に進みでて、引換券をさしだした。つづいてソフトドリンクも出てきた。ついで店の隅にあった小さなテーブルに空席を見つけると、ひとりの夕食の時間をぞんぶんに楽しみながら食べた。デリカテッセンは騒がしく、客がひっきりなしに詰めかけていた。どうやら近所の人の交流の場でもあるらしく、顔見知りらしき客が大勢いた。そういった人々は顔をあわせると、まず抱きあってキスをし、長々と出会いの挨拶《あいさつ》を述べ立てたが、別れぎわの挨拶となるとさらに長くなった。注文のための列にならぶことでトラブルが発生することはなかった。ただしイタリア人というのは、前の人のうしろにならぶという基本的なコンセプトの把握に、いくばくかの難があるようにも見えた。これがわが故国なら、ほかの客が棘々《とげとげ》しい言葉を浴びせるだろうし、ときにはレジ係が罵《ののし》ることもありそうだ。

築後三百年の建物がまだ〝新しい建物〟と考えられている国では、おそらく時間がちがった意味をもっているのだろう。食べ物は楽しむべきもの――それがたとえわずかなテーブルしかない、小さなデリカテッセンであろうとも。近くにすわっている客はみな、ピザやサンドイッチを何時間もかけて食べているように見うけられた。とにかく、話しても話しても、まだ話すべきことがあるのだ！

脳の息の根をとめるようなスローペースの刑務所生活のおかげで、すっかり勘が鈍ってしまっていた。たしかに週に八冊は本を読んで、正気を保つための一助としたが、読書という習慣も目的は逃避であり、かならずしもなにかを学ぶためではなかった。この二日間は、暗記と動詞の活用、それに発音とリスニング――これほど熱心になにかをきいたことはなかった――で明け暮れたせいだろう、精神的に疲れきっていた。

そこでマルコは、しいて理解しようとはしないままイタリア語の奔流に身をゆだねることにした。この国の言葉のリズムや抑揚を、人々の笑い声をきくと心が明るくなった。ときおり単語がすっきりとききとれることがあった。出会いや別れの挨拶の言葉を耳にした場合には、ききとれる単語が一段と増えた。これはある種の進歩だろう、とマルコは思った。家族づれや友人同士で連れだってきている客を見ると、わが身の孤独がひしひしと感じられたが、あまり深くは考えないように努めた。孤独というのは、一日二十三時間も狭苦しい独居房に閉じこめられ、心を慰める友といえば安っぽいペーパーバックしかない境遇を指す言葉だ。この自分はそんな孤独を身をもって体験した。だからいまは、海岸で過ごす一日のようなもの。

マルコは、ハムとチーズのサンドイッチをできるだけ時間をかけて食べるよう努めていたが、それでもある程度しか時間を稼げなかった。つぎはフライドポテトも忘れずに注文しよう。フライドポテトなら、冷めたあとも長いこと弄《もてあそ》んでいられるし、そうすればアメリカの平均的な食事時間以上に時間を稼ぐことも夢ではない。マルコは気はすすまないながらも、テーブル席をつぎの客にあけわたした。デリカテッセンにはいってから約一時間後、暖かな店から外に出たマルコは噴水目ざして歩きはじめた。噴水は凍結防止のために止めてあった。数分後、ルイージがぶらぶらと歩いて近づいてきた。物陰にじっと潜んで、マルコを待ちかまえていたかのようだった。ルイージは無神経にも、ジェラートを食べにいかないかと誘ってきた。しかしマルコは、早くも寒さにがたがたとふるえていた。ふたりはそのままホテルに引き返し、別れの言葉をいいあった。

ルイージの現地での上司は、ミラノのアメリカ領事館に所属する外交官の身分を隠《かく》れ蓑《みの》にしていた。名前はホイッティカーといい、この男の優先順位ではバックマン問題は最下位だった。バックマンは諜報《ちようほう》活動にも防諜活動にも関係ない。この両分野でどっさりと仕事をかかえこんでいたホイッティカーには、とてもではないが隠密裡に身柄をイタリアに移されたワシントンの元政界フィクサーに注意をふりむける余裕はなかった。それでも職務に忠実に、毎日せっせと報告書を作成してはラングリーのCIA本部に送っていた。ラングリーでその報告書を受けとって目を通していたのは、ジュリア・ハヴィエル。メイナード長官直属のベテランスタッフだ。ミラノでホイッティカーが勤勉に仕事をしているのは、ひとえにミズ・ハヴィエルが何事をも見のがさない鋭い目をもっているからだった。そうでなかったら、日次報告書がこれほど迅速に作成されることはなかったはずである。

テディ・メイナード長官は要旨説明《ブリーフィング》を求めていた。

そのため、ミズ・ハヴィエルは七階にあるメイナード長官のオフィスに呼びだされた。ラングリーの人々はこのフロアを、〝テディ翼棟《ウイング》〟と呼びならわしていた。オフィス——長官自身の好みの呼び名にしたがえば〝ステーション〟——に足を踏みいれると、メイナード長官は車椅子をジャッキでもちあげて玉座のように高くし、いつものように幅のある長い会議用テーブルの上座に陣どっていた。これまたいつもどおりの黒のスーツに、胸から下をキルトにくるんだ姿で、積みあげられた報告書の山の上から周囲を睥睨《へいげい》している。ホビーが近くをうろつき、緑茶のお代わりをいつでも注げるよう身がまえていた。メイナードはこのおぞましい緑茶こそ、長寿をもたらす秘薬だと固く信じこんでいた。

生きているとはいえ、その命は風前の灯も同然だ。いや……ミズ・ハヴィエルがそんなふうに考えだしてから、もう何年もたっている。

ミズ・ハヴィエルはコーヒーを飲まず、緑茶には手をつけようともしなかったので、飲み物がすすめられることはなかった。そのまま長官の右側のいつもの席——この部屋へのあらゆる訪問者がすわらされる証人席のような椅子——にミズ・ハヴィエルが腰かけると、メイナード長官は疲れきった声をなんとか絞りだした。「やあ、ジュリア」

ホビーはいつものようにミズ・ハヴィエルとは反対の椅子にすわって、メモをとる用意をしていた。〝ステーション〟内のあらゆる音声は、最先端テクノロジーの結晶ともいうべき最高の性能を誇る録音機器によって記録されることになっている。しかしホビーは、すべての会話を手で書きとめるという芝居をいまなおつづけていた。

「バックマンについての要旨説明《ブリーフィング》を頼む」メイナードはいった。今回のような口頭の報告の場合、不要な単語が一語もない簡にして要を得た発言が求められる。

ジュリア・ハヴィエルはノートに目を落として咳払《せきばら》いをひとつしてから、隠された録音機にむかって話しはじめた。「現在バックマンは、イタリア北部にある風光明媚《めいび》な小さな街、トレヴィーゾに滞在しています。滞在はきょうで丸三日におよび、バックマンはすんなりとこの環境に適応しているように見うけられます。当方の工作員が常時接触を保っていますし、語学教師に起用した地元の人間は順調に仕事を進めています。バックマンには金もパスポートもありませんし、これまでのところ工作員のそばに進んで身をおきたがっています。またホテルの客室の電話をつかって外部に電話をかけたこともなく、工作員に電話をかけた以外には、携帯電話も一回も使用していません。また、周辺を探索しようという気もなければ、街をうろつきまわりたいそぶりも見せてはいません。刑務所で体に染《し》みついた習慣は、そう簡単には抜けないもののようですね。ホテルの近くから離れようとしていません。語学教師の授業と食事の時間以外は、ホテルの部屋にこもってイタリア語を勉強しています」

「言葉はどんなものだ？」

「わるくありません。五十二歳ですから、それほど迅速な習得はないと思われますが」

「わたしがアラビア語を勉強したのは六十歳のときだったぞ」メイナードは誇らしげにいった——六十歳だったのが一世紀も昔だったかのような口調だ。

「存じております」ミズ・ハヴィエルは答えた。それどころかラングリーじゅうが知っている。「バックマンは熱心に勉強に打ちこんでおり、上達を見せていますが、まだ三日めですからね。語学教師は感心していました」

「バックマンはどんなことを話している？」

「過去のことは話していません。昔の友人のことも、昔の敵のことも話題に出しません。さしあたり、その手の話題は封印しているようです。ふだんのおしゃべりの話題は、もっぱら新しく住むことになった土地や、そこの文化と言語のことです」

「精神状態は？」

「つい先ごろ、当初の予定より十四年も早く刑務所を出てきたばかりで、食事にはたっぷり時間をかけ、いいワインを飲んでもいます。ですから大いに喜んでいますよ。ホームシックの兆候はありませんが、考えれば、そもそも〝わが家《ホーム》〟といえるものがないわけです。家族のことはいっぺんも話題に出していません」

「健康状態は？」

「良好のようです。もう咳をすることもなくなりました。睡眠もとれているようです。体調不良の訴えはありません」

「酒はどの程度飲んでいる？」

「その点は慎重です。昼食と夕食にはワインを飲み、近くのバーでビールを飲みもしましたが、決して度を越してはいません」

「では、酒量を増やせるかどうか確かめてみよう。いいな？　酒を飲ませて、口が軽くなるかどうかを確かめるんだ」

「その予定です」

「監視態勢はどの程度なんだ？」

「すべてを盗聴しています――電話、ホテルの室内、語学の授業、昼食と夕食の席。あの男の靴にも盗聴器を仕掛けてあります。二足ともです。コートの裏地の内側に、〈ピーク30〉が縫いつけてあります。ですから、どこに行こうとも足どりをほぼ完璧《かんぺき》につかむことができます」

「つまり、見うしなう心配はないと？」

「しょせんは弁護士で、諜報活動のプロではありません。それにバックマンはいまのところ、自分が自由の身になったことを楽しみ、いわれるがままに行動することで満足しているようです」

「しかし、あの男は決して愚か者ではないぞ。その点は肝に銘じておけ。おまけに、いまでは剣呑《けんのん》な連中が自分の行方を血眼で探していることを知っているんだから」

「ごもっともです。しかし、いまのところバックマンは母親にしがみついている幼児も同然です」

「つまり、自分の身が安全だと思っていると？」

「いまの情況下では、ええ、安全だと感じています」

「だったら、ふるえあがらせてやれ」

「ただちにですか？」

「いかにも」メイナードは目もとを揉《も》みしだき、緑茶をひと口飲んだ。「息子のほうはどうなってる？」

「レベル3の監視態勢をとっていますが、ヴァージニア州カルペパーではほとんど動きはありません。バックマンがだれかに連絡をとるとすれば、相手は息子のニール・バックマンになるはずです。しかし現実にバックマンが息子に連絡をとれば、カルペパーでそれを知るよりも先にイタリアで把握できるはずです」

「あの男が信頼しているのは息子だけだからな」メイナードは、これまでハヴィエルが何回も指摘した事実をあらためて口にした。

「そのとおりです」

かなり長い沈黙の時間をはさんで、メイナードはいった。「ほかになにかあるかな、ジュリア？」

「バックマンは、オークランドにいる母親に手紙を書いています」

メイナードはちらりと笑みをのぞかせた。「感心な心がけだ。で、手紙自体は入手できたか？」

「ええ。昨日、当方の工作員が写真を撮影しました。バックマンは手紙を、ホテルの客室にあった旅行雑誌のページのあいだに隠していました」

「手紙の長さは?」

「長めの段落がふたつです。書きかけであることは明らかですね」

「読みあげてくれ」メイナードはいいながら車椅子《いす》に背をもたせかけ、目を閉じた。

ジュリア・ハヴィエルは束になった書類の順番をあれこれと変えてから、読書用眼鏡を押しあげた。

「日付は書かれていません。手書きです。バックマンはかなりの悪筆なので、読むのもひと苦労ですね。『愛する母さんへ。母さんがいつこの手紙を受けとるのか、いや、そもそも受けとる日が来るのかどうかもわからない。そもそも自分がこの手紙を投函《とうかん》するかどうかもあやふやなのだから、母さんの手もとに届くかどうかにも影響するわけだ。ともかく、ぼくは刑務所から出てきたし、いまは日に日に元気になっている。この前の手紙では、オクラホマの大平原で元気にやっていると書いたね。あのときには、大統領からの特赦が与えられるなんて夢にも思っていなかった。それこそあっという間の出来ごとだったので、われながらいまでも信じられないくらいだ』ここから第二段落です。『いまぼくは、世界の反対側にいる。どこかはいえない。それを明かせば気分を害する人々がいるからだ。できればアメリカを離れたくはなかったけれど、それは無理な話だった。これについて話すことはない。最高の暮らしとはいえないが、つい一週間前の暮らしとは雲泥《うんでい》の差だ。手紙にあんなふうに書いたとはいえ、じっさいにはいつ刑務所で死んでもおかしくなかったしね。ここでは、ぼくは自由だ。それこそ、世界でいちばん重要なこと。街を歩いてカフェにはいるのも自由、どこへなりとも好きなところに行けるし、やりたいこともほとんど自由にできる。自由だよ、母さん――それこそぼくが何年も夢見ていて、でも決して手に入れられないとばかり思いこんでいたものなんだ』」

ジュリア・ハヴィエルは手紙を下において、こうしめくくった。

「手紙はここでおわっています」

メイナードは目をひらいた。「バックマンがその手紙を母親あてに送るほどの愚か者だと思うかね？」

「いいえ。しかしあの男はもう長年、母親に週一通の手紙を書きつづけていました。ですからこれは習慣のようなものであり、また精神の安定を維持するためなのかもしれません。だれかに話をしないではいられなかったのですね」

「母親の郵便物の監視はつづけているな？」

「はい――といっても、郵便はほとんど来ませんが」

「わかった。では、あの男をふるえあがらせてやり、結果を報告してくれ」

「かしこまりました」

ジュリア・ハヴィエルは書類をまとめて、オフィスを出ていった。メイナードは一通の報告書を手にとると、読書用眼鏡の位置をなおした。ホビーは、近くにある簡易キッチンにむかった。

カリフォルニア州オークランドにある老人ホームにいるバックマンの母親の電話にも盗聴器が仕掛けてあったが、これまでのところ情報はなにも出てきていない。特赦が報じられた当日、かなり高齢の友人ふたりがホームの母親に電話をかけて、あれこれ質問ぜめにし、いくぶん控えめなお祝いの言葉をかけていたが、当の母親はかなり頭が混乱してしまったようすで、ほどなくして鎮静剤を飲まされ、そのあと何時間も昼寝をしていた。またバックマンが複数の妻に産ませた子どもたちのうち、過去半年以内に祖母に電話をかけた者はひとりもいなかった。

リディア・バックマンは、これまでに脳卒中を二回起こしており、いまでは車椅子生活だ。息子のジョエルの最盛期には、一日二十四時間ナースが常駐している広々としたコンドミニアムでそれなりに豪奢《ごうしゃ》な暮らしを送っていた。しかし息子が有罪になったおかげで、優雅な生活を手放さざるをえず、いまは百人もの入居者といっしょに老人ホーム住まいだ。

それを思えば、バックマンが母親に連絡をとろうとすることはまず考えられなかった。

10

数日間は大金のことをあれこれ夢想していたクリッツだったが、そのあとはじっさいに金をつかいはじめた――といっても、頭のなかでの話だ。話に出てきた大金が手にはいれば、怪しげな軍需企業の宮仕えを強いられる必要もなくなるし、講演ツアーで聴衆を丸めこむ必要もなくなる（講演専門のエージェントは聴衆があつまると確約してくれたが、クリッツ本人はそもそも客が来るかどうかも疑わしいと思っていた）。

これで引退生活も夢ではない！　ワシントンからも、これまでの政治生活でつくった敵からも遠く離れた土地で暮らせる。どこかのビーチ、近くには豪華なヨット。スイスに引っ越して、新しくつきあいはじめた銀行に隠した財産のそばで暮らすのもいい――すばらしいことにその財産が無税で、おまけに日に日に増えるときている。

クリッツは数日ほど滞在を延ばすため、電話でロンドンにフラットを借りた。妻には、もっと買い物に熱を入れろとけしかけた。妻もワシントンにはうんざりしていたし、いま以上に安逸な暮らしをして当然の身分だ。

ひとつには金に目がくらんでいたため、ひとつには生来のずぼらな性格のため、クリッツはそもそもの最初から大失態をしでかしていた。ワシントンのゲームではけっこうな古株のくせに、クリッツの失態はとりかえしのつかないものだった。

まず最初に、クリッツは借家であるフラットの電話をつかった。これで、だれでも簡単にクリッツの正確な所在をつきとめることができた。電話の相手はジェブ・プリディ。過去四年間、ホワイトハウスに出向していたCIAの連絡職員である。プリディはいまもホワイトハウスにいたが、まもなくラングリーの本部に呼びもどされる予定だった。プリディによれば、新大統領が引っ越してきたばかりで、ホワイトハウスは混沌《こんとん》そのものの現状だとか。そう話すプリディは、クリッツからの電話でわずかに苛立《いらだ》っている口調だった。もともと、ふたりが親しかったためしはない。それにプリディのほうは、相手がなんらかの情報目あてで電話をしてきたことをすぐ察しとっていた。やがてクリッツは、CIAの元上級アナリストで、いっしょになんどもゴルフをした昔の友人をさがしている、と切りだした。名前はデイリー、アディスン・デイリー。たしかアジアでの仕事のために、ワシントンを去ったはずだ。ひょっとして、デイリーがいまどこにいるかを知らないだろうか？

アディスン・デイリーはラングリーの奥深くに隠れていたし、プリディとは昵懇《じっこん》の仲でもあった。

「あの男なら知っているよ」プリディは答えた。「見つけられるかもしれないな。どこに連絡すればいい？」

クリッツは、借りているフラットの電話番号を教えた。プリディはすぐアディスン・デイリーに電話して、みずからの疑惑をつたえた。デイリーは録音装置を起動させ、盗聴防止回線をつかってロンドンに電話をかけた。電話に出たクリッツは、旧友から電話をもらえたうれしさを、わざとらしいほど大げさにいいたてた。つづいてクリッツは、ホワイトハウスを去ってからの暮らしについてべらべらしゃべり、何年も何年も政界ゲームに明け暮れたあと、ようやく一私人となれてどんなに気分が爽快《そうかい》になったかを話してから、これを機に旧交をあたためたいし、ゴルフにも本腰を入れてとりくもうと思ってもいる、とつづけた。

デイリーは調子をあわせたばかりか、自分も引退を考えているという話題を餌《えさ》としてさしだしもした――かれこれ三十年近くもここで働いていることだし、そろそろ楽な暮らしをするのが楽しみになってきたよ。

最近テディはどうしてる？ クリッツはそうたずねた。新しい大統領はどうだ？

政府が変わって、ワシントンの雰囲気はどうなった？　たいして変わらない。デイリーは答えた。顔ぶれは変わっても馬鹿《ばか》ぶりは変わらないからね。ところで、前大統領のモーガンはどうしてる？

クリッツはなにも知らなかった。ぜんぜん話をしていないからだし、それどころかこれから数週間はモーガンと話をする予定さえない。話題が尽きかけたころ、クリッツがぎこちなく笑いながらいった。「そういえば、ジョエル・バックマンの姿を目にした者はいるのかい？」

デイリーも無理に笑い声をあげた——この一件すべてが、まるまる出来のわるいジョークではないか。「あの男は巧みに身柄を隠してもらったものだと思うよ」

「ああ、ちゃんと隠してもらって当然だな」

つづいてクリッツは、ワシントンにもどったらすぐに電話をかけると約束した。いいゴルフクラブで十八ホールまわったら、一杯やろうじゃないか——昔みたいにな！　昔……そんなことがいつあった？　受話器をもどしながらデイリーは思った。

一時間後、この電話による会話の録音がテディ・メイナード長官の前で再生された。最初の二本の電話が多少なりとも有望な前途を約束しているかに思えたため、クリッツはさらに突き進んだ。そもそもクリッツは、昔から度はずれた電話魔だった。下手な電話も数撃てば当たって、そこからなにかが出てくるはずだ——というショットガン理論の信奉者だったからだ。かくして大雑把な計画が形をとりつつあった。昔からの知りあいに、上院の情報特別委員会の委員長のもとで上級スタッフをつとめた経験をもつ者がいた。いまは数多くのコネをもつ有力ロビイストだが、CIAとの太いパイプを維持しているというもっぱらの噂《うわさ》だった。

ふたりは政治やゴルフの話題に花を咲かせた。やがて——クリッツが内心小おどりしたことに——電話の相手がこんな話を口にしはじめた。ところで、アメリカ史上最悪の脱税犯のデューク・モンゴ、あんな男に特赦を与えるなんて、モーガン大統領はいったいなにを考えていた？　クリッツは、自分はあの特赦には反対していたと主張しつつ、物議をかもしたもうひとつの特赦に話題を誘導しようとして、「バックマンについて、なにか噂をきいてるかい？」と水をむけた。

「きみは、その場にいた当人じゃないか」旧友はいった。

「たしかに。しかし、メイナードはどこにバックマンを隠した？　それこそ、いちばん大きな疑問だな」

「じゃ、あれはCIAの仕事だったと？」友人がたずねた。

「決まってるさ」クリッツは有識者のような声音で答えた。だいたい、真夜中にバックマンをこっそり国外に出せる組織が、ＣＩＡ以外にあるというのか？

「興味深いな」友人はそういったきり、とたんに口数がすくなくなった。クリッツは来週いっしょに昼食をとろうと食いさがり、ふたりの会話はおわった。

熱に浮かされたように電話をかけつづけながら、クリッツは自分が無限に近いコネを有していることにあらためて驚嘆していた。なるほど、権力にはそれなりの見返りがあるものだ。


午後五時半、ジョエル・バックマン――あるいはマルコ・ラッツェーリ――は、実質的に三時間ノンストップでつづいた授業をおえ、エルマンノのもとを辞去した。両者とも疲れきっていた。

トレヴィーゾの狭い街路を歩いていくと、冷えきった夜気が頭をさっぱりさせる助けになってくれた。きのうにつづいて、きょうもまた交差点の角にある小さなバーに立ち寄り、ビールを注文すると窓ぎわの席にすわって、急ぎ足で歩いていく地元の人々の姿をながめた。職場から家路を急ぐ人もいれば、あわただしく夕食の買い物をしている人もいた。バーの店内は暖かく、うっすらと煙っていた。ここでもマルコの思いは、刑務所に舞いもどっていった。自分ではどうすることもできなかった――生活環境があまりにも劇的に変化したからだし、あまりにも突然に自由の身になったからだ。いまもまだ、恐怖がしつこく頭に居残っていた——目覚めると自分は独居房に監禁されており、頭のおかしくなった人間のヒステリックな高笑いが遠くからきこえてくるのではあるまいか、という恐怖が。

ビールのあとでエスプレッソを注文し、それも飲みおわると、マルコは夜の闇《やみ》に足を踏みだして、両手をポケット深くに突っこんだ。角を曲がると、ホテルの建物が見えてきた。いや、タバコをふかしながら歩道をせかせかと行ったり来たりして歩いているルイージの姿も目に飛びこんできた。マルコが道路を横断すると、ルイージがあとからついてきて、こういった。

「いますぐ、この街を出ていくことになりました」

「どうして?」マルコはそうたずねながら、悪人どもの姿を求めて、あたりにきょろきょろと視線を走らせた。

「理由はあとで説明します。ベッドに旅行鞄《かばん》をおいておきました。できるだけ早く荷づくりをしてください。ぼくはここで待っています」

「もしも、わたしがこの街を離れたくないといったら?」マルコはたずねた。

ルイージはマルコの左手首をぎゅっと握り、すばやく一秒のあいだ考えをめぐらせてから、かなり引き攣《つ》った笑みを見せた。「そうなれば、あなたの命は二十四時間ともたないでしょうね」これ以上ないほどの不気味な口調で告げる。「お願いです、信じてください」

マルコは階段を駆けあがり、廊下を走っていった。自室にたどりつく直前に気がついた——いま胃がきりきりと激しく痛みを訴えているのは、走って息が苦しくなったからではなく、恐怖のせいだ、ということに。

なにが起こったのか？　ルイージがなにかを見たか、きいたかしたのか？　それとも、だれかになんらかの話をきかされた？　そもそもルイージとは何者で、いったいだれの命令で動いているのか？　小さなクロゼットから服を引っぱりだしてはベッドにほうり投げていくあいだ、マルコはこういった疑問を残らず自分に問いかけたばかりか、それ以外にも数多くの疑問に考えをめぐらせていた。荷づくりをおえると、しばし腰をおろして考えをまとめようと努める。深々と息を吸ってから、ゆっくりと吐きだしながら、こう自分にいいきかせた——いまなにが起こっているにせよ、これもまたゲームの一部にすぎないのだ、と。

こうやって永遠に逃げつづけるのか？　この先ずっと、急いで荷づくりをしてはひとつの部屋から逃げだして、つぎの部屋をさがす生活がつづくのか？　むろん刑務所暮らしにくらべたらずっとましにはちがいない。しかし、いずれは心身に影響が出てくるだろう。

それに、どうすればこんなにすぐわたしを発見できたのか？　トレヴィーゾに来てから、まだ四日しかたっていないのに。

多少なりとも心の落ち着きをとりもどすと、マルコはゆっくりと廊下を歩いて階段をおりて、ロビーを通りぬけた。フロント係がぽかんと口をあいて見つめてきたが、なにもいわずに、ただうなずきかけた。ルイージが旅行鞄をひったくるようにとりあげ、コンパクトなフィアットのトランクに投げこむ。車がトレヴィーゾの郊外にたどりつくまで、どちらもずっと無言だった。

「オーケイ。なにがあったんだ？」マルコはルイージにたずねた。

「ちがう土地に移ることになりました」

「それはわかってる。しかし理由は？」

「それなりに充分な理由がいくつかあります」

「そうか。だったら、ぜんぶ説明してもらおう」

ルイージはハンドルを左手であやつって、右手でとり憑《つ》かれたようにギアを操作し、ブレーキを完全に無視したまま、アクセルをフロアぎりぎりまで押しつけて車を走らせていた。それでなくてもマルコは、二時間半もかけてのんびりと昼食をとる人種が、どうしてまた車に飛び乗るやいなや、街を横切るわずか十分のドライブでも首の骨が折れそうな猛スピードを出すのだろうか、と不思議に思っていたところだった。

車は大雑把に南を目ざし、ハイウェイを利用せずにずっと裏道ばかりをつかって、一時間ほど走りつづけた。

「だれかに追われているのかね？」車が片側の車体を浮かせてヘアピンカーブをまわりこむたびに、マルコはいちどならずその疑問を口にしていた。

ルイージは無言で頭を左右にふっていた。両目は細められ、左右の眉《まゆ》が寄ってひとつにつながり、タバコをくわえていないときには歯をぎりぎりと食いしばっている。この男は、気がふれたように車を飛ばしつつ落ちつきはらってタバコを吸うという離れわざをこなしていた。しかも、バックミラーには一回も目をむけなかった。どうやら、決して話をするまいと固く心に決めているらしい。その依怙地《いこじ》さが、なんとしても会話をしようというマルコの決意をますます強めることになった。

「わたしを怖がらせようとしているだけではないのか？　そう、われわれはスパイごっこをしているんだ。きみがゲームマスター、わたしは秘密をかかえた哀れなカモだ。わたしを死ぬほど怖がらせれば、わたしが今後ともきみに依存しつづけ、きみに忠誠をたもつと踏んだんだな？　ああ、きみの手口はお見とおしだよ」

「ジェイシー・ハバードを殺したのはだれなんですか？」ルイージがろくに唇を動かさないまま、そういった。

ジョエルはいきなり口をつぐみたくなった。ハバードの名前を耳にしただけで、一秒ほど全身が凍りついた。ハバードの名前は、いつも決まって同様のフラッシュバックをもたらしてくる——兄の墓に力なくもたれかかっているジェイシー・ハバードを撮影した警察の現場写真だ。顔の左半分が銃弾で吹き飛ばされ、あたりに血が飛び散っていた——墓石にも、ハバードのホワイトシャツにも。どこにもかしこにも。

「手もとにファイルがあるんだろう？」ジョエルは答えた。「あれは自殺だ」

「ええ、そうでしたね。でも、自殺だったと本心から信じているのなら、あなたはなぜ司法取引に応じて、刑務所での保護拘置を願いでようと決心したんです？」

「怖かったからだよ。自殺には伝染力があるからね」

「たしかにそのとおり」

「つまり、ハバードを自殺に追いやった人々がわたしを追っているといいたいのか？」

ルイージは肯定の返事代わりに肩をすくめた。

「で、その連中がどうにかして、わたしがトレヴィーゾに隠れていることを突きとめたと？」

「危ない橋はわたらないに越したことはありません」

これでは、詳細な事実など知らされるはずはない――いや、かりに詳細な事実があるとすればの話だ。できるかぎり我慢したが、それでもとっさにうしろをふりかえって、闇に包まれた道路に視線を投げてしまった。ルイージはと見ると、バックミラーに目をむけて、満足げな笑みを洩《も》らしていた――まるで、〝そう、連中は背後にいる……どこかにいる〟と語っているかのような笑みだった。

ジョエルはシートにすわったまま数センチばかり身を沈め、瞼《まぶた》を閉じた。最初に死んだのは、依頼人のうちのふたりだった。ひとりめはサフィ・ミルツァ。ジョージタウンのナイトクラブを出たところを刃物で刺されて死亡。彼らがジョエルのもとに話をもちこみ、JAMの唯一《ゆいいつ》のコピーを引きわたしてから三カ月後だった。ナイフによる刺し傷だけでもかなりの重傷だったが、毒物を体内に注射されてもいた。刃物を突き立てると同時に注射したのだろう。目撃者はゼロ。手がかりもゼロ。非の打ちどころない迷宮入り殺人事件。しかしそれも、ワシントンDCで珍しくもない迷宮入り殺人のひとつにすぎなかった。ひと月後、こんどはファザール・シャリフが本国パキスタンのカラチで行方不明になり、いまでは死亡したと推定されていた。

JAMには、十億ドルもの価値が確実にあった。しかしながら、それがもたらすはずの大金を享受《きょうじゅ》した者はひとりとしていなかった。

〈バックマン、プラット&ボーリング法律事務所〉は、一九九八年にジェイシー・ハバードを百万ドル単位の年俸で雇い入れた。ハバードの最初の大仕事がJAMの売りこみだった。ハバードは自身に年俸分の価値があると証明したい一心で、あるときは腕ずくで、あるときは袖《そで》の下をつかって、なんとか国防総省に通じる道をひらこうとした。これは衛星システム〈ネプチューン〉の実在を確認しようとする不器用な努力であり、あらかじめ失敗が運命づけられていた努力でもあった。やがてハバードのスパイ役をつとめていた人物が、一部が改変されてはいたが機密扱いの書類を数枚入手し、ハバードに引きわたした——とはいえこのスパイは、すべてを上司に逐一報告していた。高度な機密文書とされた書類自体が、信じがたいほどの性能をそなえているというふれこみの〈スター・ウォーズ〉もどきの架空の監視衛星システム〈ガンマ・ネット〉を、さも実在するように見せかけるために偽造されたものだった。しかしハバードは、これで三人のパキスタン人の若者の話が事実だという〝裏づけ〟がとれたと信じこみ——彼らのいう〈ネプチューン〉はアメリカのプロジェクトにちがいないと思いこみ——意気揚々とこの発見をジョエル・バックマンに報告、ふたりはさっそくビジネスに乗りだした。

〈ガンマ・ネット〉はアメリカ軍部が創設したものだということになっていたのだから、それだけでもJAMの価値はさらに高まった。しかしじっさいには、国防総省とCIAのどちらも〈ネプチューン〉の存在をまったく知らなかったのである。

ついで国防総省は、みずから組み立てた嘘《うそ》の物語を〝リーク〟した。元上院議員ジェイシー・ハバード、およびその新たなボスである大物フィクサー、ジョエル・バックマンの手先となっていたスパイによる由々しき機密漏洩《ろうえい》があった、という話をでっちあげたのである。スキャンダルが噴火した。FBIは真夜中に〈バックマン、プラット＆ボーリング法律事務所〉のオフィスを強制捜査し、だれもが本物だと信じて疑わなかった国防総省の機密文書を発見した。それから四十八時間後には、野心に燃える連邦検察官チームが、事務所のパートナー全員の起訴状を発行した。

間をおかずに関係者がつぎつぎ殺されはじめ、しかもそれがだれのしわざなのか、手がかりはまったくなかった。国防総省は鮮やかな手ぎわでハバードとバックマンの両者を無力にしたばかりか、衛星システムをほんとうに自前で所有しているのか、自分たちが開発したのかという問題にはふれずにすませた。〈ガンマ・ネット〉でも〈ネプチューン〉でも呼び名はかまわないが、すべては〝軍事機密〟という名前の突破不可能な網で事実上すっかり隠されてしまった。

弁護士としてのバックマンは公判審理を望んでいた。わけても国防総省の文書の真《しん》贋《がん》を、裁判の場で問いたかったのである。しかし被告人としてのバックマンは、自身がジェイシー・ハバードとおなじ運命をたどることを恐れた。

ルイージがトレヴィーゾから一刻も早くと脱出してきた裏に、バックマンをふるえあがらせてやろうという意図があったのであれば、いま突然その目論見《もくろみ》が成功したことになる。というのもバックマンは特赦を与えられて以来初めて、安全を確保してくれる重警備刑務所の独居房が懐《なつ》かしく思えてきたのだ。

パドヴァの街が前方に近づいてきた。一キロ進むごとに街の明かりが大きくなり、道路を走る車も増えてきた。

「パドヴァの人口は？」マルコはたずねた。この三十分間で初めて口にした言葉。

「二十万人です。それにしても、なぜアメリカ人は、どこの村や街でもかならず人口を質問するんです？」

「それが問題になるとは気づかなかったな」

「おなかはすいてませんか？」

確かに胃が鈍い痛みを訴えてはいたが、これは空腹ではなく恐怖からくる痛みだった。それでもマルコはとりあえず、「もちろん」と答えた。ふたりはパドヴァの街の周縁部にある地元住民相手のバーに立ち寄ってピザを食べると、急いで車にもどって、さらに南をめざした。

その夜は、田園地帯にある小さな宿屋に泊まった。クロゼットなみに狭い客室がわずか八部屋で、古代ローマの時代からおなじ一家が経営しているとのことだった。宿屋の存在を示す看板はいっさいなかった。ルイージがいくつも確保している短期滞在先のひとつだった。いちばん近くを通っている道路は狭いうえに存在を忘れ去られており、一九七〇年に開通して以来ほとんど一台も車が走っていなかった。ボローニャまではあと一歩だった。

ルイージは、何世紀も昔にまで起源をさかのぼることのできる厚い石の壁をはさんだ隣室に泊まっていた。ジョエル・バックマン／マルコ・ラッツェーリは毛布にもぐりこみ、ようやくぬくもりに包まれた。どこを見まわしても、わずかな光ひとつ見えなかった。完璧《かんぺき》な暗闇《くらやみ》。あまりの静けさに、それから長いこと目を閉じることもできなかった。

11

　クリッツがジョエル・バックマンについて電話で問いあわせたという報告が五回めに達すると、テディ・メイナードは――めったにないことだが――ついに癇癪《かんしゃく》を破裂させた。あの馬鹿《ばか》はロンドンに腰をすえ、なんの魂胆があるのか、熱に浮かされたように電話をかけまくり、バックマンがらみの情報への道筋をつくってくれそうな人物をさがしている。

「クリッツに儲《もう》け話をもちかけた者がいるんだな」メイナードはCIA副長官補佐の職にあるウィグラインに、嚙《か》みつくような口調でいった。

「しかし、そもそもクリッツではバックマンの所在を把握できるはずがありません」

ウィグラインは答えた。

「さぐりを入れるだけでも不届きだな。あの男は問題をややこしくしているだけだ。こうなったら……無力化するほかはあるまい」

ウィグラインはホビーにすばやい一瞥《いちべつ》を送った。ホビーはいきなりノートをとる手をとめた。

「いま、なんとおっしゃいました？」ウィグラインはたずねた。

「クリッツを無力化するといったんだよ」

「あの男は合衆国市民です」

「わかっているとも！　しかしあの男は、こちらの作戦遂行を妨害しているんだ。なに、前例はある。われわれは前にもおなじことをしたではないか」メイナードはその前例の詳細をいちいち述べ立てなかったが、長官が〝前例〟を勝手にでっちあげることは珍しくないし、そんなことをあげつらっても時間の無駄になるだけだということは一同もよくわかっていた。

ホビーがうなずいた。〝ええ、同様のことは前にもやりました〟と発言しているかのように。

ウィグラインは歯を食いしばってから、こう発言した。「では、いますぐに実行をお望みなんですね？」

「可及的すみやかにだ」メイナードは答えた。「二時間以内に計画を見せたまえ」

一同が監視をつづけているなか、クリッツは借りているフラットから外に出てきて、午後遅い時間の散歩をはじめた。この散歩の仕上げは、いつも数パイントのビールだ。のんびりした足どりで三十分ほど歩くうちにレスター広場に近づくと、クリッツは昨日も立ち寄ったパブ、〈犬と家鴨《あひる》亭〉にはいっていった。

クリッツが店の一階、メインのバーカウンターのいちばん奥の席にすわって、二杯めのジョッキをかたむけていたとき、となりのスツールがまだ空《あ》きもしないうちから、グリーンロウという名前の工作員があいだに身を割りこませて、大声でビールを注文した。

「タバコを吸ってもいいかい？」グリーンロウはクリッツにたずねた。

クリッツは肩をすくめて答えた。「ここはアメリカじゃないぞ」

「おや、アメリカ人かい？」

「まあね」

「こっちに住んでるのか？」

「いや。旅行中だよ」クリッツは男と目があうのを避けるため、バーのうしろの壁にずらりとならぶ酒の瓶に視線を集中させていた。というのも、混みあったパブの店内で味わう孤独の心地よさにたちまち惚《ほ》れこんでしまっていたからだ。腰をすえてビールを飲みながら、イギリス人たちが早口で披露する冗談に耳をかたむけ、ここには自分の正体を知っている者がひとりもいないという事実を噛みしめるひとときを愛していた。とはいえ、いまなおベンという名前の小男のことを考えないわけではなかった。自分を監視している連中がいるとすれば、その連中はまったく気配を感じさせないという水際《みずぎわ》立った仕事ぶりを実践していることになる。

グリーンロウはクリッツに追いつこうとして、ビールをがぶ飲みしていた。お代わりをふたり同時に注文することが肝心だからだ。グリーンロウはタバコをふかし、すでに頭上にただよっている煙に新たな煙を追加した。「おれはこっちに住んで、丸一年になるよ」

クリッツは顔をむけずに、ただうなずいた。とっとと失《う》せろ、といいたかった。

「車を反対の車線に走らせたっていいさ。このぐずついた天気も我慢できなくはない。でも、この国でいちばん気分が滅入《めい》るのはスポーツだな。クリケットの試合を見たことがあるか？　なんと四日もつづくんだぞ」

クリッツはなんとか生返事をしてから、力なくいった。「くだらないスポーツもあったもんだ」

「サッカーとクリケットしかないんだよ。で、この国の連中ときたら、どっちを見てても頭に血が昇っちまう。おれはこっちで、NFLなしの冬をなんとか乗り切ったところでね。いやまあ、みじめな毎日だったたな」

クリッツは、ワシントン・レッドスキンズのシーズンチケットを所有しているほどの熱心なファンだった。最愛のこのチームほどクリッツの心を熱く燃やすものは、ほかにないといっても過言ではない。一方のグリーンロウは通りいっぺんのファンでしかなかったが、CIAがロンドン北部に押さえている隠れ家《セーフハウス》で、みっちり一日かけてチームの成績を丸暗記した。フットボールの話題で成功しなかったら、つぎは政治を話題にする予定だった。それでも食いついてこなければ、店の外でとびきりの美人が待ちかまえることになっていた。とはいえクリッツには、女癖のわるい好き者だという評判はない。

クリッツはふいにホームシックを感じた。いま自分は故国から遠く遠く離れた異国のパブにすわっている……スーパーボウルの狂乱の騒ぎから遠く遠く離れたところに。開幕が二日後に迫っているのに、イギリスのメディアは事実上スーパーボウルを無視していた。大観衆のどよめきが耳をつき、昂奮《こうふん》が肌に感じられるような気分だった。レッドスキンズがプレーオフを勝ちぬいていたら、ロンドンでビールを飲んでいることもなかっただろう。スーパーボウルに駆けつけていたはずだ。それも五十ヤードラインの延長線上にある最高のシートで。なに、頼れる企業はどっさりあるから、どこかがチケットを手配してくれたに決まっている。

クリッツはグリーンロウに目をむけた。「ペイトリオッツとパッカーズ、どっちが贔屓《ひいき》チームなんだ？」

「贔屓のチームが出場できなくてね。でも、昔からずっとNFCのチームを応援してるんだ」

「わたしもだ。で、どこを贔屓にしてる？」

ロバート・クリッツが発したすべての質問のうち、命とりという点ではこれが他の追随を許さない質問だったといえよう。グリーンロウが、「レッドスキンズだ」と答えると、クリッツは思わずにっこりと顔をほころばせ、もっと話をつづけたい気分になった。つぎの数分間で、ふたりはおたがいの背景を知らせあった――いつからレッドスキンズのファンで、どんなすばらしい試合を観戦してきたのか、すばらしい選手はだれなのか。スーパーボウルの話も出た。グリーンロウがふたりにビールのお代わりを注文した。このまま何時間でも、ふたりで過去のすばらしい試合を肴《さかな》に話をつづけられそうな雰囲気だった。ロンドンではアメリカ人を相手に話したことがほとんどなかったせいもあり、クリッツはこの男とたちまち打ちとけることができた。

途中でグリーンロウはいちど中座して、洗面所をさがしにいった。洗面所は二階にあった。掃除用具入れほどの狭さで、ロンドンの多くのトイレとおなじく便器と手洗いがそのひと部屋に押しこまれていた。グリーンロウはドアに掛け金をかけて数秒のプライバシーを確保すると、手早く携帯電話をとりだして作戦の進行具合を報告した。すべてが計画どおりに運んでいた。チームの面々は通りのすこし先で待機していた。男が三人、そして美女ひとり。

四杯めの一パイントジョッキの途中、ちょうど往年の名選手ソニー・ジャーゲンセンのタッチダウン対インターセプション比について、穏やかながらも意見の食いちがいが出たところで、ようやくクリッツがトイレに行きたいといいはじめた。クリッツはトイレの場所をきくと、姿を消した。グリーンロウはさりげない手つきで、クリッツのジョッキにロヒプノールの小さな白い錠剤を落としこんだ。抜群の効き目を誇る無味無臭の睡眠導入剤である。トイレから帰ってきたミスター・レッドスキンズはさっぱりした顔で、あらためて飲みはじめる気がまえに満ちていた。ふたりはそれからもジョン・リギンズやジョー・ギブスといった選手たちの話題で大いに楽しい時間を過ごしたが、やがてかわいそうなクリッツがうとうとと船を漕《こ》ぎはじめた。

「まいったな」クリッツはいった。早くも呂律《ろれつ》が怪しくなっていた。「そろそろ引きあげたほうがよさそうだ。古女房が待ってるんでね」

「そいつはおれもおなじさ」グリーンロウはいい、ジョッキをもちあげた。「さあ、飲んじまおうぜ」

ふたりはそれぞれのジョッキの中身をあけると、立ちあがって店の出口にむかった。クリッツが前を歩き、グリーンロウはいつでもクリッツを受けとめられるよう背後についた。ふたりは出口付近の人ごみをなんとか通りぬけて、歩道に出ることができた。外の冷たい風にあたって、クリッツが生気を吹きかえした……が、それも一瞬のことだった。たちまちクリッツは新しい親友のことも忘れてしまい、二十歩も進まないうちに力のはいらない足でよろめきはじめ、街灯にすがって倒れそうな体を支えた。グリーンロウはクリッツがくずおれる寸前に体をかかえ、そばを通りかかった若いカップルにきかせる目的で、わざと大声をはりあげた。「だめだな、フレッド。また飲みすぎるなんて」

〝フレッド〟は酒を飲みすぎていただけではなかった。どこからともなく一台の車があらわれて歩道に近づき、速度を落とした。後部座席のドアが一気にひらく。すかさずグリーンロウが、クリッツを後部座席に押しこめた。車が最初にとまったのは、そこから八ブロック離れたところにある一軒の倉庫だった。いまや完全に意識をうしなった状態のクリッツは、ここで車体後部に両びらきのドアがある目だたない小型パネルトラックの荷室に移された。荷室の床にクリッツが横たえられると、ひとりの工作員が注射器をもちいて、純度のきわめて高いヘロインを大量にクリッツの体内に流しこんだ。遺体からヘロインが検出された場合、いうまでもなく遺族の強い要望で検死結果が握りつぶされることになる。

虫の息となったクリッツを乗せたまま、パネルトラックは倉庫を出発、クリッツが借りているフラットからも遠くないウィットコム・ストリートにむかった。殺害の実行には三台の車輛《しゃりょう》が必要だった。まずパネルトラック、そのうしろを走る大型で重量のあるメルセデス。最後尾は、本物のイギリス人が運転する〝手がかり用の車〟だ。運転しているイギリス人は殺害後もしばらく現場にとどまって、警官としゃべる予定になっている。またこの車の主たる目的は、後続のほかの車をできるかぎりメルセデスに近づけないことにあった。

実行地点を三度めに通りかかったとき——ちなみにそのあいだ三台の車の運転手はずっと連絡をとりあっていたし、それればかりか例の美人をふくむふたりの工作員も歩道に隠れて耳をそばだてていたが——パネルトラックの後部ドアが内側から押しあけられて、クリッツの体が車道に転がり落ちた。メルセデスはクリッツの頭部めがけて突き進み、胸のわるくなるような鈍い音とともに目標をとらえた。ついで、全員がいずこともなく姿を消したが、最後尾のイギリス人だけは現場に残った。この男は急ブレーキをかけて車から飛びおりると、〝いましがた歩道からいきなり車道にふらふらと出てきたところを轢《ひ》き逃げにあった悲運の酔いどれ男〟のもとに駆けより、急いであたりを見まわして、ほかにも目撃者がいなかったかどうかを確かめた。

目撃者はいなかった。しかし、反対車線を一台のタクシーが近づいてくるところだった。イギリス人は手をふってタクシーを呼びとめた。たちまち、ほかの車もあたりで停止した。ほどなくして物見高い野次馬があつまってきて、警察も到着した。最後尾の車を走らせていたイギリス人は最初に現場に到着した人間だったかもしれないが、事故のようすはほとんど見ていなかった。ええ、あそこに路上駐車している二台の車のあいだから男の人がいきなり車道に出てきて、大きな黒い車に轢かれたんです……いや、もしかしたら深緑色の車だったかもしれません……いえ、車種も年式もはっきりわかりませんでした……ナンバープレートを確かめようなんて思いもしませんでした。同様に、轢き逃げ犯人の人相風体についてもなにひとつ知らなかった。とにかく、酔っぱらいがいきなり車道に出てきたのを見たときのショックが大きすぎて——

イギリス人はそう語った。

ロバート・クリッツの遺体が救急車に運びこまれて死体安置所への途についたころ、グリーンロウと例の美女、およびチームのほかのメンバーふたりは、ロンドンを出発してパリにむかう列車に乗っていた。一行はこのあと数週間は別行動をとったのち、あらためて彼らの本拠地であるイギリスに帰ってくる予定だった。

マルコはとりあえず朝食を口にしたかった。というのも、その芳香が鼻に感じとれたからだ。母屋《おもや》のどこかずっと奥のほうで、ハムとソーセージを鉄板で炒《いた》めている香り。しかしルイージは、いますぐ出発すると主張した。

「ほかの客もいて、ここではその全員がひとつのテーブルで食事をとるんです」ふたりであわてて旅行鞄《かばん》を車に投げこみながら、ルイージは事情を説明した。「忘れないように――あなたは足跡を残しているし、宿屋の女将《シニョーラ》はなにひとつ忘れませんよ」

ふたりを乗せた車は田舎道を猛スピードで飛ばして、もっと広い幹線道路をさがしはじめた。

「で、これからどこに行く？」マルコはたずねた。

「着けばわかります」

「いいかげん、わたしを弄《もてあそ》ぶのはやめろ！」マルコが険悪にうなると、意外なことにルイージがたじろいだ。「わたしは完全に自由な人間だ。いつでも好きなときに、この車を降りる権利があるんだぞ！」

「ええ、しかし——」

「わたしを脅迫するのもやめろ！　なにか質問するたびに、きみはわたしがひとりでは二十四時間も生きられないとかなんとか、その手の曖昧《あいまい》な言葉で脅迫してくるだけだ。わたしは、いま、なにがどうなっているのかを知りたい。いまからどこに行くのか？　そこにはどれくらい滞在するのか？　きみはいつまで、わたしに付き添うのか？　さあ、ちゃんと答えてくれ。答えてもらえなければ、わたしが姿をくらますまでだ」

ルイージは四車線道路に車を乗り入れた。ボローニャまで三十キロという表示の標識が見えた。張りつめた空気が若干ゆるむのを待ってから、ルイージは口をひらいた。

「このあと数日間は、ボローニャのホテルに滞在する予定です。エルマンノとは現地で落ちあいます。あなたはイタリア語の勉強をつづけます。そのあと数カ月間は、隠れ家に住む予定です。その期間がおわれば、わたしは姿を消し、あなたはひとりで生きていくことになります」

「ありがとう。それだけのことに、なぜもったいをつけていたんだ？」

「計画はつねに変わりますから」

「エルマンノが学生ではないことくらい、わたしも知っていたよ」

「学生ですよ。あの男も計画の一部です」

「その計画なるものがどれほど馬鹿《ばか》げているか、きみは気づいているのか？　考えてもみたまえ。どこかのだれかがわたしに外国語をひとつ学ばせ、外国の文化に馴染《なじ》ませるために、これだけの時間と金をつかっている。そのくらいなら、わたしをまた輸送機に積みこんで、ニュージーランドのような土地に身柄を隠したほうが、ずっと話が簡単じゃないか」

「名案ですね、マルコ。しかし、このような決定をくだしたのは、ぼくじゃありません」

「マルコなんて名前は知ったことか。鏡を見て、マルコという名前を口にするたびに笑いたくなるよ」

「笑いごとじゃありません。ロバート・クリッツという男を知っていますか？」

マルコはつかのま黙りこんだ。「長い年月のあいだに二、三回は顔をあわせたかな。なに、役に立つ男だったためしがなかったよ。珍しくもない三流政治屋だ――わたしの同類だね」

「モーガン前大統領の親友で、首席補佐官と選挙対策総本部長もつとめた男です」

「それで？」

「そのクリッツが、ゆうべロンドンで殺されました。あなたが原因で死んだ人間は、これで五人です――ジェイシー・ハバード、三人のパキスタン人、そしてクリッツ。人殺しがまだつづいているんですよ、マルコ。この先もおさまらないでしょう。ですから、どうかぼくに我慢してください。ぼくはただ、あなたの身を守ろうと努めているだけです」

マルコは叩《たた》きつけるようにしてヘッドレストに頭をあずけ、目を閉じた。情報の断片をつなぎあわせる作業には、まだ手をつけることもかなわなかった。

ふたりを乗せた車はすばやく高速道路の出口を通りぬけ、ガソリンスタンドで給油をした。ルイージがコーヒーのはいった小さな紙コップを二個もって、車に引き返してきた。

「コーヒーが飲めるとはありがたい」マルコはうれしくなった。「この手の下品な飲み物は、イタリアではてっきり禁止されていると思ったよ」

「ファーストフードが忍びこみつつあるんです。悲しむべきことに」

「アメリカ人を非難すればいい。みんなやっていることだ」

ほどなくボローニャの郊外にさしかかったところで、車はラッシュアワーの渋滞に巻きこまれ、のろのろ運転を強いられることになった。ルイージはこんな話をしていた。「ご存じでしょうが、このあたりではイタリアでも最高の車がつくられています。フェラーリ、ランボルギーニ、マセラッティといった、ありとあらゆる最高のスポーツカーがね」

「一台もらえるかな?」

「残念ですが、予算に組みこまれてません」

「では、いったいなにが予算に組みこまれていると?」

「すこぶる控えめで質素な暮らしが」

「思ったとおりだ」

「このあいだまでの暮らしよりは、ずいぶんましだと思いますが」

マルコはコーヒーをちびちび飲みつつ、車の流れに目をむけた。「きみはこの街の大学に行ったのではなかったかな?」

「ええ。ボローニャ大学には千年の歴史があります。世界でも屈指の大学ですよ。そのうちご案内しましょう」

ふたりを乗せた車は市の大通りに通じる出口で高速道路をおり、そこから殺風景な郊外住宅地を縫って走っていった。道はどんどん短くなり、道幅も狭くなっていく。ルイージはこのあたりの道を熟知しているようだった。ふたりを乗せた車は、市の中心部と大学の方向を示す標識にしたがって進んでいる。かと思いきやルイージがいきなり急ハンドルを切って、かろうじて小型のバイクがおさまる程度の小さなスペースに無理やりフィアットを押しこめた。

「なにか食べましょう」ルイージがいった。ふたりは苦労しながら車から歩道に降り立つと、ひんやりとした空気のなかを足早に歩きはじめた。

マルコのつぎの隠れ家は、旧市街の外縁部から数ブロック離れたところにある、薄汚れたホテルの一室だった。

「早くも予算削減か」ルイージのあとから狭苦しいロビーを階段にむかって歩きながら、マルコは思わずつぶやいていた。

「ほんの数日間の滞在ですよ」ルイージがいった。

「そのあとはどうなる？」階段の幅が狭いので、マルコは荷物を運びあげるのにも苦労させられていた。

ありがたいことに、部屋は二階だった。どちらかといえば狭い部屋で、小さなベッドがおいてある。昼間にもかかわらず、窓のカーテンは閉まったままだった。

「これならトレヴィーゾのほうがよかったな」マルコは壁を見ながら、そういった。

ルイージがカーテンを引きあけた。日ざしが射《さ》しこんでも、部屋はたいして変わらなかった。

「わるくないですね」ルイージはそういったが、とても本心からの発言とは思えなかった。

「刑務所の独居房のほうが、まだましだ」

「あなたはなにかというと文句ばかりだ」

「充分な根拠のある文句だよ」

「荷ほどきをしてください。十分後にロビーで待ちあわせましょう。エルマンノが待っています」

そのエルマンノもまた、突然の配置転換にマルコにも負けないほど動揺しているかに見えた。げっそりやつれて不安を隠せないそのようすは、夜っぴてトレヴィーゾからここまでルイージとマルコを追いかけてきたかのようでさえあった。ふたりはエルマンノともども、ホテルから数ブロック離れた、いまにも倒れそうなアパートメントの建物まで歩いていった。エレベーターがどこにもなかったので、四階まで階段であがらなくてはならなかった。一同が足を踏みいれたのは狭苦しい二間のフラットで、家具調度品のたぐいはトレヴィーゾのアパートメントよりもさらにすくない。どうやらエルマンノは急いで荷づくりをし、それ以上に急いで荷ほどきをしたらしい。

「きみの部屋にくらべれば、わたしの部屋のほうがまだましか」マルコは部屋をながめわたしながらいった。

小さなテーブルに、ふたりが前日につかった教材がならべてあり、勉強の開始を待っていた。

「昼食の時間になったら、またここに来ます」ルイージはそういい残すと、すばやく姿を消した。

「勉強をはじめるとしましょう《アンディアーモ・ア・ストゥディアーレ》」エルマンノがいった。

「もうすっかり忘れてしまったよ」マルコはいった。

「しかし、きのうの勉強ではかなり進歩しましたよね」

「ちょっとバーに行って一杯飲むわけにはいかないかな？　勉強をする気分じゃないんだ」

しかしエルマンノは早くもテーブルの向かい側の椅子《いす》に腰をおろして、教科書のページをめくっていた。マルコはしぶしぶ反対の椅子に腰かけた。

昼食も夕食も、とりたてて記憶に残るものではなかった。どちらも見せかけだけのトラットリア——イタリア版ファーストフードの店——で買い求めたお手軽な軽食ですませたのだ。ルイージはずっと不機嫌な顔を見せ、ときおりかなり激しい口調で、全員がイタリア語だけを話すべきだと主張した。ルイージははっきりした発音でゆっくりと話し、なんであれマルコが理解するまで四回はくりかえしてから、つぎの言葉を口にした。これほどのプレッシャーをかけられては、食事を楽しむことなど夢のまた夢だった。

真夜中にはマルコは肌寒い部屋でベッドに横になり、薄っぺらい毛布を体にしっかりと巻きつけ、自分で注文したオレンジジュースをちびちびと飲みながら、動詞と形容詞の果てしない何枚ものリストをひたすら丸暗記しようと努めていた。

ロバート・クリッツを殺したのは、ジョエル・バックマンの行方を血眼で追っているのとおなじ連中だというが、いったいクリッツはなにをして殺されるような目にあったのだろうか？　これは口に出すのも恐ろしい疑問だった。疑問の答えを出そうと考えはじめることすらできなかった。クリッツは例の特赦が認められたその場に居あわせていたと考えていい、とマルコは思った。前大統領のモーガンは、その手の決定を自分ひとりでくだせる男ではなかった。しかしその先となると、クリッツがそれ以上の高いレベルでなにかに関与していた姿は想像できなかった。クリッツという男は、もう何十年も前からボスがいやがる仕事をひっかぶる優秀な〝汚れ役〟以上の人材ではないと証明されている。信頼を寄せる者は皆無だったといっていい。

しかし、いまなお命を奪われる者が出ているのであれば、いまこのベッドに散乱している動詞と形容詞を学んで身につけることが焦眉《しょうび》の急《きゅう》だ。ルイージとエルマンノはまもなく姿を消す。そうなったらマルコ・ラッツェーリは、自分の身を自分で守るしかなくなるのだから。

12

マルコは夜明けとともに閉所恐怖を誘発するような部屋――表向きの呼び名にしたがうなら〝アパートメント〟――から脱けだして、時間をかけた散歩に出かけた。空気はじっとり湿って冷たく、歩道も負けないほど濡《ぬ》れていた。ルイージからもらった市街地図――もちろんすべてイタリア語――を頼りに、旧市街にはいっていく。サンドナート門で古代城壁の廃墟《はいきょ》の前を通りすぎると、西にむかってイルネリオ通りに出て、ボローニャの大学地区の北側にそって歩く。何世紀もの歴史がある歩道の上には、何キロもつづくかに見える柱廊《ポルティコ》がせりだして、アーケードのように屋根をつくっていた。

大学地区の街路が活況を呈しはじめるのは、もっと遅くなってからららしい。ときおり車が走っていき、自転車はちらほら見かけたが、通行人はまだ眠っているのだろう。ルイージから説明されたのだが、ボローニャは左翼思想の街としての歴史があって、共産主義の傾向があるという。波瀾《はらん》万丈の歴史。ルイージは、いずれいっしょに史跡めぐりをしようと約束していた。

前方に小さな緑のネオンサインが見えた。気のないようすで、そこが〈バー・フォンタナ〉であることを宣伝している。そちらに歩を進めるなり、濃いコーヒーの香りを鼻がとらえた。バーは由緒《ゆいしょ》ある建物の角に無理やり押しこめられているように見えた――しかし考えれば、この街ではどこを見ても由緒あるものばかりだ。立てつけのわるいドアをあけて、店内に足を踏みいれるなり感じられた芳香に、マルコは思わず相好《そうごう》を崩しかけた――コーヒー、タバコ、ペストリー、そして奥のグリルでつくられている朝食の香り。つづいて恐怖がこみあげた――いまだ習得できていない言語で食べ物の注文をすることにまつわる、いつもながらの不安である。

〈バー・フォンタナ〉は学生向けの店でも、女性向けの店でもなかった。詰めかけている客はマルコと同世代――五十代以上の男だった。しかも、どこか奇妙な服装をしている――これだけパイプとひげを見せられれば、大学の教職員向けの店だとわかった。ひとりふたり視線をむけてくる者もいるにはいたが、ここは十万からの学生がいる大学の中心部、だれであれ人の注目を浴びることはそもそも不可能だ。

マルコは、店の奥にひとつだけ空《あ》いていたテーブルにつくことができた。壁に背中をむけて、なんとか椅子《いす》に身を落ち着けると、新たな隣人たちと文字どおり肩を寄せあうことになった。左右どちらの客もそれぞれの朝刊に没頭していて、マルコの存在に気づいた気配はない。ルイージはイタリア文化についての講義のひとつで、ヨーロッパとアメリカでは〝空間〟のとらえかたに重要な差異があることを説明してくれた。ヨーロッパでは空間は守るべきものではなく、共有されるべきものであるという。テーブルは共有されるし、空気も明らかに共有されている――その証拠に、だれもタバコの煙を不快に思ってはいないようだ。車、住宅、バス、アパートメント、カフェ――日々の暮らしの多くの場面で空間がアメリカにくらべるとずっと狭く、その空間が混みあっていれば混みあっているほど、人々はわずかな空間を自発的に共有しようとする。知人との日常会話のさなかに鼻を突きあわせるほど顔を近づけても、無礼とはみなされない。なぜなら、両者ともに相手の空間に侵入しているわけではないからだ。両手をつかうことはもちろん、相手の体に腕をまわし、抱擁し、ときにはキスさえもしながら話をするのだ。

いくら人とうちとける性格の人間でも、この種の親密さはアメリカ人にはなかなか理解しがたい。

そんなこんなで、マルコはまだ身のまわりの空間をそこまで他人に明けわたせる心境にはいたっていなかった。テーブルから皺《しわ》のよったメニューをとりあげ、最初に正体がわかった品にすぐ決める。ウェイターが足をとめて視線をおろしてくると同時に、マルコは精いっぱいさりげない口調を心がけながら注文した。「エスプレッソ、それと小さなチーズサンドイッチ《エ・ウン・パニーノ・アル・フォルマッジオ》を」

　ウェイターは理解したしるしにうなずいた。訛《なまり》のあるイタリア語を発した人物をひと目見ようとする客はひとりもいない。新聞をおろして、どんな人物かと確かめる者もひとりとしていなかった。だれも気にしていない。訛のある言葉など珍しくもなんともないからだ。テーブルにメニューをもどしながら、マルコ・ラッツェーリは思った——この街は共産主義者の巣窟《そうくつ》だという話だが、それでもボローニャが好きかもしれない、と。世界じゅうから多くの学生や教職員がやってきては、また去っていくこの街では、外国人は文化の一部とみなされている。言葉に訛があって風変わりな服装をしていても、かえってクールに見られるのではあるまいか。となれば、大っぴらに語学の勉強をしても心配ないのかもしれない。

　すでにマルコ自身も気がついていたが、外国人の特徴のひとつは、自分がこれから新しい文化の領域に足を踏みこむことを意識するあまり、まわりにそれと悟られないようにして、あたりをやたらにきょろきょろと見まわしてしまうことだ。しかし〈バー・フォンタナ〉でなら、そんなことをしても他人に気づかれることはあるまい。マルコは単語表をとりだすと、本心では観察していたい周囲の環境や人々を全力で無視しようと努めた。動詞、動詞、動詞。イタリア語にかぎらずロマンス諸語すべてにいえることだが、修得のためにはまず動詞を覚えなくてはならない——ルイージは口癖のようにそういっていた。小冊子には基本的な動詞として千語がリストアップされていた。エルマンノがいうには、出発点としてはまずまずだという。

機械的な丸暗記は砂を嚙《か》むように退屈だったが、なぜか奇妙な快感も感じられた。四ページ分の単語に短時間で目を通し——動詞百語分だが、それをいうなら名詞でもなんでもおなじである——それをひとつ残らず覚えたときには、かなり満ちたりた気分を味わえた。ひとつでもまちがえたり、発音を誤ったときには、自分への罰としてまた最初のページにもどり、すべてをやりなおした。こうして三百語の動詞を制覇したとき、エスプレッソとサンドイッチがテーブルに運ばれてきた。マルコはエスプレッソをひと口飲むと、食べ物よりも動詞が大事だとばかり、ふたたび暗記作業にかかった。そして四百語にいたる途中で、ルドルフがやってきた。

マルコの前の小さな丸テーブルをはさんで反対側の椅子は、それまでだれもすわっていなかった。短軀《たんく》で太ったひとりの男が、この椅子に目をつけた。服装は褪《あ》せた黒で統一され、もじゃもじゃのごま塩頭からは乱れに乱れた髪の房が四方八方に突きでている——それでもなお、頭の上に黒いベレー帽が鎮座しているのは不思議だったが、乱れた髪はそれしきでおとなしくしているものではなかった。

「こんにちは《ボンジョルノ》。エ・リーブラ？」男は椅子をさし示しながら、丁寧な口調でマルコにたずねた。男の言葉を明瞭《めいりよう》にききとることはできなかったが、なにを質問されたかはわかったし、一拍おいて〝リーブラ〟という単語をききわけ、おそらく〝自由な〟とか〝空いている〟という意味だろうと察しがつきもした。

「どうぞ《シ》」マルコは訛を出さずに答えた。男は黒の長いケープを脱いで椅子の背にかけてから、椅子に腰をおろした。男が椅子に体を落ち着けると、ふたりの距離は九十センチを切った。ここでは空間の意味がアメリカとはちがうんだ——マルコは自分に何回もいいきかせた。男はテーブルにイタリア語の新聞、ウニータ紙をおいて前後に動かしはじめた。一瞬だが、マルコは自分のエスプレッソをこぼされるのではないかと不安になった。会話を避けるため、マルコはエルマンノの動詞リストにこれまで以上に深く没頭した。

「そちらはアメリカ人かな？」新しい友人が声をかけてきた。外国語訛のまったくない、きれいな英語だった。

マルコは小冊子をおろすと、それほど離れていないところにすわる男のきらきら輝く瞳《ひとみ》をまっすぐ見つめた。「そんなようなものだね。ほんとうはカナダ人だ。どうしてわかった？」

男はマルコが手にしていた小冊子にむけて、あごを動かした。「英語とイタリア語の単語対照表だ。イギリス人には見えない。だからアメリカ人じゃないかと見当をつけたんだ」

そう話す男のアクセントからは、中西部北部の出身ではないことが察せられた。同様にニューヨークやニュージャージーでもない。テキサスでも南部でもなければ、アパラチア山脈地方でもニューオーリンズでもない。こうしてアメリカの大部分を頭のなかで除外したあと、マルコは男がカリフォルニア出身ではないかと見当をつけはじめた。同時に、かなりの不安がきざしはじめた。もうすぐ本格的に嘘《うそ》をつかなくてはならなくなる——それなのに、嘘をつく練習はろくにしていなかった。

「で、そちらはどこから？」マルコはたずねた。

「さいごに住んだのは、テキサス州オースティン。もう三十年も前のことだがね。ああ、わたしはルドルフだ」

「おはよう、ルドルフ。よろしく。わたしはマルコだ」ふたりは、だれもがファーストネームしか必要としなかった幼稚園時代に逆もどりしていた。「それにしては、言葉にテキサス訛がないようだね」

「そりゃありがたい」ルドルフと名乗った男はうれしそうに声をあげて笑ったが、歯はほとんどのぞかなかった。「もともとはサンフランシスコの出身だ」

ウェイターが顔を近づけ、ルドルフがブラックコーヒーを注文し、つづけて早口のイタリア語でなにかいい添えた。ウェイターがそれに答えてなにかしゃべり、ルドルフがまた答えたが、マルコには一語も理解できなかった。

「で、ボローニャに来た目的は？」ルドルフが質問してきた。おしゃべりをしたくてしかたなさそうに見えた。贔屓《ひいき》のカフェで同胞の北アメリカ人をつかまえることなど、めったにない好機だからだろう。

マルコは小冊子を下におろした。「一年ほどかけて、イタリアのあちこちを旅行していてね。観光名所をめぐったり、そのあいだにすこしはイタリア語を身につけようと思って」

ルドルフの顔の半分は、ととのえられていないひげに覆《おお》い隠されていた。ひげは、上は頬骨のあたりにまで達し、思い思いの方向に突きだしている。鼻はあらかた見えたし、口の一部ものぞいていた。また奇妙な理由から——といっても、そんな馬鹿《ばか》げた質問をわざわざ問いかける者がいないため、じっさいのところだれにも理由は理解できないのだが——下唇の下を丸く剃《そ》ってもいた。その聖域をべつにすれば、伸び放題のもじゃもじゃのひげは好き勝手にするのを黙認されているようだし、見たところは洗ってもらってもいないようだった。頭もまったくおなじ状態だった——輝くようなごま塩のブラシ状の髪の毛が、何ヘクタールにもわたってベレー帽から四方八方に突きでていた。

顔だちの大半がそんなふうに隠れているせいで、注目を一身に集めているのは両目だった。垂れ下がった濃い眉毛《まゆげ》の下の目は、暗い緑色の瞳から光を発しつつ、周囲のすべてを視界におさめていた。

「で、ボローニャにはいつから？」ルドルフがたずねた。

「きのう着いたばかりだよ。これといって予定のない旅でね。で、そちらはどうしてこの街に？」マルコは話題を自分から遠ざけたい一心でいった。

ルドルフの目はくるくると活発に躍りはしたが、一回もまばたきをしなかった。

「なんだかんだで、もう三十年もこの街に住んだことになるな。これでも大学の教授だ」

マルコはようやく初めて、チーズサンドイッチをひと口食べた。腹がすいていたのも理由だったが、それ以上にルドルフに話をつづけさせておくという重要な目的があった。

「では、自宅はどこに？」ルドルフがたずねた。

マルコは脚本に忠実に答えた。「トロントだ。祖父母はミラノからトロントに移り住んだ移民でね。そんなこんなでイタリア人の血を引いてはいるんだが、この国の言葉を学ぶ機会がなくて……」

「イタリア語はそれほどむずかしくはないよ」ルドルフはいった。注文のコーヒーが運ばれてきた。ルドルフは小さなカップを手にとると、ひげのなかに勢いよくこじ入れた。どうやらカップは、首尾よく口をさぐりあてたようだった。ルドルフはおいしそうに唇を鳴らすと、いかにも話をつづけたそうに、わずかに身を乗りだしてきた。「でも、そっちの口調はカナダ人とは思えんぞ」そう話すルドルフの瞳が、マルコを笑っているかに見えた。

これまでマルコは外見がイタリア人らしく見えるように、立ち居振舞いもイタリア人らしく、言葉もイタリア人らしくきこえるように苦心惨澹《さんたん》してきた。だから、カナダ人の雰囲気をかもしだそうと考える時間さえなかった。だいたい、カナダ人らしい口調とはどういうものだ？　マルコはまたサンドイッチを──大きく──ひと口かじると、食べ物を口にいれたままつぶやいた。「それはどうしようもないな。ところで、そちらがオースティンからこっちに来た理由は?」

「長い話でね」

マルコは、〝時間ならいくらでもある〟といいたげに肩をすくめた。

「かつて若い時分には、テキサス大学法学部の教授だったんだ。ところが大学当局が、わたしが共産主義者であることをつきとめて、大学を辞めるよう圧力をかけてきた。戦って抵抗したよ。しかし、向こうも反撃してきた。だからわたしも声を高めた。とくに教室では。七〇年代初頭のテキサスでは、共産主義者は白眼視されていたんだ――いや、いまも情況が好転したとは思えん。結局、大学当局はわたしの在職権を停止し、わたしを街からも追いだした。そこで、ここボローニャ、イタリア共産主義の中心地にやってきたというわけだ」

「こちらの学校でなにを教えているのかね?」

「法理学。法律一般。左翼過激派の法律理論だね」

粉砂糖のかかったブリオッシュの一種が運ばれてくると、ルドルフはわずかひと口でその半分を口のなかに入れた。生い茂るひげの奥から、小さなパン屑《くず》がふたつ三つこぼれ落ちてきた。

「では、いまもまだ共産主義を信奉していると？」マルコはたずねた。

「もちろん。これからも変わらずにね。どうしてわたしが変わる道理がある？」

「もうその役目をおえた思想だと、そんなふうには感じられないかな？　それに、そもそもそんなに偉大な思想でもなかったんじゃないか。ほら、スターリンとその遺産のせいで、ロシアがどんなひどい状態になったかを考えるといい。北朝鮮もだ。あの国では国民が飢えている一方で、独裁者が核弾頭づくりに血道をあげている。キューバは、世界のほかの国より五十年は遅れてる。ニカラグアでは、左派革命集団のサンディニスタが総選挙で敗北した。中国は旧制度が崩壊したものだから、自由市場型資本主義に転換しつつある。そう考えると、共産主義は機能していないのではないかな？」

ブリオッシュの魅力は消え失《う》せていた。緑の瞳の目が細められている。マルコは言葉の一斉射撃が襲ってくるにちがいないと思った。それも、英語とイタリア語双方での罵倒《ばとう》の文句がたくさんちりばめられた言葉が。すばやくあたりを見まわしたマルコは、〈バー・フォンタナ〉では共産主義者のほうが圧倒的に多いにちがいないと見当をつけた。

それに、資本主義が自分になにをしてくれたのだろう？

ただし、ルドルフはじつに立派だった——にこりと笑顔を見せてから肩をすくめ、ノスタルジアの響きのこもった口調でいったのだ。「そうかもしれないな。しかし、三十年前は共産主義者になるのも楽しかったよ。とりわけテキサスではね。そういう時代だったんだ」

マルコは新聞にむけてあごを動かし、こうたずねた。「故国の新聞を読んだりするのかな?」

「故国とはここ、イタリアだよ、わが友。わたしはイタリアの市民権を獲得したし、アメリカにはもう二十年も帰っていないんだ」

マルコの内側で、ジョエル・バックマンは胸を撫《な》でおろした。釈放されて以来、アメリカの新聞は一回も目にしていなかったが、自分のことは紙面で報道されているに決まっている。昔の写真も掲載されていることだろう。バックマンの過去は、ルドルフには知られていないようだ。

マルコは思った。それこそ自分の将来像なのか——イタリアの市民権を取得するというのが。いや、これは将来があればの話だ。二十年先にまで早送り——そのとき自分はあいかわらずイタリアの各地をさまよっているのだろうか? さすがに、びくびく背後をふりかえってばかりということはないにしても、つねにそのことが頭を離れない状態なのでは？

「きみはいま〝故国〟といったね？」ルドルフが話を引きもどした。「それはアメリカのことかな、それともカナダ？」

マルコはほほ笑みをたたえ、あごを動かして漠然と遠いところをさし示し、「とにかく、まあ、あっちのほうだね」と答えた。小さなミス、しかし決しておかしてはならないミスだった。一刻も早く話題を変えるために、マルコはいった。「ボローニャに来たのは初めてなんだ。いざ来るまで、ここが共産主義の中心だとは知らなかった」

ルドルフはカップをおろすと、ひげに半分隠れている唇をぱちりと鳴らした。それから両手をつかい、やさしい手つきでひげをうしろへと撫でつけていく。年寄りの猫が口ひげを前足で撫でるようなしぐさだった。

「ボローニャにはさまざまな顔があるんだよ、わが友」と話しはじめたルドルフは、長時間にわたる講義をはじめる雰囲気だった。「昔からこの街は、イタリアにおける自由な思想と知的活動の中心だった。だから、最初の愛称は〝学者の街《ラ・ドッタ》〟だったよ。そのあと、この街が政治的左派の中心になると、ふたつめの愛称をもらうことになった。〝赤の街《ラ・ロッサ》〟だ。それからボローニャの人々は、昔から食べ物にはきわめて熱心だった。この街の人々は、ここここそイタリアの胃袋だと信じているし、おそらくその信念は正しいんだろう。そこから第三の愛称が生まれた。〝脂の街《ラ・グラッサ》〟だ。といっても、これは好意からきた愛称だね。そもそも、このあたりでは太りすぎの人をほとんど見かけないんだから。わたしがどうかといえば、こっちに来たときは立派なでぶだったよ」ルドルフは片手で誇らしげに胃のあたりを叩《たた》きつつ、片手でブリオッシュを食べおえた。

いきなり、恐ろしい疑問がマルコの頭に浮かんできた。もしやルドルフがチームの一員だという可能性もあるのでは？　ルドルフとエルマンノとステネットをはじめ、ほかに何人いるとも知れないチーム、ジョエル・バックマンを生かしておくために躍起になっているチームのひとりなのか？　いや、そんなことはないだろう。そう、この男は自分で主張しているとおりの人間にちがいない――大学教授だ。変わり者、不適応者、年をとった共産主義者であり、故国以外の土地のほうが住みやすいとわかった人間だ。

この思いはすぐに過ぎ去っていったが、完全に忘れられることはなかった。マルコは自分の小さなサンドイッチを食べおえて、おしゃべりもこれで充分だと判断をくだした。唐突だったが、きょうも観光のために列車に乗らなくてはならず、その時間が迫っている、とマルコはいった。なんとかテーブルを離れることができると、ルドルフが名残惜しさのこもった別れの挨拶《あいさつ》をしてくれた。

「わたしは毎朝ここに来ているんだ。もっとゆっくりできるときに、また来てくれ」

「ありがとう《グラーツィエ》」マルコは答えた。「ではまた《アリヴエデルチ》」

カフェから出ると、巡回ルートを走る小型の配達用ヴァンが出てきたせいで、イルネリオ通りは目覚めつつあった。ふたりの運転手が大声をかけあっていた——おおかた仲間同士の下品な冗談のやりとりだろうが、マルコには理解できなかった。万一ルドルフがなにか質問を思いつき、店を出て追いかけてくることを想定し、マルコは早足でカフェから離れた。途中で横道に折れる。カポ・ディ・ルッカ通り——どこの通りにもわかりやすい標識があり、地図の上でも見つけやすいことを学びつつあった。それからジグザグ状のルートをとって、市街地の中心をめざす。また一軒、こぢんまりした暖かい雰囲気のカフェの前を通った。いったん通りすぎてからあともどりし、すかさず店内に飛びこんでカプチーノを注文した。

この店では共産主義者に邪魔されることはなかったし、そもそもだれひとりマルコが来たことにさえ気づいていないようすだった。マルコとジョエル・バックマンは、このひとときを心ゆくまで楽しんだ——濃くておいしい飲み物、ぬくもりと芳香に満ちた空気、おしゃべりをしている人々の低い笑い声。いまこの瞬間ばかりは、世界のだれにも自分の居場所を正確に知られてはいない。そう思うと、心がほんとうに浮き立つような気分になった。

マルコの強い要求で、午前中の授業は八時半ではなく八時からになった。学生であるエルマンノが長時間の充実した睡眠を必要としている事情に変わりはなかったが、生徒の熱意を前にしては反対できるものではなかった。毎回の授業に出てくるときには、マルコは単語リストを完全に暗記し、さまざまな場面にあわせた会話も完璧《かんぺき》にマスターしていた。イタリア語を習得したいという熱意は、抑えようとしても抑えられなかった。あるときマルコは、授業を七時からにしようとまで口にしていた。

ルドルフに会った日の朝、マルコは二時間もぶっ通しで勉強をつづけたあと、藪《やぶ》から棒にこう切りだした。「大学を見てみたいんだ《ヴォッレイ・ヴェデーレ・ルニヴェルシータ》」

「いつです？《クアンド》」

「いますぐに。《アデッソ》さあ、散歩に出かけようじゃないか《アンディアーモ・ア・ファーレ・ウナ・パッセジャータ》」

「やはり勉強をつづけるべきだと思います《ペンソ・ケ・ドッビアーモ・ストゥディアーレ》」

「そうだな。《シ》歩きながら勉強をすればいいじゃないか《ポッシアーモ・ストゥディアーレ・ア・カンミナンド》」

マルコは早くも立ちあがって、コートを手につかんでいた。ふたりは気の滅入《めい》るような建物をあとにすると、おおざっぱに大学の方向をめざして歩きはじめた。

「この通りはなんという名前ですか？」《クエスタ・ヴィア・コメ・シ・キアマ》エルマンノがたずねた。

「ドナティ通りだ」《エ・ヴィア・ドナティ》マルコは道路標識を見ずに答えた。

ついでふたりは、混みあった小さな商店の前で足をとめた。

「ここはどんな種類の店ですか？」《ケ・ティポ・ディ・ネゴツィオ・エ・クエスト》

「タバコ屋だね」《ウナ・タバッケリーア》

「ここではどんな品が買えますか？」《ケ・コサ・プオイ・コンプラーレ・イン・ケスト・ネゴツィオ》

「いろいろな品が買えるな。《ポッソ・コンプラーレ・モルテ・コセ》新聞《ジョルナーリ》、雑誌《リヴィステ》、切手《フランコボッリ》、タバコ《スイガレッテ》」

いつしか授業は、あてもなく歩いては、なにかの品物の名前をイタリア語で答えるというゲームの様相を呈してきた。エルマンノが指さして、「あれはなんですか？」《コーサ・エ・クエーロ》とたずねる。自転車、警官、青い車、市バス、ベンチ、ごみ箱、カフェ、パン屋。街灯を意味するイタリア語こそわからなかったが、マルコはそれ以外のすべてを即答した。そればかりではなく、重要な基本動詞も答えられた——歩く、話す、見る、勉強する、買う、考える、おしゃべりする、呼吸する、飲む、急ぐ、運転する。リストは永遠につづき、マルコはなにを問われても適切に訳すことができた。

午前十時を数分過ぎると、ようやく大学が活況を呈しはじめた。エルマンノは、ここには中央キャンパスのようなものはない、アメリカの大学によくある、木々や建物に囲まれた庭もない、と説明してくれた。〝学問のための大学《ウニヴェルシータ・デグリ・ストゥーディ》〟は何十もの由緒《ゆいしょ》ある瀟洒《しょうしゃ》な建物に散在しており、なかには五百年の歴史をもつ建物もある。そのほとんどはザンボーニ通りにぎっしりと隙間《すきま》なく立ちならんでいた。何世紀もかけて大学は成長をつづけ、いまではボローニャの街全体を占めるようになった。

　ときおり教室から教室へと急ぐ学生たちの波に飲みこまれることがあって、そういった場合には一ブロックか二ブロックのあいだ、イタリア語のレッスンが中断された。気がつくとマルコは、輝くようなごま塩の髪をもつ初老の男の姿を目でさがしていた。お気にいりの共産主義者にして、刑務所を出て以来初めてできた本当の意味での知己の姿を。すでにマルコは、またルドルフに会いにいこうと心に決めていた。

　マルコはザンボーニ通り二二番地の建物の前で足をとめ、扉と窓のあいだの表示を見あげた。「ファコルタ・ディ・ジュリスプルデンツァ。法学部という意味かな？」

「ええ《シ》」

　では、ルドルフはこのなかのどこかにいるのだ。いまごろ、感受性の鋭敏な学生たちに左翼思想という異端の教えを広めているにちがいない。

ふたりは急ぐでもなく、散歩をつづけた。散歩のあいだもずっと、なにかを指さしてはその名前をイタリア語でいうゲームをつづけ、活気にあふれた街の空気をぞんぶんに楽しみながら。

13

〝歩きながらのレッスン《レッツィオーネ・ア・ピエーディ》〟は翌日もつづいた。教科書そのままの退屈きわまる文法の授業が一時間つづいたところで、マルコが叛旗《はんき》をひるがえし、散歩に出ることを要求したからだった。

「あなたは文法を学ばなくてはなりません《マ・デーヴェ・インパラーレ・ラ・グランマーティカ》」エルマンノは主張した。

早くもコートに袖《そで》を通していたマルコは、英語で答えた。「それがきみの勘ちがいだよ、エルマンノ。わたしに必要なのは文章の構造ではなく、血の通った会話だ」

「教えているのはぼくのほうですよ《ソノ・イーオ・リンセニャンテ》」

「さあ、出発だ。行くぞ《アンディアーモ》。ボローニャの街が待っている。通りは幸せそうな若人で満ちあふれ、空気はきみの母国語で息づき、このわたしに吸いこまれるのをいまかいまかと待っているんだ」それでもエルマンノがためらっているのを見て、マルコは笑顔でこうつづけた。「頼む、友だちじゃないか。わたしはこのアパートメントなみに狭苦しい独居房に、六年間も閉じこめられていたんだ。わたしがこの部屋におとなしく腰をすえていると思ったら大まちがいだ。外には活気にあふれた街が広がっている。さあ、街を探索に行こう」

外に出ると、空気は澄みわたって凛《りん》とした気配をたたえていた。好天に恵まれた冬の一日。となれば熱い血潮のボローニャ人たちはこぞって外に繰りだし、用事を片づけたり、古い友人たちと、わき道が多いおしゃべりをのんびり楽しんだりしていた。眠たげな目をした学生同士が朝の挨拶《あいさつ》をかわしあったり、主婦が井戸端会議のために顔をあわせたりすると、たちどころに濃密な会話のポケットが形成された。きちんと上着を着てネクタイを締めた中年紳士たちが握手をかわし、そのあと同時に口をひらいて話しはじめる。露天商たちは最新の安売り品を大声で宣伝していた。

しかしエルマンノにとっては、ただの気楽な散歩ではなかった。生徒が会話を望んでいる以上は、会話の機会をつくる気がまえのようだった。だからだろう、いまもひとりの警官を指さして、マルコにこういった——当然イタリア語で。「あの警官のところに行って、マッジョーレ広場に行く道順をたずねてきてください。きちんとききとったら、わたしのところに引きかえし、復唱してください」

マルコはいくつかの単語を小声でつぶやき、またいくつかの単語を思い出そうとしながら、ゆっくりと警官に近づいていった。どんな場合でも、まず最初は笑顔とその場にふさわしい挨拶だ。

「こんにちは《ボンジョルノ》」マルコは息をつめるようにしながら、そう声をかけた。

「こんにちは《ボンジョルノ》」警官が挨拶を返してきた。

「教えてもらいたいことがあるのですが《ミ・プオ・アイウターレ》」

「なんなりと《チエルタメンテ》」

「わたしはカナダ人です。お国の言葉がうまく話せません《ソノ・カナデーゼ・ノン・パルロ・モルト・ベネ》」

「オーケイ《アローラ》」警官の顔は笑みをたたえたままだった。力を貸したくてうずうずしているようだった。

「マッジョーレ広場はどこですか?《ドヴェ・ラ・ピアッツァ・マッジョーレ》」

警官は体の向きを変えると、遠く、ボローニャ市街の中心部に視線をむけてから、咳《せき》ばらいをした。マルコは道案内の言葉の洪水にそなえて身がまえた。エルマンノはほんの数メートル離れた場所に立ち、あらゆる言葉に耳をそばだてていた。

警官はゆったりしたリズムの美しいイタリア語で話しながら、こういった人の例に洩《も》れず、話に出てくる方角をそのたびに指さして教えてくれた。「それほど遠くありませんよ。この道をまっすぐ行って、つぎの角を右に曲がるとザンボーニ通りに出ます。その道をまっすぐ、ふたつの塔が見えるまで進んでください。リッツォーリ通りにはいったら、あとは三ブロックで到着です」

マルコは精いっぱい真剣に耳をすまし、それから文章のひとつひとつを警官の前でくりかえしていった。警官は忍耐づよくこの練習にもつきあってくれた。マルコは警官に礼を述べると、自分にできる範囲で一生懸命いまの言葉を頭でくりかえしたのち、エルマンノに成果を披露した。

「わるくありません《ノン・ケ・マーレ》」エルマンノはいった。

お楽しみの時間ははじまったばかりだった。マルコがこのささやかな勝利に酔いしれているあいだに、エルマンノは早くも、本人のあずかり知らぬところで教師に仕立てあげられそうな人材を目でさがしていた。エルマンノが目をつけたのは、ぶあつい新聞を小わきにかかえ、せかせかと杖《つえ》をついて歩く老人だった。

「あの人に、新聞をどこで買ってきたのかを質問してきてください」エルマンノは生徒にそう課題を出した。

マルコは急がず焦《あせ》らず老人のあとについて数歩ほど進み、そのあいだに頭のなかで言葉を組み立てた。「こんにちは《ボンジョルノ》。すみません《スクーズィ》」

老人は足をとめ、まじまじとマルコを見つめてきた。ほんの一瞬だが、老人は杖を高くかかげて、マルコの頭に叩《たた》きつけたそうな表情をのぞかせていたばかりか、礼儀にのっとって〝こんにちは《ボンジョルノ》〟を返してくることもなかった。

「その新聞はどこで買ったのですか《ドヴェ・ハ・コンプラート・クエスト・ジョルナーレ》?」

老人は、自分が小わきにかかえた新聞を密売品でも見るような目つきでにらみおろすと、たったいま悪罵《あくば》を投げつけられたという顔でマルコをにらんだ。それから老人は顔をぐいっと左に動かし、「あっちだ」とかなんとか、その手の言葉を吐き捨てると、それっきり無言で、せかせか歩み去っていった。

同時にエルマンノがマルコのそばに寄ってきて、英語でいった。「あまり会話が弾みませんでしたね」

「ああ、そのようだな」

つぎにふたりが立ち寄ったのは小さなカフェだった。マルコは簡単に注文をすませられるエスプレッソを頼んだ。しかしエルマンノは、簡単なもので満足する男ではなかった。エルマンノが所望したのは砂糖を入れてクリームをいれない普通のコーヒーと、小さなチェリー・ペストリー。注文はすべてマルコにゆだねられたが、希望の品がすべてそろった。テーブルにつくと、エルマンノは各種のユーロ紙幣をとりだし、さらに五十セントや一ユーロの硬貨もそこにくわえて、数や計算の練習をはじめた。

それがすむとエルマンノは、普通のコーヒーのお代わりが欲しいといいだした。ただし今回は、砂糖抜きでクリームをほんのすこし入れたものが飲みたいという。マルコは二ユーロを手にカウンターに行き、コーヒーを手にして引き返してくると、こんどは釣銭を数えた。

この短時間の休憩をおえると、ふたりはふたたび街頭に出ていってサン・ヴィターレ通りを散策した。ここは大学のメインストリートのひとつ、両側の歩道には柱廊《ポルティコ》がつづき、早い時間の授業にむけて急ぐ数千もの学生でごったがえしていた。車道はといえば、こちらは自転車で埋まっている。ここでは自転車が人気のある移動手段なのだ。エルマンノは、ここボローニャで三年のあいだ学んでいたと話していた。ただしマルコは、教師であるエルマンノの言葉も、付添役のルイージの話もほとんど信じてはいなかった。

「ここがヴェルディ広場です」エルマンノは、小さな広場にむけてあごを動かしながらいった。広場では、なんらかの抗議運動がたどたどしく開始されるところだった。七〇年代の遺物のような長髪族の男が、マイクを調節していた。おおかた、世界のどこかでのアメリカの蛮行を金切り声で非難しようと呼びかける声明を発表するのだろう。男の仲間たちは、乱暴に書きなぐられた手製の横断幕を広げていたが、さしものエルマンノにさえ、そこに書いてあるスローガンは意味不明だということだった。しかも彼らが活動を開始するには、いささか早すぎる時間だった。学生たちはまだみんな半分寝ているような状態で、おまけに授業に遅刻しないようにすることで頭がいっぱいだったからだ。

「あの連中はなにを問題にしているんだね？」マルコはたずねた。

「よくわかりません。なにやら世界銀行がらみのようですが……。ここでは、毎日なにかしらの集会やデモがおこなわれているんです」

そのあともふたりは若者たちの群れにまじり、歩行者のあいだをぬって歩きつづけ、大雑把に街の中心《セントロ》を目ざした。

この日ふたりがルイージと昼食のために落ちあったのは、〈テステリーノ〉という大学近くのレストランだった。勘定はすべてアメリカの納税者が納めた税金でまかなわれるため、ルイージが値段に頓着《とんちゃく》せず注文することは珍しくない。貧乏学生であるエルマンノは、最初こそ贅沢《ぜいたく》ぶりに落ち着かない顔を見せていたが、そこはやはりイタリア人、やがて長時間の昼食を楽しみにするようになった。昼食は二時間つづき、そのあいだ英語の単語はひとつも出なかった。テーブルでかわされるイタリア語はゆっくりしたペースで、文法規則にのっとったものばかり、おまけに二度三度とくりかえされることも珍しくなかったが、それでも英語に席を譲ることはなかった。言葉を耳にいれ、きちんときき取り、咀嚼《そしゃく》し、理解したのち、先ほど投げかけられた言葉への適切な対応を組み立てる——そんな作業に脳が完全に忙殺されていては、せっかくの上等な食事もまったく楽しめないことを、マルコは思い知らされた。また、話がつぎからつぎと展開するような場合には、最新の発言が、なんとか理解できる一語二語だけを残したまま頭を素通りしていってしまうこともあった。しかもふたりの友人は、ただ楽しみのためのおしゃべりをしているのではなかった。マルコが話に乗り遅れた兆候をほんのすこしでも見せたり、マルコが料理を口に運びたい一心で、ふたりに話をつづけさせ、機械的に相鎚《あいづち》を打っているだけだったりすると、ふたりはたちどころに話を中断し、こういうのだった。「わたしはいまなにを話していましたか《ケ・コーザ・ホー・デット》？」

　そうなるとマルコは口のなかの食べ物を噛《か》んで数秒の時間を稼ぎつつ、この窮地を切り抜けるために必要な言葉を必死に考えだそうとする——しかも、腹だたしいことにイタリア語で考えるのだ！　ただし、イタリア語をきくための耳は育ちつつあったし、キーワードもききとれるようになってきた。友人のどちらも、まず理解力が育って、そのあとから話す力がついてくるのが普通だ、とくりかえし話していた。

　マルコを救ったのは料理だった。なかでもとりわけ重要になったのは、トルテッリーニ（豚肉を詰めた小さな円形のパスタ）とトルテッローニ（前者より大きく、リコッタ・チーズを詰めたパスタ）のちがいだった。マルコがカナダ人で、ボローニャ料理にことのほか興味をいだいていると知ったシェフが、どちらの料理も食べてもらうといいだして引かなかったのである。そしてこれもいつもどおりルイージが、どちらの料理もボローニャの偉大なシェフたちが考案したものだ、と知識を披露した。

マルコはただ食べた――イタリア語を無視する一方、美味なる料理をひたすら味わうべく最善をつくした。

二時間の食事ののちにマルコは休憩をとりたいと主張し、二杯めのエスプレッソを飲みおえると、ふたりと別行動をとることにした。レストランの前でふたりと別れたマルコは、ひとりでその場から歩いて離れた。外国語トレーニングの名残で耳鳴りがし、頭がぐるぐるまわっている気分だった。

マルコはまずリッツォーリ通りから折れて、二ブロックを二周した。そのあと、おなじことをもう一回くりかえしてようやく、尾行がついていないことが確認できた。長くつづく柱廊《ポルティコ》がせりだしている歩道は、すばやく横にそれて身を隠すにはうってつけだった。歩道がふたたび学生たちであふれかえると、マルコはヴェルディ広場を横切った。広場では世界銀行に抗議している一団が、激烈な調子のアジ演説をおこなっていた。それを見たマルコは――つかのまだったが――自分にイタリア語が理解できないことを喜ばしく思った。そのあとザンボーニ通り二二番地で足をとめると、きのうとおなじように、法学部に通じている巨大な木の扉を見つめた。マルコは扉をくぐりぬけ、いかにも勝手知ったる場所を歩いている人物に見えるよう、精いっぱい気をくばった。構内案内のようなものはどこにも見あたらなかった。しかし、学生用の掲示板が見つかった。掲示板は、あらゆる宣伝の場になっているようだった。アパートメント、書籍、同好の士との交流などから、はてはウェイクフォレスト・ロースクールにおける夏の学習プログラムの宣伝もあった。

建物の廊下を通りぬけていくと、青天井になった中庭に出た。学生たちが歩きまわり、携帯電話でおしゃべりし、タバコを吸い、授業の開始を待っていた。

左手にある階段に目を引かれた。その階段で三階にまであがると、ようやく案内表示らしきものが見つかった。〝研究室《ウッフィーチ》〟という単語はわかったので、廊下にそってふたつの教室の前を通りすぎると、教職員の研究室がならぶ一劃《いっかく》に出た。ほとんどの部屋の扉に名前が出ていたが、なかには名前の出ていない部屋もあった。さいごに見たのが、ルドルフ・ヴィスコヴィッチの部屋だった。これまでのところ唯一《ゆいいつ》の非イタリア人の名前だ。ノブをまわしたが、鍵《かぎ》がかかっていた。マルコはコートのポケットから急いで便箋《びんせん》――トレヴィーゾのホテル、〈アルベルゴ・カンペオール〉の客室から頂戴《ちょうだい》した品――をとりだすと、急いで手紙を書きつけた。

親愛なるルドルフへ。キャンパスをあちらこちらと散歩しているうちに、偶然きみの研究室を見つけたもので、ちょっと挨拶《あいさつ》をしようと立ち寄ってみた。いずれ、〈バー・フォンタナ〉で再会することもあるだろう。きのうのおしゃべりは楽しかった。たまに英語をきくのもいいものだ。カナダ人の友人、マルコ・ラッツェーリ。

マルコは書きあげた手紙をドアの隙間《すきま》から押しこむと、一群の学生につづいて階段をおりた。ザンボーニ通りに引き返すと、足のむくまま気のむくまま街を歩き、途中ジェラートを食べてから、ゆっくりとホテルへの帰途についた。薄暗く狭い部屋は、昼寝を楽しむには寒すぎた。このことでは、あの付添役にぜったい不平を申し立ててやらなくては――と、あらためて心に誓う。きょうの昼食の代金がこの部屋の三泊分以上だったことを考えるに、ルイージとその上にいる連中の懐《ふところ》具合なら、もっと上等な宿泊施設を用意できるはずだ。

そのあとマルコは重い足を引きずりながら、午後の授業のため食器棚なみに狭苦しいエルマンノのアパートメントにむかった。

ルイージはボローニャ中央駅《チエントラーレ》で、ミラノからノンストップでやってくるユーロスター・イタリアの列車を辛抱づよく待っていた。午後五時からのラッシュアワーにはまだ間がある小休止の時間帯だったため、駅舎は比較的静かだった。定刻どおりの三時三十五分、ほっそりとした車体の弾丸列車が短時間の停車のために滑りこみ、ホイッティカーがホームに飛びおりてきた。

そもそもホイッティカーはめったに笑顔を見せない男だったので、ふたりはろくに挨拶もかわさなかった。お義理の握手をおえると、ふたりは歩いてルイージのフィアットにむかった。

「で、あの男のようすは？」ドアが閉まるなり、ホイッティカーはそうたずねた。

「順調です」ルイージはいいながらエンジンをかけ、車を発進させた。「一生懸命に勉強をしていますよ。まあ、ほかにすることもありませんし」

「出歩くにしても近場だけなんだな？」

「ええ。街の散歩が気にいってはいますが、怖くて遠出はとても無理のようですね。そもそも、あの男には金がありません」

「無一文のままにしておけ。で、イタリア語はどんな調子だ？」

「かなり速いペースで上達してます」ふたりを乗せた車はインディペンデンツァ通りにはいった。この大通りをまっすぐ南下していけば、市街地の中心に出られる。「なにせ、勉強するための強烈な動機がありますから」

「怯《おび》えているかね？」

「そう思います」

「あの男は頭が切れる。人心操作の達人だぞ。そのことを忘れるな。ついでにいっておけば、頭が切れるからこそ怯えているんだ。危険をわきまえているわけさ」

「クリッツの話をきかせましたよ」

「どうだった？」

「混乱していたようでした」

「その話をきいて、ふるえあがっていたか？」

「ええ、そう思います。で、だれがクリッツを殺したんです？」

「われわれの仲間だと思う。まあ、これればかりはわからないがね。で、隠れ家《セーフハウス》の用意は？」

「できています」

「けっこう。では、マルコのアパートメントを見にいくか」

フォンダッツァ通りは、旧市街の南東地区、大学地区から南に数ブロックのところにある静かな住宅街を抜ける道だ。ボローニャのほかの地区同様、ここも道路左右の歩道の上に柱廊《ポルティコ》がせりだしていた。民家やアパートメントのドアは歩道に直接つながっている。ほとんどの建物にはインターフォンのわきに真鍮《しんちゅう》の案内板がかかげてあったが、フォンダッツァ通り一一二番の建物にはなにもなかった。表示のないこの状態は、三年前にここがミラノ在住の正体不明のビジネスマンに借りあげられて以来つづいている――ビジネスマンは家賃をきちんときちんと納めているが、めったにここを利用しなかった。ホイッティカー自身、もう一年以上もここを目にしていない。面積は約五十五平方メートル。ぜんぶで四部屋。基本的な家具はそろっており、家賃はひと月あたり千二百ユーロだ。ここは隠れ家――身もふたもない言い方をすればアジトだ。現時点でホイッティカーはイタリア北部で、同種の隠れ家をここを含めて三軒管理していた。

寝室がふた間、そのほかには狭いキッチンと居間。居間にはソファとデスク、革ばりの椅子《いす》が二脚あり、テレビはない。ルイージが電話を指さし、それからふたりはこの電話に仕掛けてある、決して存在を探知されることのない盗聴装置について——他人には暗号としかきこえないような言葉で——話しあった。またそれぞれの部屋には、二台ずつマイクが隠してあった。人間の出すあらゆる音声を洩《も》らさずとらえる強力な集音装置だ。二台の超小型カメラも仕掛けてあった。居間のずっと上、古いタイルの隙間に仕掛けたカメラは正面玄関の景色をとらえていた。もうひとつのカメラはキッチンの壁にとりつけてある安っぽい照明器具の内部にあり、こちらはなににさえぎられることもなく裏口を見とおしていた。

マルコの寝室までカメラで監視することはない。ルイージは、これには安心したと洩らした。かりにマルコが女と知りあって、女が住まいを訪ねたくなった場合も、居間の上に仕掛けてあるカメラで女の来訪と辞去のようすはすべて監視できるし、それだけで充分だった。もし本心から退屈でたまらなくなったら、マイクのスイッチを入れて音声をきくだけで、ちょっとした気晴らしになる。

隠れ家の南隣も、同様のアパートメントだった。両者をへだてているのは、ぶあつい石の壁で、ルイージはそちらに身を隠すことになる。五部屋からなるフラットで、マルコのアパートメントよりも多少は広い。裏口を出れば、隠れ家からは見えない小さな庭だ。それゆえ、動向を知られずにすむ。キッチンはハイテク監視室に改装されており、いつでも好きなときにスイッチを入れるだけで、隣室でなにが起こっているのかを目で確かめることができた。

「語学の授業はここで？」ホイッティカーがたずねた。

「その予定です。ここなら安全だと思いますよ。それに、ぼくがそのようすを監視していますし」

ホイッティカーは再度すべての部屋を歩いて見てまわり、充分に得心すると、こういった。「隣の部屋の準備はすっかりととのっているんだろうな？」

「ええ、すべてととのっています。きのうとおとといの晩は泊まりこみでしたよ。ええ、準備万端ととのっています」

「いちばん早くて、いつあの男を移せる？」

「きょうの午後にでも」

「よろしい。では、当人のようすを見にいこう」

ふたりはフォンダッツァ通りをその終端まで北上してから、もっと広いマッジョーレ通りに沿って北東に足をむけた。待ちあわせ場所は〈レストレズ〉という小さなカフェ。ルイージは新聞を手にとると、あいているテーブルにひとりですわった。ホイッティカーも新聞を手にして、近くのテーブルにすわる。ふたりとも相手を無視していた。そしてきっかり四時半に、エルマンノとその生徒がルイージとちょっとだけ落ちあってエスプレッソを飲むために店にやってきた。

ひととおりの挨拶がすみ、だれもがコートを脱ぎおわると、ルイージがマルコにたずねた。「もうイタリア語には飽きあきですか？」

「反吐《へど》が出そうだよ」マルコは笑顔で答えた。

「けっこう。じゃ、英語で話しましょう」

「きみに神のお恵みがありますように」マルコはいった。

ホイッティカーは一同から一メートル半ほど離れた場所にすわったまま、新聞で顔を半分隠し、まわりのだれにも関心がないそぶりでタバコをふかしていた。もちろんエルマンノのことは知っていたが、直接その顔を見るのはきょうが初めてだ。マルコとなると……まったく話がちがう。

もう何年も前のことになるが、ホイッティカーはラングリー本部での仕事のためにワシントンに十回以上も足を運んだ。当時は、あのフィクサーのことをだれもが知っていた。ホイッティカーの記憶にあるジョエル・バックマンは、政界への圧力が服を着て歩いているような存在であり、大物ぞろいの依頼人たちの代理という仕事にも匹敵する時間を費やして、みずからの誇張されたイメージをさらに膨らませることに汲々《きゅうきゅう》としている男だった。金と権力の化身そのもの、欲しいものがあれば、脅しつけ、言葉巧みにおだて、充分な金をばらまいて、かならず手に入れるだけの財力をそなえた、政界の黒幕の見本のような男だったのである。

それにしても、刑務所での六年という歳月にはなんという効力があることか。いまのバックマンはすっかり痩《や》せ、〈アルマーニ〉の眼鏡をかけた姿はどこから見てもヨーロッパ人そのものだ。山羊《やぎ》ひげには白いものがまじりはじめている。いくら当時を知っているアメリカ人でも、いまこの瞬間の〈レストレズ〉に足を踏みいれて、ここにいる男がジョエル・バックマンだと見ぬける者はひとりもいまい――ホイッティカーはそう確信した。

マルコは、一メートル半離れた席にすわっている男が、やけに何回も視線をむけてくることに気づいてはいたが、とりたてて気にとめなかった。自分たち三人は英語で話をしている――よそはどうあれ、この〈レストレズ〉では英語で話す客がめったにいないので、そのせいだろうと思っていたのだ。もっと大学の近くならば、どのコーヒーショップに行ってもいくつかの言語を耳にすることができる。

エルマンノは、エスプレッソを一杯飲んだところで辞去した。その数分後、ホイッティカーも店をあとにした。そのまま数ブロック歩くと、前にも利用したことのあるインターネット・カフェが見つかった。ホイッティカーは自分のノートパソコンをケーブルでつないでインターネットに接続すると、ラングリーのＣＩＡ本部のジュリア・ハヴィエルにむけてメッセージを打ちはじめた。

フォンダッツァ通りのフラットは準備完了。本日夜にも当該人物を移動させる予定。われらが友人とコーヒーを飲んでいる当該人物を観察。事前の知識がなければ本人だとは認識不能だと思われる。新生活にうまく適応している模様。当地ではすべて順調。いかなる種類の問題も発生していない。

日も暮れて暗くなってから、フィアットがフォンダッツァ通りのまんなかで停止した。乗っていた人間が急いで積荷を降ろした。マルコの荷物は軽かった。なにももっていないも同然の身の上だからだ。荷物は衣類とイタリア語の教科書類が詰まったバッグがふたつだけという、身軽に動ける立場だ。新しく住むことになったアパートメントに足を踏みいれたマルコがまっさきに気がついたのは、暖房がはいっていて室内が適温になっていることだった。

「ああ、ここのほうがずっといいね」マルコはそうルイージにいった。

「車を動かしてきます。あちこち見てまわっていてください」

マルコは周囲を見まわした。ぜんぶで四部屋。まっとうな家具がそろっている。決して豪勢とはいえないが、このあいだまでの部屋にくらべたら大いなる進歩だ。暮らしむきは上昇の一途をたどっている――なんといっても十日前は、まだ刑務所にいたのだ。

ルイージは大急ぎでもどってきた。「ここをどう思います？」

「意見は胸にしまっておくよ。ありがとう」

「どういたしまして」

「ワシントンの人たちにも感謝を伝えてくれ」

「キッチンを見ましたか？」ルイージは照明のスイッチを入れながらたずねた。

「ああ。いうことなしだ。で、わたしはいつまでここで暮らすことになる？」

「それを決めるのはぼくじゃありません。もうおわかりでしょうが」

「ああ、わかっているさ」

ふたりで居間に引き返すと、ルイージはいった。「いくつかお伝えしておくことがあります。まず、これからはエルマンノが毎日、イタリア語の授業のためにここに来ます。午前は八時から十一時まで。そのあと二時から五時まで……あるいは、あなたがもうおわりにしたいと思う時間まで」

「すばらしい。頼むから、あの男にも新しいフラットをあてがってくれないか？　あのごみ溜《た》めのような部屋は、アメリカの納税者たちを侮辱するものだ」

「第二に、ここはとても閑静な住宅街です。建物のほとんどはアパートメントです。出入りはなるべくすばやくすませ、隣人たちとのおしゃべりはつつしみ、だれとも友人づきあいをしないように。忘れてはいけません——あなたは足跡を残しているんです。残す足跡があまり多くなれば、あなたはいずれ見つかってしまうんですよ」

「それはもう、耳にたこができるほどきかされたよ」

「それでも、きちんときいてもらわなくては」

「そうかりかりするな。約束するよ、隣人たちに姿を見せることはしないと。ここは気にいったよ。刑務所の独居房とくらべたら天地の差だね」

14

ロバート・クリッツの追悼式は、フィラデルフィアのお上品ぶった郊外住宅地にある、カントリークラブを思わせる葬祭場でおこなわれた。クリッツはフィラデルフィアの生まれだったが、過去三十年間はこの都市に足を踏みいれようとしなかった。クリッツは遺言状を残しておらず、また人生をしめくくる儀式の手配についての提案を残していなかったので、ロンドンからの遺体運搬の仕事はもちろん、まっとうな葬式を出すための諸々《もろもろ》の決定という重責まで、すべてが哀れなクリッツ夫人の肩にのしかかることになった。息子のひとりが、遺体を火葬に付したのち、雨風を防ぐ大理石づくりの高級感ただよう地下納骨室に遺骨をおさめたいと強く主張した。未亡人はこの時点ですでに、どんな計画であっても首を縦にふるしかない心境にいたっていたようだ。七時間におよぶ大西洋横断の（それもエコノミークラスでの）空の旅——足もとのどこかに、死体を運ぶためだけに設計された味気ないといえば味気ない空輸ボックスにおさめられた夫の亡骸《なきがら》があるというおまけつき——のおかげで、崖《がけ》っぷちに追いつめられた状態だったのである。ようやく到着した空港は大混乱だったが、未亡人を出迎えて仕事のいっさいを引きうけてくれる者はひとりとして来ていなかった。ひどい話だ！

追悼式に列席を許されたのは招待者だけだった。これは、前大統領アーサー・モーガンの要望によるものだった。バルバドスにまだ二週間しか滞在していないのに、こんなかたちで本国に呼びもどされて、だれかに姿を見られるのがいやだったからだ。生涯にわたる友人の死を本心では悲しんでいたのかもしれないが、そうだとしてもその本心がモーガンの顔に出ることはなかった。モーガンは葬儀の段どりについて、クリッツ家の者にいちいち注文や文句をつけ、やがて遺族から席をはずしてくれと遠まわしに申しわたされる始末だった。日程はモーガンの都合で変更になった。追悼式次第にも、モーガンは首を縦にふらなかった。弔辞を述べることには不承不承ながら同意したが、ごく短いものですませるという条件をつけた。真実をいうなら、モーガンは前々からクリッツ夫人をきらっており、夫人もまたモーガンに好意の一片も感じたためしはなかった。

友人や遺族からなる小人数のグループでは、ロバート・クリッツがロンドンのパブでぐでんぐでんに酔っぱらったあげく、車の往来の多い車道にふらふら出ていって車の前に倒れこんだという話は、とうてい信じがたいものとして受けとめられていた。検死解剖で遺体からヘロインが検出されたと知らされると、クリッツ夫人は半狂乱になってしまい、検案書を封印してそのまま闇《やみ》に葬《ほうむ》ってほしいと強く訴えたばかりか、子どもたちにさえ麻薬の件を打ち明けようとしなかった。夫が決して違法薬物に手を出さなかったことに、夫人は百パーセントの確信をいだいていた——ときに酒量が過ぎることはあったが、まわりにはほとんど知られていない。それでも夫人は、とにかく亡《な》き夫の名声を守ろうと固く決意していた。

ロンドン警察は、検死結果を封印して捜査を終了させることにすぐ同意した。むろん警察もそれなりに疑問を感じてはいたが、ほかにも多くの事件で手いっぱいであり、しかも目の前にいる未亡人は一刻も早く帰国して、すべてを過去のものにしたい一心だった。

追悼式は木曜日の午後二時からはじまった——この開始時間を決めたのもモーガン前大統領だった。バルバドスからフィラデルフィア国際空港まで、自家用ジェット機をノンストップで飛ばせば間にあう時間だったからだ。式の所要時間は一時間。招待をうけた八十二人のうち、列席したのは五十一人。その大多数が、クリッツに別れを告げたい気持ちからではなく、モーガン前大統領をひと目見たいという好奇心で顔を出していた。追悼式をつかさどったのは、どこやらの教派に属しているプロテスタント系の聖職者だった。クリッツはこの四十年間、結婚式と葬式以外では教会の建物に足を踏みいれていなかった。そのため牧師は、一回も会ったことのない男の生前の姿を描出するという難事に直面した。牧師は雄々しくこの難題に挑んだが、結果は完全な敗北だった。ついで牧師は〈詩篇〉の一節を朗読し、教会執事から連続殺人鬼まで、どんな死人の葬式にも応用が利《き》く一般的な祈りの文句をとなえた。そのあと遺族に慰めの言葉をかけたが、故人同様に遺族の面々も牧師にとってはまったくの赤の他人だった。

心温まる追悼式になるどころか、このまがいものの礼拝堂の壁になっている灰色の大理石にも負けないほど冷え冷えとした雰囲気の式だった。二月という季節にはとことん場ちがいに褐色に日焼けしたモーガンは、数すくない列席者の気持ちをなごませようと、長年の友人にまつわる逸話をいくつか披露したが、この男がお義理で出席していることも、一刻も早くジェット機で帰りたがっていることも明らかだった。

カリブ海の太陽を何時間も浴びていたせいだろう、いまではモーガンは再選をめざした選挙が惨敗《ざんぱい》におわった責任は、一にかかってロバート・クリッツにあると本心から確信するにいたっていた。とはいえこの結論を人に打ち明けたことはない。打ち明けようにも、ビーチの豪邸にいるのは自分と現地人スタッフだけだったからだ。それでも胸の奥には、クリッツへの恨みや積年の友情を疑問視する気持ちが早くもしっかり根づいていた。

追悼式が次第に気の抜けた雰囲気になり、やがてすべてがおわると、モーガンはぐずぐず居残ったりしなかった。まず、ただ義務感だけからクリッツ未亡人とその子どもたちを抱擁し、昔からの友人数人と簡単な立ち話をして、数週間後にでも会おうという約束を口にするなり、必須《ひっす》とされているシークレット・サーヴィスの警備スタッフを引き連れてそそくさと会場をあとにした。敷地を囲むフェンスの外側にはニュース番組のカメラがずらりとならんでいたが、その一台たりとも前大統領の姿をとらえることはなかった。モーガンは二台用意されていた黒いヴァンの一台の後部座席にすかさず身を躍りこませ、その五時間後には、この日もまたいつものようにプールサイドでカリブ海に沈む夕陽をながめていた。

追悼式そのものにはろくに列席者があつまらなかったが、列席者の顔ぶれを慎重に観察しているグループもあった。式がまだおわっていないうちから、CIA長官のテディ・メイナードの手もとには列席した五十一人の名簿があった。怪しげな列席者はいなかった。長官が疑わしげに眉毛《まゆげ》を吊《つ》りあげた名前はひとつもなかった。

殺害は鮮やかな手ぎわで実行された。検死結果は闇に葬られた――ある程度はクリッツ夫人のおかげだったが、ロンドン警察よりもずっと上のレベルにむけて陰で糸を引いたことの結果でもある。遺体が灰になったいま、世間はたちまちロバート・クリッツのことを忘れるだろう。あの男は愚かしくも、バックマンが姿を消した件に鼻づらを突っこんではきたが、その騒ぎも計画にひとつも傷をつけることなく幕が引かれた。

ＦＢＩは礼拝堂内部に監視カメラをそなえつけようと試みたが、この目論見《もくろみ》は実現しなかった。葬祭場の所有者が言下に断わり、さらにＦＢＩからの多大な圧力にもまったく屈しなかったからだ。ただし建物の外への隠しカメラの設置は許可したので、このカメラが礼拝堂に出入りする列席者のアップの写真をもたらしてくれた。リアルタイムで転送された画像はすぐ編集され、五十一人のリストが急遽《きゅうきょ》つくられた。追悼式の一時間後には、長官に要旨説明《ブリーフィング》がなされていた。

ロバート・クリッツが死ぬ前日、ＦＢＩのもとに驚くべき情報が寄せられた。ＦＢＩが予想もしていなければ、さがし求めていたわけでもない情報だった。寄せてきたのは、連邦刑務所に四十年間も閉じこめられそうになって自暴自棄になっていた、ひとりの悪徳企業家である。この男はオープンエンド型投資信託会社の経営者だったが、手数料詐取《さしゅ》の疑いで逮捕されていた。これだけならば、たかだか数十億ドルがからんだ、珍しくもないウォール街スキャンダルだ。しかし、この投資信託会社を所有していたのは多国籍金融企業であり、長年のあいだこの悪徳企業家は親会社の中核に食いこんでいた。投資信託会社は多大な利益をあげており——経営者の手数料詐取の手腕によるところが小さいとは決していえなかった——その利益を無視できなかったからだ。経営者は重役会の投票権を与えられ、バミューダ諸島の豪華なコンドミニアムを与えられた。ここが、世間の目から隠れた会社の中枢《ちゅうすう》オフィスになった。

そしてこの男は刑務所に閉じこめられたまま寿命を迎えたくないという一心から、どんな秘密でも明かす気になっていた。銀行業務の秘密。オフショア金融の闇情報。そしてこの男は、モーガン前大統領がホワイトハウスで過ごしたさいごの日に、すくなくともひとつの特赦を三百万ドルで売ったことを証明できる、と主張していた。金はグランド・ケイマン島の銀行からシンガポールの銀行へと電信送金されていた。どちらの銀行も、男がつい先ごろ脱けだしたばかりの多国籍金融企業によって隠密裡《り》に支配されていた。問題の金は、いまなおシンガポールにひっそりと隠れている——口座を開設した幽霊会社は、じっさいにはモーガンの旧友のひとりが所有していた。密告者によれば、この金はモーガンの用に供されることになっているという。

電信送金の事実と口座の存在がＦＢＩによって裏づけられると、突如として取引条件がテーブルに載せられた。悪徳企業家は、わずか二年間の自宅軟禁刑ですむことになった。大統領特赦を金で売買するのはきわめて悪質な犯罪である。それゆえこの事件の捜査は、ＦＢＩが本部をおくフーヴァー・ビルでの最優先事項になった。

情報提供者には、グランド・ケイマン島を離れた金のもともとの所有者がわからないということだったが、ＦＢＩにはその正体も明らかに思えた。モーガンが特赦を与えた人々のなかで、これだけの賄賂を出せる余裕のある者はふたりしかいなかったからだ。最初の、そしてもっとも有力な容疑者はデューク・モンゴ。高齢の億万長者で、国税庁の目を盗んで貯めこんだ金の額が多いことでは——すくなくとも個人部門では——歴代一位の記録保持者だ。企業部門の脱税額一位となると、いまだ議論のわかれるところ。それはともかく、情報提供者はこの件にモンゴが関与していないと強く感じている、と主張していた。というのもモンゴには、問題になっているふたつの銀行と長期間におよぶ泥仕合を繰り広げた過去があったからだ。モンゴが好んでスイスの銀行を利用している件は、ＦＢＩによって裏づけがとれていた。

第二の容疑者は、いうまでもなくジョエル・バックマンだ。人心操作の名手として知られたバックマンなら、これだけ高額の賄賂《わいろ》を出したとしても不思議ではない。FBIはもうずいぶん昔から、バックマンがどこにも財産を隠したりしていないと信じてはいたが、疑惑はしつこくくすぶっていた。現役のフィクサーだったころ、バックマンはスイスとカリブ海双方の銀行とパイプがあった。しかも要所要所に怪しげな友人や伝手《つて》がいて、ネットワークを築いてもいた。賄賂、裏金、選挙資金の提供、ロビー活動の手数料――どれをとっても、このフィクサーの得意分野だった。

FBI長官は、戦う気がまえも充分なアンソニー・プライスという人物だった。三年前に当時のモーガン大統領に指名されてついたポストだったが、当の大統領はその半年後にプライスを罷免《ひめん》しようとした。プライスは時間の猶予《ゆうよ》をくれと懇願し、認めさせたが、それ以来ふたりはたえず対立しあっていた。どうしてそう思うようになったのかは、本人にもさだかではなかったが、プライスはテディ・メイナードと剣をまじえることで、おのれの男らしさを証明したいとかねがね考えていた。CIAとFBIの秘密の戦争では、メイナードが敗北を喫した戦闘は決して多くない。しかもプライスは、いってみればすでに〝死に体〟となった面々がつくる長い列の最後尾にいる者でしかなく、そんな男をメイナードが恐れるはずはなかった。

しかし、いまFBI長官の頭をいっぱいにしているこの陰謀、金で特赦を売買した陰謀のことを、メイナードはまだなにも知らなかった。新大統領はFBIからアンソニー・プライスを厄介払いし、組織改革を断行するという誓いを立てている。そればかりかメイナードまで引退させると約束していたが、なに、この手の脅迫の文句はワシントンではこれまでも決して珍しくはない。

こうしてプライスの手もとには、自分の職を安定させ、おそらくそれと同時にメイナードを排除するという、またとないチャンスが転がりこんできた。プライスはホワイトハウスに出向き、シンガポールにおける疑わしい口座の存在について国家安全保障顧問に要旨説明《ブリーフィング》をおこなった。顧問は、前日に着任したばかりだった。さらにプライスは、前大統領のモーガンがこの陰謀に関与していたことを強くほのめかし、いますぐジョエル・バックマンの所在をつきとめて身柄を本国に送還、事情聴取をおこなう必要があるばかりか、おそらく起訴する必要も出てくるだろう、と力説した。これが真実だと立証されたなら、かならずや歴史に残るほどの、類例のない大地震クラスのスキャンダルが勃発《ぼっぱつ》するはずだ、と。

国家安全保障顧問は、熱心に話にききいった。要旨説明《ブリーフィング》がおわると、顧問はその足で副大統領の執務室を訪ね、スタッフの人払いをしてドアに鍵《かぎ》をかけてから、いまきいた話の一切合財を打ち明けた。ついでふたりは、そろって大統領のもとに報告にいった。

これまでの例に洩《も》れず、大統領執務室の新たな主人と前任者のあいだには、かなわなかった恋愛のような感情はかけらもなかった。どちらの選挙運動も、アメリカ政界ではすでに標準となっている唾棄《だき》すべき下劣きわまる手口を総動員していた。歴史に残る得票率で地滑り的大勝利を勝ちえたことは事実だし、ホワイトハウスにたどりつけたことでは喜びの昂奮《こうふん》を抑えきれなかっただけに、新大統領は泥のように卑《いや》しい人物を、いまさら踏みつけにしたいとまでは思わなかった。むしろ、アーサー・モーガンに恥の上塗りをしてやれることのほうが好ましい。いま新大統領はこんな夢想をしていた——センセーショナルな公判と有罪判決ののち、ぎりぎりの瀬戸際《せとぎわ》になるまで待ってから、自分もまた特赦を与えるとしよう。そうなれば、合衆国大統領のイメージから泥汚れをきれいさっぱり拭《ふ》きとれよう。

最高の瞬間になるに決まっている！

翌日の朝六時、副大統領はいつもどおりの武装した自動車部隊でラングリーのCIA本部を訪ねた。最初はホワイトハウスにメイナード長官を呼びだそうとしたが、メイナードはなんらかの陰謀のにおいを嗅《か》ぎつけたのだろう、もっか眩暈《めまい》に悩まされており、医師からオフィスでの安静を命じられているという理由で呼出を断わった。メイナードがオフィスに寝泊まりし、食事をすませることは珍しくない——眩暈がひどくなって、ずっと目がまわっているような状態になるとなおさらだった。そしてこの眩暈は、メイナードがお手軽に口実につかう数多くの持病のひとつだった。

会談は短時間だった。メイナードは体にしっかりとキルトを巻きつけたまま車椅子《いす》にすわって、長い会議用テーブルの片方の端についていた。かたわらにはホビーが控えていた。副大統領は補佐官ひとりをともなって、オフィスにはいった。新政府にまつわる堅苦しい雰囲気の会話がひととおりおわると、副大統領はいった。「メイナード長官、わたしはきょう、大統領の代理としてここに来ています」

「そんなのは、わかりきった話だろうが」メイナードは唇をきつく結んだまま、薄笑いをのぞかせた。罷免されるものとばかり思っていた。十八年の歳月と数えきれないほどの脅迫の言葉ののち、罷免が現実になる日がついに来たのだ。ようやく根性のすわった大統領が、テディ・メイナードを引退させる肚《はら》を固めたのだ。ホビーには前々からこの日に備えて、心がまえをさせてある。きょうも副大統領を待っているあいだ、メイナードは内心の恐怖をぶちまけていた。

ホビーはいつもどおり法律用箋《ようせん》に速記のメモを書きつけながら、もう何年も前から到来を恐れていた言葉を書きつける瞬間を待っていた——〝メイナード長官、大統領はあなたの辞任を望んでいます〟という言葉を。

しかし、副大統領の口から出てきたのは、予想もしていなかった言葉だった。「メイナード長官、大統領はあなたにジョエル・バックマンについての情報提供を望んでいます」

テディ・メイナードをたじろがせるものはこの世に存在しない。メイナードはためらいもなく質問した。「バックマンのなにを知りたいと？」

「まず現在の所在を。それから、本国にバックマンを連れ帰るまでの所要日数を」

「なぜ？」

「理由は明かせません」

「だったら、こちらも明かせないな」

「大統領にとっては、きわめて重要なことです」

「その点は尊重しよう。しかしミスター・バックマンは、われわれＣＩＡの作戦にとってすこぶる重要な存在でね」

副大統領はせわしなく目をしばたたき、その目を補佐官にむけた。しかし補佐官は自身のノートをとることに没頭しており、なんの役にも立たなかった。どんな情況になろうとも、電信送金の件や特赦にまつわる賄賂の件をＣＩＡに明かす予定はない。そんな情報をメイナードの耳に入れたがさいご、この男はそれを自分に有利にもちいる手だてを編みだすに決まっている。つまりメイナードは、大統領側のささやかな金塊を盗んで、また一日まんまと延命するわけだ。そんなことを許してはならない。メイナードがこちら側に協力するならともかく、そうでなければ馘《くび》にしてやるまでだ。

副大統領はテーブルに肘《ひじ》をついて、わずかに身を乗りだした。「大統領の側には、この点ではいささかも妥協の余地はありません。必要な情報を大統領に提供してください。それも迅速に。それがかなえられなければ、大統領はあなたの辞任を要求することになります」

「そのつもりはないな」

「もしやお忘れかもしれませんが、あなたは大統領によって任命された身ですよ」

「忘れてはおらん」

「それならけっこう。この先の道筋ははっきりしました。あなたはバックマンについてのファイルを持参してホワイトハウスを訪問し、われわれとその中身全般について話しあいをもつ——それが実現しないのであれば、ＣＩＡはまもなく新しい長官を迎えることになります」

「せっかくのお言葉だが、あえていわせてもらえれば、それほどあからさまな発言は、昨今ではきわめて珍しいものだな」

「褒め言葉と受けとっておきます」

会談は以上でおわった。


ＦＢＩ本部のあるフーヴァー・ビルは老朽化した堤防のようなもので、習慣的にゴシップの数々をワシントンの街路に撒《ま》き散らしていた。そのゴシップを拾いあつめている者は多々いるが、ほかならぬワシントン・ポスト紙の記者であるダン・サンドバーグもそのひとりだった。ただし、調査報道専門をもって任じる標準的な記者よりも上等な情報源を確保していたこともあって、サンドバーグが特赦スキャンダルの悪臭を嗅ぎつけるまでには、さして時間はかからなかった。さっそく、顔ぶれの新しくなったホワイトハウスに昔から確保している情報源に当たりをつけた結果、充分とはいえないまでも部分的な裏をとることができた。記事のアウトラインが形をとりはじめた。その一方でサンドバーグは、さいごの詰めとなる情報の裏をとることが事実上不可能だとわきまえてもいた。いくらあがいても、電信送金の記録を目にすることはできないに決まっている。

しかし、かりにこれが——任期切れ目前の大統領が、引退後の多大な生活資金欲しさに特赦を金で売ったという話が——事実だとすれば、これ以上の大きな特ダネは想像もできなかった。前大統領が起訴されて公判にかけられ、おそらくは有罪を宣告されて刑務所送りになる。とうてい考えられる事態ではない。

そのサンドバーグが雪崩《なだれ》を起こしたようなデスクについているとき、ロンドンから電話がかかってきた。電話をかけてきたのは昔からの友人で、サンドバーグ自身とおなじように食らいついたらとことん突き進むタイプの、ガーディアン紙に記事を書いている新聞記者だった。ふたりは新しい政府について数分ばかり話をした——これこそが、目下ワシントン全市公認の話題だったからだ。なんといっても、地面にたっぷり雪が積もっている二月初旬、議会が毎年恒例の委員会仕事で泥沼にはまったような状態では、話題はほとんどなにもないも同然だった。

「ボブ・クリッツが死んだ件でなにかきいてないかな?」友人がたずねた。

「なにもきいてないぞ。こっちではきのう葬式があったところだ」サンドバーグは答えた。「どうしてそんなことを?」

「あの哀れな男の死をめぐる情況に、いくつか腑《ふ》に落ちない点があるからだよ。それから……おれたちが検死結果にまったく近づけなかったことも理由だな」

「腑に落ちない点とは？　たしか、発生とほぼ同時に捜査終了になった単純な事故だったんだろう？」

「そうみたいだ。しかし、ほんとうにあっという間に捜査がおわったのでね。いや、確固とした手がかりがあるわけじゃない。ただ、ワシントンでなにか妙なことでもなかったかと当たりをつけているだけだ」ガーディアン紙の記者はいった。

「心あたりに電話で話をきいてみるよ」サンドバーグは早くもかなりの疑問をいだいていた。

「頼む。また、あしたかあさってに話をしよう」

サンドバーグは電話を切ると、なにも映っていないコンピュータのディスプレイをじっと見つめた。大統領としての任期切れを目前にしたモーガンが土壇場《どたんば》で特赦を認めたとき、クリッツはその場に居あわせていたに決まっている。疑心暗鬼にとり憑《つ》かれていたふたりのことだ、特赦決定がなされて書類が作成されたそのとき、大統領執務室がモーガンとクリッツのふたりきりだったとしてもおかしくない。

おそらくクリッツは知りすぎていたのだ。

三時間後、サンドバーグはダレス国際空港からロンドンにむけて出発した。

15

夜明けにはまだ間《ま》がある時間に、マルコはふっと目覚めた――きょうもまた、異国の地の慣れないベッドでの目覚めだった。そのあと長い時間をかけて、考えをまとめようとした。自分のとった行動を思いかえし、自分がおかれた異様な情況を分析し、これからの一日の行動プランを立て、過去を忘れようとする一方で、この先十二時間になにが起こるのかを予測しようとする。朝まで熟睡できたことはいちどもなかった。きょうも数時間ばかり浅く眠っただけだ。四、五時間は寝たと思うが、はっきりはわからない。まずまず快適な暖かさのこの小さな部屋が、まったくの闇《やみ》につつまれていたからだ。両耳のイヤフォンをはずす。どうやら夜中の十二時をまわってしばらくしたころ、陽気なイタリア語の会話が耳の奥に響いているあいだに寝入ってしまったらしい。

暖房がありがたかった。ラドリーの連邦刑務所では凍える寒さを味わわされたし、ひとつ前のホテルの部屋は牢屋《ろうや》にも負けない寒さだった。新しいこのアパートメントはぶあつい壁があり、窓があり、長時間の残業をものともしない暖房設備がある。きょう一日の予定がそれなりに完成したと判断できると、マルコは充分に温かいタイルの床にゆっくりと足をおろした。ぬくもりを感じると、新しい住まいを提供してくれたルイージへの感謝があらためてこみあげてくる。

ここでいつまで暮らすのかはまだ決まっていなかった――それをいうなら彼らが用意しているマルコの将来については、決まっていることなどひとつもない。マルコはスイッチを入れて照明をともすと、時計を確かめた――まもなく午前五時。バスルームの照明もつけて、自分の姿を鏡で確かめる。鼻の下と口の両脇《わき》に伸びたひげにも、あごを隠しているひげにも、予想以上に白いものがまじっていた。いや、伸ばしはじめて一週間になるが、育ちかけている山羊《やぎ》ひげはすくなくとも九割までが白く、そこに焦茶色《こげちゃいろ》のひげがわびしく形ばかりまじっているにすぎない。しかし、それがどうしたというのか？　なんといっても五十二歳。ひげも変装の一部だし、見た目はかなり目立つ。細い顔、くぼんだ頬、短く刈りこんだ髪、それになかなか奇抜な長方形のデザイナーズブランドの眼鏡がくわわれば、ボローニャのどこの通りに出てもマルコ・ラッツェーリで通用するだろう。いや、それをいうならミラノでもフィレンツェでも、いま訪れたいと思っているどこの街でも。

一時間後、マルコは外に足を踏みだした。上を見あげれば、三百年前に死んだ労働者たちが建造した柱廊《ポルティコ》が冷え冷えと音もなく屋根となってつづいていた。風は鋭く身を切り裂くような冷たさで、マルコは冬にふさわしい衣類がまだ準備されていないことで、付添役のルイージに苦情を申し立てること、と頭のなかのメモに書きとめた。新聞も読まずテレビも見ないため、天気予報についてもまったく知識がない。しかし、気温がますます低くなっていることは明らかだった。

マルコは急ぎ足でフォンダッツァ通りの低い柱廊《ポルティコ》の下を歩いて、大学方面にむかっていった。ほかに道を歩く人影はない。ポケットに地図はあったが、地図には頼るまいと心に決めていた。いざ道に迷ったら、そのときには地図をとりだして、一時的な敗北にも甘んじよう。しかし、マルコは歩きまわって観察することで、この街の地理を覚えようと誓っていた。三十分後、ようやく太陽が息を吹きかえした兆《きざ》しを見せはじめたころ、マルコは大学地区の北側を通っているイルネリオ通りに足を踏みだした。東に二ブロック行った場所に、〈バー・フォンタナ〉の薄緑のネオンサインが見えた。店の正面の窓からのぞくと、もじゃもじゃのごま塩頭が見えた。ルドルフがもう店にいるのだ。

マルコは習慣から、すぐには店にはいらずに、その場で足をとめたままイルネリオ通りの自分が歩いてきた方角に目をむけた。どこかの暗がりから気配を殺した猟犬さながら、何者かがこっそり忍びでてくるのではないか、と思ったからだ。だれも出てこないことを確かめてから、マルコは店にはいっていった。

「わが友、マルコ」ルドルフが笑顔でそういい、ふたりは挨拶《あいさつ》をかわした。「さあ、すわったすわった」

カフェの席は半分ほど埋まっていた。おなじような大学関係者らしい雰囲気の客ばかりで、だれもがそれぞれの朝刊に顔を埋めて、印刷された文字に没頭していた。マルコはカプチーノを注文し、ルドルフは海泡石のパイプにタバコを詰めなおした。店内のふたりがいる小さな一劃《いっかく》を、心地よい芳香がつつんでいた。

「このあいだの手紙を受けとったよ」ルドルフはテーブルの反対側にむけてパイプの煙を噴きだしながら、そう話した。「留守にしていてすまなかったね。で、そちらはどこに行っていたのかな？」

マルコはどこにも行っていなかった。しかしイタリア人の血を引くカナダ人の気ままな旅行者としては、架空の旅行記をでっちあげなくてはならない。「二、三日ばかりフィレンツェを見てきたよ」

「ああ、じつに美しい街だな」

それからしばらく、ふたりはフィレンツェを話題にした。マルコはフィレンツェの遺跡や芸術や歴史についてとりとめなく話したが、どれもエルマンノから借りた安っぽいガイドブックで仕入れた知識でしかなかった。ガイドブックはもちろんイタリア語で書かれており、こんなふうにルドルフを相手にしてあの街に何週間も滞在したような口ぶりで話せるようになるまでには、辞書を片手に何時間も翻訳に悪戦苦闘しなくてはならなかった。

テーブル席が次第に埋まってきて、あとから来た客がバーカウンターの前にたむろしはじめた。ずいぶん前にルイージから教わったが、ヨーロッパでは先にテーブル席を確保したら、その席は一日じゅう自分のものだという。ほかの客をすわらせるために、あたふた席を立つ者はいない。コーヒー一杯でもいいし、新聞やタバコのたぐいでもあればいい。ほかの客が店に出入りするあいだも、好きなだけテーブル席を占めていられるのだ。

ふたりはそれぞれのお代わりを注文し、ルドルフはまたパイプにタバコを詰めた。このときマルコは初めて、唇に近いあたりの乱れた口ひげがニコチンの色に染まっていることに気がついた。テーブルの上には三種類の新聞があった。それもイタリア語の新聞だった。

「ボローニャには、読むに値する英語の新聞はあるかな？」マルコはたずねた。

「どうしてそんなことを？」

「いや、なんでもない。ただたまに、大西洋の向こう側でなにが起こっているのかを知りたくなることがあって」

「わたしがたまに読むのは、ヘラルド・トリビューン紙だよ。あれを読むと、この国に住んでいてよかったと心底から思えてくるな。犯罪だの交通がらみの問題だの、環境汚染だの政治家のスキャンダルだのから、身を遠ざけておけるからね。アメリカの社会はとことん腐ってる。政府は偽善の最たるものだ——世界でもっとも輝かしき民主主義だと？　よくいうよ！　議会があれだけ金持ち連中に買収されて、いいなりになっているくせに」

ルドルフは本気で唾《つば》を吐き捨てたい顔を見せたかと思うと、いきなりパイプの煙を吸い、軸の部分をがりがりと嚙《か》みはじめた。マルコは息を詰めて、このあとにひとしきりつづくはずのアメリカを罵倒《ばとう》する言葉を待ちうけた。しかし、ひとときがなにもなく過ぎ去り、ふたりはコーヒーのカップに口をつけた。

「わたしはアメリカの政府を憎んでいるんだよ」ルドルフが苦々しくぼやいた。

いいぞ、それでこそ男だ――マルコは思った。「では、カナダについてはどうかな?」

「アメリカよりは高い点をつけられる。といっても、差はほんのわずかだ」

マルコはいかにもほっとした顔をとりつくろってから、話題を変えようと思いたって、つぎはヴェネツィアに行こうと考えている、と口にした。ぜひとも行くべきだ――そういったルドルフはこれまで何回もヴェネツィアに足を運んだ経験をもとに、たくさんのアドバイスをしてくれた。マルコはほんとうにメモをとった――電車に飛び乗る瞬間がいまから待ちきれないという顔で。さらに見るべき都市としてはミラノがある――しかしルドルフは、ミラノにあまり好意的ではなかった。ありとあらゆる〝右翼ファシスト〟の巣窟《そうくつ》だ、というのがその理由だった。

「ほら、ミラノはムッソリーニの権力の中心地だったからね」ルドルフはテーブルに身を乗りだし、低い声でそういった。小男の独裁者の名前を耳にしただけで、〈バー・フォンタナ〉にいるほかの共産主義者たちが暴動を起こしかねないとでも思っているかのような雰囲気だった。

やがてルドルフが、昼までこうして店に腰をすえておしゃべりをしてもいいと思っていることが明らかになると、マルコは店を出る算段をしはじめた。ふたりは来週の月曜日のおなじ時間に、またこの店で顔をあわせる約束をした。

ちらちらと小雪が降りはじめていた。イルネリオ通りの路面に、配達用ヴァンのタイヤの痕《あと》が残るほどの雪だった。ぬくもりに満ちたカフェをあとにしたマルコは、この街に総延長で四十キロ以上にもなる柱廊《ポルティコ》をつくることを定めた古代の都市計画担当者の先見の明に、いまさらながら驚嘆させられた。さらに東に数ブロック進み、インディペンデンツァ通りを南に折れる。この広々とした優雅な通りがつくられたのは一八七〇年代。当時、街の中心部に住んでいた上流階級の面々が、街の北に新しくつくられた鉄道の駅まで徒歩で楽に行けるようにするためだったとか。そのあとマルサラ通りを横断するときに、シャベルで掻《か》いて積みあげてある雪にうっかり足を踏みいれてしまった。溶けかけたシャーベット状の雪が右足に染《し》みこんでくると、マルコは思わず顔をしかめた。

あらためて、衣類の選び方に配慮の足りないルイージが呪《のろ》わしく思えた。雪が降るとわかっているのなら、ブーツのような履き物が必要になることくらい常識でわかりそうなものだ。これをきっかけに、マルコは胸の裡《うち》で延々と弾劾《だんがい》演説をつづけた。いまの自分の隠密《おんみつ》生活を仕切っている総責任者がだれかは知らないが、とにかくその担当者から自分にまわされる予算枠があまりにも貧弱に思えてならなかったからだ。彼らは自分をイタリアのボローニャに落とした。その彼らがマルコを生かしておくという目的のもと、語学レッスンや隠れ家や身のまわりの必需品や、当然のことながら食費などに、かなりの大金を投じていることは教えられずともわかる。マルコにいわせれば、すべては貴重な時間と金の無駄づかいもいいところ。こんなことをするくらいなら、自分をロンドンかシドニーあたりの、だれもが英語をしゃべる都会にこっそり送りこめばいい。そのほうが、もっと簡単に周囲の環境に溶けこめたはずだ。

そこに、いま思い浮かべていた当の男がいきなり横に姿をあらわした。

「こんにちは《ボンジョルノ》」その男——ルイージが挨拶を口にした。

マルコは足をとめて笑みを見せ、握手の手をさしのべた。「おや、こんにちは《ボンジョルノ》、ルイージ。きょうもわたしを尾行していたのかね？」

「まさか。ちょっと散歩をしていたら、道の反対側を歩いていくあなたが見えたのでね。ぼくは雪が好きなんです。あなたはどうです？」

ふたりはふたたび、のんびりしたペースで歩きだした。友人の言葉を信じたい気持ちは山々だったが、こうして顔をあわせたのが偶然だとはマルコには思えなかった。

「雪はいいね。ボローニャの雪となれば、もっとずっといい——ラッシュアワーのワシントンＤＣに降る雪などにくらべたら。それはそれとして、きみは一日じゅういったいなにをしているのかな？　きいてもかまわないか？」

「もちろんです。なんなりとお好きに質問してください」

「きみならそういうと思ったよ。じつをいえば、ふたつほど苦情をいいたい。いや、正確には三つかな」

「そういわれても意外ではないですね。ときにコーヒーは飲みましたか？」

「ああ。でも、まだ飲みたい気分だね」

ルイージはあごをちょっと動かして、すこし先の角にある小さなカフェを示した。ふたりは店内にはいった。テーブル席はすべて埋まっていたので、ふたりは混みあったバーカウンターの前に立って、エスプレッソをちびちびと口に運んだ。

「それで、最初の苦情とは？」ルイージは低い声でたずねた。

マルコはさらに近づいた。いまふたりは、鼻を突きあわせているも同然だった。

「最初のふたつの苦情は、密接に関連しあっていてね。さしあたっては金のことだ。多くは望まないが、ある種の手当のような金をもらいたい。無一文になりたがる人間はいないよ、ルイージ。ポケットにいくばくかの金があって、せせこましく節約が必要ないとわかれば、それだけで気分も明るくなろうというものだ」

「金額は？」

「そういわれても、わたしには見当もつかないな。この手の金額の交渉事など、もうずいぶん長いあいだ経験していないのでね。当面は、一週間に百ユーロではどうだろうか。それなら、新聞や本や雑誌や食べ物を買うこともできる——ほら、基本的な出費だけはね。家賃をアメリカ政府に負担してもらっていることでは感謝しているとも。いや、考えてみれば政府は過去六年間ずっと、わたしの家賃を払ってくれていたわけだな」

「いまもまだ、刑務所にいてもおかしくなかったんですよ」

「教えてくれてうれしいよ。うっかり忘れかけていたからね」

「すいません。口が滑って、ひどいことをいってしまって——」

「いいかね、ルイージ。わたしがここにこうしていられるのも、ひとえに幸運のおかげだ。わかってる。しかし、同時にわたしはいま、完全な特赦を受けた某国の市民でもある。いや、どこの国の市民なのかは判然としないがね。それでも、多少は敬意を払われる権利くらいはあるのではないか。無一文の身にさせられるのもいやだし、金の無心をしなくてはならないのは本意ではない。だから、この場で週に百ユーロを約束してくれ」

「なにができるかを調べてみます」

「ありがとう」

「で、第二の苦情は？」

「多少の金が欲しいといったのは、衣類を買いそろえたいからでもあるんだ。いまこの瞬間も、足が凍えるように冷たくてね。外は雪が降っているのに、雪の日にふさわしい靴がないんだよ。いまより厚手のコートも欲しいし、できればセーターも二枚ほどあればいいと思っていてね」

「ぼくが買ってきます」

「いや、自分で買ってみたい。現金をわたしてくれれば、わたしが店に行って買ってくる。そんなに大それた頼みでもあるまい」

「その方向で努力します」

ふたりはともに十数センチあとずさって離れ、それぞれエスプレッソをひと口飲んだ。

「三番めの苦情とは？」ルイージがたずねた。

「エルマンノのことだ。あの男はこのところとみに熱意をうしなっている。いまはわたしに一日六時間つきあって教えてくれているが、もうすっかり退屈しているよ」

ルイージはもどかしい思いに、ぎょろりと白目を剝《む》きだした。「そんなことをいわれても、指を〝ぱちん〟と鳴らせば語学教師が見つかるわけじゃないんですよ」

「きみが教師になればいい。わたしはきみが好きなんだよ、ルイージ。いっしょに楽しい時間も過ごしたじゃないか。きみだって、エルマンノが退屈な男だとわかっているはずだぞ。あの男はまだ青二才だし、学校にもどりたがっている。きみなら、すばらしい教師になってくれるはずだ」

「ぼくは教師ではありませんよ」

「だったら、頼む、ほかの教師を見つけてくれ。エルマンノは教師仕事をやりたがっていないんだ。それにわたしも、このところ上達にブレーキがかかっているのではないかという気がしてね」

ルイージはすっと目をそむけ、ちょうど店にはいってきて、近くをそそくさと通りすぎていくふたりの初老の男を見つめながらいった。「どのみち、あの男はそろそろ辞める頃合いだと思っていました。あなたがいったように、学校にもどりたがっているんです」

「レッスンはいつまでつづく予定だ？」

ルイージは見当もつかないといいたげに、頭を左右にふった。「それは、ぼくが決めることではありません」

「四つめの苦情もある」

「五つでも六つでも七つでもけっこう。このさいだから、ぜんぶ耳に入れておきます。ええ、そうすれば、そのあと一週間は苦情をきかずに過ごせるかもしれません」

「前にも訴えた苦情だよ。いってみれば、現状が改善されないがゆえに申し立てつづけるしかない苦情だな」

「それは弁護士流の表現ですか？」

「アメリカのテレビドラマの見すぎだぞ。いいか、わたしは本心からロンドンに身柄を移してほしいんだ。あの街には一千万からの人間がいて、全員が英語を話す。ロンドンなら、一日十時間も外国語の勉強をするような時間の無駄もしないですむ。いや、誤解しないでくれ。イタリア語は大好きだよ。勉強をすればするほど、じつに美しい言葉だと思えてきているしね。しかし、考えてもみたまえ——わたしを隠したければ、わたしがひとりで生きていける街に隠すのが筋じゃないか」

「その件については、すでに話を伝えてあります。しかし、ぼくはこの種の決定をくだす立場にないんです」

「わかってる、わかっているとも。それでも、頼むから訴えつづけてくれまいか」

「そろそろ出ましょう」

ふたりでカフェを出て、柱廊《ポルティコ》という屋根のついた歩道を歩いていくあいだ、雪の勢いはますます強くなってきた。りゅうとした服装のビジネスマンたちが、ふたりをせわしなく追い越しては職場にむかっていく。朝早い買い物客も街に出ていた——大半が市場をめざす主婦だった。車道も混みあっていた——小型車やスクーターが市バスを追いぬき、道ばたに積みあげられて溶けかかった雪をかわして走っていく。

「ここではどのくらい雪が降るんだね？」マルコはたずねた。

「ひと冬に数回といったところです。そんなに量は降りませんし、なんといってもこの美しい柱廊《ポルティコ》のおかげで、わたしたちは濡《ぬ》れずにすみます」

「すばらしいね」

「なかには一千年前にまで遡《さかのぼ》る柱廊《ポルティコ》もあります。世界のどんな歴史ある都市を見まわしても、これだけ柱廊《ポルティコ》のある街はありません。ご存じでしたか？」

「いいや。読むものもほとんどないのでね、ルイージ。手もちの金がすこしでもあれば、本を買って、そういう知識も身につけられたのに」

「では、昼食の席までにお金を用意しておきます」

「その昼食はどこで？」

「一時にサンステファノ通りの〈リストランテ・チェザリーナ〉では？」

「断われるわけがあるまい？」

約束の五分前にマルコがレストランに足を踏みいれると、ルイージは店の正面に近いテーブルにひとりの女性をともなってすわっていた。どうやら真剣な雰囲気の会話に、途中で割りこんでしまったらしい。女はあまり気の進まないようすで立ちあがると、形ばかりの握手の手をさしのべた。ルイージが、シニョーラ・フランチェスカ・フェッロと名前を紹介しているあいだも、当人は仏頂面《ぶっちょうづら》を見せているばかりだった。なかなか魅力的な女性だった。年の頃は四十代なかば……ということは、女子大生に見とれる癖のあるルイージの好みからすれば、いささか年上だ。フランチェスカは全身から、洗練に隠された苛立《いらだ》ちの気配を発散していた。マルコはいっそこの女に、こういいたかった――大変恐縮だが、このわたしも昼食に招かれたのでね。

そのあと三人で席に身を落ち着けているとき、マルコは灰皿にすっかり短くなったタバコの吸殻が二本あることに気がついた。見ればルイージの水のグラスも、ほとんど空《から》になっている。どうやらふたりは、すくなくとも二十分前から店にいたようだ。

ルイージが、ことさらゆっくりとしたイタリア語でマルコに話しかけた。

「シニョーラ・フェッロは、語学の教師で、この街の観光ガイドでもあります」

つづいて間《ま》があり、マルコは弱々しい声で「わかった《シ》」とだけ答えた。それから、話題に出た当の女性に笑顔をむける。フランチェスカ・フェッロもまた、つくり笑いを返してきた。早くもマルコに飽きあきした表情を見せていた。

ルイージはイタリア語でこうマルコに話をつづけた。「この人が、あなたの新しいイタリア語の教師です。午前中はエルマンノが、そして午後はシニョーラ・フェッロが授業を担当します」

この発言の内容がすっかり理解できたマルコは、心にもない笑みをフランチェスカにむけながらいった。「大変けっこう《ヴァ・ベーネ》」

「エルマンノは、来週からは大学の授業にもどりたいと考えています」ルイージがいった。

「そうだろうと思ったよ」マルコは英語でいった。

フランチェスカがまたタバコに火をつけ、ふくよかな赤い唇にタバコをきつくはさんだ。それから大きな雲のような煙を吐きだして、こうたずねた。「で、イタリア語はどのくらいできます？」

深みのある、ハスキーといっても過言ではない声だった。何年もの喫煙で声に深みが増したにちがいない。ゆっくりと話した英語には洗練された響きがあり、訛《なまり》はまったくなかった。

「お話にならない程度だよ」マルコは答えた。

「じっさいにはかなりの上達ぶりです」ルイージはいった。ウェイターがミネラルウォーターの瓶をテーブルにおき、三人のそれぞれにメニューを手わたした。フランチェスカの顔がメニューに隠れた。マルコもその流儀にならった。三人がメニュー選びに没頭し、おたがいに無視しあっているあいだ、長い沈黙の時間がつづいた。

やがてメニューをおろして顔を見せたフランチェスカが、マルコに話しかけた。

「イタリア語で注文をするところをきかせてもらえる？」

「いいとも」マルコは答えた。単語を発音しても笑いを誘わないような料理は、すでに見つけてあった。ウェイターがペンを片手にあらわれると、マルコはいった。

「それでは《シ・アローラ》……トマトのサラダと、半人前のラザーニャをもらおう《ヴォーレイ・ウニンサラータ・ディ・ポモドーリ・エ・ウナ・メッツァ・ポルツィオーネ・ディ・ラザーニャ》」

ここでもまたマルコは、スパゲティやラザーニャ、ラヴィオリやピッツァといった、大西洋の両岸で通用する単語があることをありがたく思った。

「わるくないわ《ノン・チェ・マーレ》」フランチェスカはいった。

サラダが運ばれてくると、フランチェスカとルイージはタバコを一時中断した。食べ物が来たことで、三人はぎこちない会話から小休止をとることができた。切実にワインが必要な場面だったが、注文した者はいなかった。

マルコの過去やフランチェスカの現在、そしてルイージの怪しげな仕事などの話題は、どれもこれも立入禁止だった。そこで三人は食事のあいだ、天気を話題にしたあたりさわりのないおしゃべりをつづけた。ありがたいことに、会話はほぼ一貫して英語でおこなわれていた。

エスプレッソを飲みおわると、ルイージが勘定書きを手にとり、三人は足早にレストランから外に出た。その途中、ルイージがフランチェスカの目を盗んで一通の封筒をマルコにむけて滑らせ、小声でこうささやいた。「多少のユーロがはいっています」

「ありがとう《グラーツィエ》」

雪はやんで、空には太陽が顔を出していた。ルイージはマッジョーレ広場でふたりと別れると、たちどころに姿を消した。この男だけに可能なわざだ。残されたふたりはしばらく黙って歩いていた。やがて先に口をひらいたのはフランチェスカだった。

「あなたはなにを見たいの《ケ・コーザ・ヴォーレッペ・ヴェデーレ》？」

マルコはまだ、この街随一の大聖堂であるサン・ペトロニオ教会に足を踏みいれたことがなかった。ふたりはこの教会正面の左右に大きく広がった階段の前まで歩き、そこで足をとめた。

「ここは美しくもあるけれど、同時に悲しい場所でもあるのよ」フランチェスカは英語でいった。このとき初めて、言葉にイギリス英語のアクセントがまじった。「最初、市の評議会はここに大聖堂ではなく、市民のための礼拝堂を建設しようとしたの――ローマ教皇にまっこうから対立する行為ね。当初の設計では、もっとずっと大規模な建物になるはずだったわ。それこそサン・ピエトロ大聖堂をもしのぐような建物にね。でも、やがて建設計画は先細りになった。ローマが建設に反対して、資金をほかに流用させたから。その一部が大学創設につかわれたのね」

「建てられたのはいつなんだね？」マルコはたずねた。

「いまの質問をイタリア語でいってみて？」

「無理だよ」

「だったら、よくきいて。『クアンド・エ・スタータ・コストルイータ？』いい？じゃ、こんどはあなたが真似《まね》していってみて」

フランチェスカが満足するまで、マルコはおなじ言葉を四回もくりかえさなくてはならなかった。

「語学を身につけるには、教科書だのテープだのに頼っていてはだめというのが、わたしの信条よ」あいかわらずふたりで壮大な大聖堂を見あげながら、フランチェスカはいった。「なにが頼りになるかといえば、まず会話。そのあともひたすら会話をすること。外国語を話せるようになるためには、とにかく外国語を話さなくてはならない。なんどもなんども、いやというほどくりかえすの——子どものころみたいに」

「きみは英語をどこで習ったんだ?」マルコはたずねた。

「それには答えられないわ。過去についてはいっさい話してはならないと命令されているの。あなたの過去も話題にするな、とね」

ほんの一瞬だったが、マルコはこの場で回れ右をして立ち去りたい心境になった。話せない話題がある人物にも、質問をかわす人物にも、世界じゅういたるところにスパイがうようよいるかのようにふるまう人物にも、心底うんざりしていた。その手のゲームにはもう飽きあきだ。

わたしは自由な人間だ——マルコはそう自分にいいきかせた。どこに行こうと勝手、気のむくままにどんな決断をくだそうとかまわないはず。ルイージとエルマンノが煙たくなり、シニョーラ・フェッロのこともうとましくなったら、三人が顔をそろえているときに——イタリア語で——パニーニをのどに詰まらせて死んでしまえ、と毒づいてやることもできる。

「建設がはじまったのは一三九〇年。そのあと百年ばかり、すべては順調に進んだわ」フランチェスカはいった。大聖堂正面の壁の下三分の一は薄紅色の美しい大理石張りだったが、そこからいちばん上までの三分の二を占める部分は、見苦しい煉瓦《れんが》が積み重ねられたまま、表面に大理石も張られていなかった。「でも、そのあとが苦難つづきだったのね。見ればわかるとおり、結局、正面の外壁が完成することはなかったわ」

「これといって美しい教会じゃないな」

「たしかに。でも、じつに魅力的なところよ。建物のなかを見たくはない？」

これから三時間、いったいほかになにをして時間をつぶせばいいというのか。マルコは返事をした。「もちろん《チエルタメンテ》」

ふたりは階段をあがっていき、正面の扉の前で足をとめた。フランチェスカが案内板に目をとめて、こういった。「教えて《ミディカ》。この教会が扉を閉めるのは何時？」

マルコはぎゅっと眉《まゆ》を寄せて頭を回転させ、なんどか頭のなかでリハーサルをおこなったのちに答えた。「教会の扉が閉まるのは六時だ《ラ・キエーザ・キューデ・アッレ・セイ》」

「もう一回《リペータ》」

三回くりかえしてようやく、フランチェスカからもうやめてもいいというお許しが出た。それからふたりは大聖堂にはいっていった。

「ここはボローニャの街の守護聖人の聖ペトロニオを讃《たた》える意味で、サン・ペトロニオ教会と名づけられたのよ」フランチェスカは静かな声でいった。大聖堂の内陣は、左右両側に大観衆のいるなかでホッケーの試合をおこなえるほどの面積があった。

「たいした広さだな」マルコは畏敬《いけい》の念を感じていた。

「ええ。でも、これだって当初の設計の四分の一しかないのよ。くりかえしになるけど、ローマ教皇が不安に駆られて、圧力をかけてきたせいね。ここの建設に、街は大変なお金を注ぎこんだ。そのうち街の人々が、教会の建設に飽きてしまったの」

「そうだとしても、見事な建物に変わりはないさ」マルコはふたりが英語で話していることに気がついた。そのことに文句はなかった。

「見学ツアーはゆっくりコースとお急ぎコースのどちらがお好み？」フランチェスカがたずねてきた。大聖堂の内部は外にも負けないほど肌寒かったが、シニョーラ・フエッロの氷がわずかに溶けかかっているよう感じられた。

「教師はきみだから、きみが決めるといい」マルコはいった。

ふたりは内陣を左に歩いていき、日本人観光客の団体が広大な大理石づくりの地下納骨堂について学びおえるのを待った。大聖堂にいるのは、この日本人の団体だけだった。二月の金曜日。とうてい観光シーズンのピークとはいえない。この日の午後も遅くなってから教えられたことだが、フランチェスカの観光ガイドとしての仕事は、冬期には開店休業状態になるらしい。フランチェスカがみずから洩《も》らした個人的な話は、このわずかな情報の断片だけだった。

ガイドとしての仕事が暇だったせいだろう、フランチェスカにはサン・ペトロニオ大聖堂を駆け足で見てまわるつもりはなかった。ふたりはぜんぶで二十二におよぶ付属礼拝堂を見学し、絵画や彫刻やステンドグラスやフレスコ画のほとんどを見てまわった。付属礼拝堂は何世紀もの歳月のあいだ、記念の芸術品のために教会に気前よく寄進をしたボローニャの裕福な市民たちによってつくられていた。その建築の歴史は、すなわちボローニャの歴史でもあり、フランチェスカの知識は細部にまでわたっていた。さらにフランチェスカは、祭壇に誇らしげに飾られている聖ペトロニウスその人の、保存状態も良好な頭蓋骨《ずがいこつ》や、大学でガリレオ・ガリレイから直接教えを受けていたふたりの科学者が一六五五年に考案した、暦の役割をも果たしている日光を利用した時計などをマルコに見せた。

あまりにも複雑精妙な絵画や彫刻に退屈をおぼえたときもあったし、名前や年号の洪水に押し流されもしたが、マルコはこの巨大な建築の内部を遅々とした歩みで進む見学ツアーに果敢につきしたがった。フランチェスカの声にすっかり魅了されていたからだ——深みのある響きをそなえた、ゆっくりと明瞭《めいりょう》な発音の、非の打ちどころなく洗練されたその英語の声に。

ふたりが正面の扉に引き返してきたときには、日本人の団体はもうとっくに大聖堂から引きあげていた。フランチェスカはいった。「どう、堪能《たんのう》した？」

「もちろん」

ふたりで肩をならべて外に出るなり、フランチェスカはタバコに火をつけた。

「コーヒーでも飲まないかね？」マルコはいった。

「ちょうどいい店を知ってるわ」

マルコはフランチェスカのあとから通りをわたって、クラヴァトゥーレ通りにはいった。そこからすこし歩いて、ふたりは〈ローザ・ローゼ〉という店に飛びこんだ。

「ここの広場界隈《かいわい》では、いちばんおいしいカプチーノが飲めるのよ」

バーカウンターで注文しながら、フランチェスカはそう請けあった。マルコは、イタリアでは午前十時半以降のカプチーノが禁じられている件を問いただそうとして、結局やりすごした。注文の品を待つあいだ、フランチェスカは慎重な手つきで革の手袋とスカーフをとりさり、コートを脱いだ。

「もうひとりの語学教師がつかっている教材のコピーをもらったわ」フランチェスカはいいながら、タバコに手を伸ばした。

「エルマンノのことだね」

「名前は関係ない。どうせ知らない人だし。で、ひとつ提案があるの——毎日の午後の授業では、あなたが午前中に学んだことを土台にして、実践的な会話を練習したらどうかしら？」

どんな内容であれ、フランチェスカの提案に異をとなえられる立場ではない。マルコは肩をすくめて、「いいとも」と答えた。

フランチェスカはタバコに火をつけて、カプチーノをひと口飲んだ。

「ルイージからは、わたしのことをどうきいているんだ？」マルコはたずねた。

「たいした話はきいてないわ。あなたがカナダ人で、現在は長期間の休暇でイタリア各地を旅行中、そのあいだにイタリア語を身につけたいと思っている、という程度。そのとおりなの？」

「つまり、わたしの一身上のことを質問しているのかな？」

「まさか。わたしがきいた話が事実どおりなのかを質問しているだけ」

「事実どおりだよ」

「その手のことを心配するのは、わたしの仕事ではないし」

「心配してくれと頼んだ覚えはないな」

マルコの目にこの女性は、証人席にすわった禁欲的な証人に見えた——陪審の前でも傲然《ごうぜん》とした態度で椅子《いす》に腰かけたまま、矢弾《やだま》のごとき反対尋問をどれだけ浴びせられようと、自分が折れたり崩れたりすることはぜったいにないと信じて疑わない証人。ヨーロッパの女性に絶大な人気を誇っているこの超然とした仏頂面《ぶっちょうづら》を、フランチェスカは完璧《かんぺき》にマスターしていた。いまもフランチェスカはタバコを顔の近くにかかげたまま、歩道のありとあらゆるものに目をむけていながら、そのじつなにひとつ見てはいなかった。

中身のない空疎《くうそ》なおしゃべりは、この女性の得意とするところではない。

「結婚はしているのかな?」マルコは、反対尋問の開始をそれとなくにおわせた。

苦々しい声、嘘《うそ》くさい笑み。「わたしもまた命令されているのよ、ミスター・ラッツェーリ」

「わたしのことはマルコと呼んでくれ。で、わたしはきみをどう呼べばいい?」

「シニョーラ・フェッロと呼んでちょうだい」

「しかし、きみはわたしより十歳も年下じゃないか」

「ここはそのくらい折り目正しい土地柄なのよ、ミスター・ラッツェーリ」

「そのようだね」

フランチェスカはタバコを揉《も》み消すと、カプチーノをまたひと口飲んで本題にかかった。「きょうは授業はお休み。英語を話すのも、これっきりよ。あしたのレッスンからは、イタリア語以外は口にしないから、そのつもりで」

「けっこう。しかし、ひとつだけ頭に入れておいてほしいことがある。きみはわたしに親切や施しをしている身ではない。そうだな？　きみは給料をもらっている。これはきみにとって仕事だ。そしてわたしは、時間がありあまっているカナダ人。どうしてもきみとそりがあわなければ、わたしはほかの教師をさがすまでだ」

「あら、わたしがなにか気にさわることをした？」

「笑顔をそんなに出し惜しみしなくてもいいじゃないか」

フランチェスカがかすかにうなずくと同時に、その両目がうるみはじめた。さっと顔をそむけて窓の外に視線を投げながら、フランチェスカはいった。「だって、笑いたくなるようなことなんて、いまのわたしにはないも同然なんだもの」

16

リッツォーリ通りぞいの商店の日曜日の開店時間は午前十時。その開店を待ちがてら、マルコはショーウィンドウにならぶ品をながめていた。ポケットには、もらったばかりの五百ユーロ。マルコは唾《つば》をごくりと飲みこみ、とにもかくにも店にはいって、イタリア語での最初の買い物を経験しなくてはならない、とおのれにいいきかせた。ゆうべは眠りに落ちるまで、単語やフレーズを頭に叩《たた》きこんだ。しかし、いざ店にはいってドアが背後で閉まったそのときには、できれば親切な若い店員が出てきて、完《かん》璧《ぺき》な英語をしゃべってくれたらいいのにと願わずにはいられなかった。

英語は一語も出てこなかった。店にいたのは、愛想のいい笑顔をたたえた年配の紳士だった。それから十五分、マルコは商品を指さし、たどたどしい言葉を口にし、ときにはサイズや値段にからむ質問をそつなくこなしたりもした。結局はそれほど高価でなく若々しい雰囲気のハイキングブーツを二足——天気のわるい日などに大学周辺で履いている人をよく見かけるタイプの品——と、つかわないときは丸めて襟に収納できるフードのついた黒い防水パーカを買い求めて、店をあとにした。それでもポケットには、まだ三百ユーロ近くが残っていた。すこしずつであっても金を貯めていくことが、いまの新たな優先課題だった。

それから急ぎアパートメントに引き返してブーツとパーカという服装に着替え、ふたたび出発した。三十分もあれば行けるボローニャ中央駅まで一時間近くもかかったのは、わざとジグザグのルートをつかったり遠まわりをしたりしたからだ。うしろをふりかえることはせず、カフェに飛びこんで行きかう人の姿を観察したり、いきなりペストリー屋で足をとめて、おいしい食べ物を楽しみながらガラスに映りこんだ人々の姿を目で確かめたりした。尾行されているとしたら、自分が疑念を抱いていることを尾行者たちに知られたくはない。習慣は重要だ。これまでにもルイージはくりかえし、自分はいずれいなくなる、そうなったらマルコ・ラッツェーリは世界にたったひとりで残されることになる、と話しているではないか。

問題は……ルイージをどこまで信用できるのか、という点だ。マルコ・ラッツェーリとジョエル・バックマンの両者ともに、だれのことも信用していなかった。

鉄道の駅に足を踏みいれて雑踏を目にし、壁の上にかかげられた列車の発着時刻表に目を走らせ、目を皿にして必死に切符売場をさがした瞬間ばかりは、一気に不安がこみあげてきた。これまでの習慣から、つい目がどんなものであれ英語の表示をさがしていた。しかし、恐怖をわきに押しのけるすべが身につきはじめてもいた。順番待ちの列にならび、いざ売場の窓口がひらいたときにはすぐ歩みよって、ガラスの向こう側にいた小柄な女性に笑みをむけながら、「こんにちは《ボンジョルノ》」と愛想よく挨拶《あいさつ》し、「ミラノまで行きたい《ヴァド・ア・ミラノ》」と告げた。

係の女性は、その言葉がおわらないうちからうなずいていた。

「十三時二十分の列車だ《アッレ・トレディチ・エ・ヴェンティ》」マルコはいった。

「はい《シ》。五十ユーロ《チンクアンタ・ユーロ》です」

マルコは百ユーロ紙幣をさしだした。小銭が欲しかったからだ。そのあと切符を握りしめて窓口を離れるときは、よくやった自分を褒めてやりたい気分だった。出発時刻まで、まだ一時間ある。いったん駅を離れてボルドリーニ通りを二ブロック南下すると、カフェがあった。パニーニとビールを注文し、両者を楽しみながら道行く人々に目をむけていたが、関心をむけるべき人物がいるとは思っていなかった。

ユーロスター・イタリアは定刻どおりに到着した。マルコは、乗車を急ぐ人波につづいた。ヨーロッパで列車に乗るのはこれが初めてで、その作法のすべてを心得ていたわけではない。昼食をとりがてら切符を仔細《しさい》に調べたが、座席指定に関係する表示はどこにもなかった。見たところ座席は決まっているわけではなく、どこでも好きにすわってかまわないようだったので、マルコはとりあえずいちばん先に目についた窓ぎわの空席についた。列車が午後一時二十分きっかりに動きはじめたとき、マルコの乗った車輛《しゃりょう》の座席は半分しか埋まっていなかった。

列車はたちまちボローニャ市街をあとにした。窓の外を田園地帯の風景が飛ぶように過ぎ去っていく。線路は、ミラノからパルマ、ボローニャ、アンコーナ、さらにはイタリアの東海岸全域を結ぶ主要幹線道路のM四線に沿ってつづいていた。三十分もすると、マルコは外の景色に飽きてきた――時速百六十キロで突っ走る列車からは、およそ風景を楽しむのは不可能だ。なにもかもぼやけて見えるし、きれいな風景もまばたきする間に通りすぎてしまう。おまけに線路ぞいには、たくさんの工場がひしめいていた。輸送ルートに近いためだろう。

すこしでも窓の外の景色に興味をもっている客が、この車輛に自分しかいない理由はほどなくわかった。三十代以上に見える客はだれもが新聞か雑誌に没頭して、心底からくつろいでいるようすを見せているばかりか、はては退屈しているようでさえあった。それよりも若い客はみんなぐっすりと眠りこんでいる。しばらくすると、マルコも船をこぎはじめた。

しばらくして車掌に揺り起こされた。車掌はなにかいっていたが、イタリア語がまったく理解できなかった。二回めか三回めにようやく、〝切符《ビグリエット》〟という単語をききとることができて、マルコは急いで切符を車掌に手わたした。車掌は、つぎの鉄橋にさしかかったらマルコを列車から投げ落とそうと思っているかのような渋面で切符をにらんでいたが、唐突にパンチで切符に検札のしるしの穴をあけ、盛大に歯を見せる満面の笑みとともにマルコに返してきた。

一時間後、天井のスピーカーから早口の言葉が流れでてきた。ミラノがどうのこうのと話している。同時に車窓の風景ががらりと変わった。列車が無秩序に広がる都会に包みこまれて速度を落としはじめ、いったん停車したのち、また動きはじめた。そののち列車は、戦後につくられたビルが隙間《すきま》なく立ちならぶ市街地を何ブロックも通り抜け、ブロックとブロックをへだてる大通りを何本も横断した。エルマンノからもらったガイドブックには、人口約四百万を数えるこのミラノはイタリア北部の非公式的な首都であり、この国の経済とファッションと出版、それに工業の一大中心地だと書いてあった。勤勉な労働者をかかえる工業都市とはいえ、もちろん市の中心部は美しく、足を運ぶ価値のある大聖堂もあった。

並行して走る線路の数が増え、それが扇の形に広がりはじめたかと思うと、列車はミラノ中央駅の広大な操車場にはいって、やがて駅舎の巨大な丸天井の下で停止した。プラットホームに降り立ったマルコは、この駅の規模の大きさに目をみはった。プラットホームを歩きながら数えたところでは、すくなくともほかに十二条の線路が完全に平行に伸びていたし、その大半に列車がとまっていて、客が乗ってくるのを辛抱強く待っていた。プラットホームの端で足をとめたマルコは、出発する人と到着した人をあわせて数千の人々がごったがえすなかにたたずみ、出発する列車の終点を確かめていった。シュトゥットガルト、ローマやフィレンツェ、マドリード、パリ、ベルリン、そしてジュネーブ。

ヨーロッパのすべてが手のとどくところに、わずか数時間の距離にある。

マルコは案内表示をたどって中央口から外に出ると、タクシー乗り場を見つけて列にならび、ほどなく小型の白いルノーの後部座席に飛び乗っていた。

「マルペンサ空港《アエロポルト・マルペンサ》」マルコが運転手にいうと、タクシーはミラノのかなり渋滞している通りをのろのろ走って、やがて市街地の周縁部に出た。二十分後、タクシーは高速道路《アウトストラーダ》を降りて空港にむかった。

「航空会社はどちらですか《クワーレ・コンパニーア・アエーレア》？」運転手が顔だけうしろにむけてたずねてきた。

「ルフトハンザ」マルコは答えた。タクシーが第二ターミナル前で歩道ぎわにスペースを見つけて停車し、ここでも五十ユーロの出費を強いられた。自動ドアがあいたとたん大群衆の光景が目に飛びこんできて、飛行機に乗らなくてはいけない身ではないことがありがたく思えた。出発便案内に目を通すと、目ざすものが見つかった――ワシントンのダレス空港への直行便。ターミナルをぐるりとまわるうちに、ルフトハンザのチェックイン・カウンターが見つかった。長い順番待ちの行列ができてはいたが、典型的なドイツ流の効率のいいスタッフがてきぱきと仕事をさばいていた。

最初の候補者は、二十五歳ほどに見える魅力的な赤毛の女だった。見たところ、ひとり旅らしい。できれば、ひとり旅の者が好ましかった。同行者がいれば、空港で見知らぬ男に近づかれ、いささか奇妙な頼みごとをされた件を話題にしたくなるかもしれない。赤毛の女は、ビジネスクラスの行列の前から二番めにいた。女をじっと観察しているあいだに、二番めの候補者が見つかった。上も下もデニムの大学生風の若者だ。長く伸ばしたぼさぼさの髪、無精ひげに覆《おお》われた顔、つかいこんでくたびれたバックパック、トレド大学のロゴ入りトレーナー――完璧だ。男は列のかなりうしろにならび、鮮やかな黄色いヘッドフォンで音楽をきいていた。

赤毛の女が搭乗券を手に、キャリーバッグを引いてカウンターを離れると、マルコは女のあとを追った。出発まではまだ二時間ある。赤毛の女は人ごみにまじってゆっくり歩き、免税店にはいっていくと、足をとめてスイス時計の最新モデルを検分しはじめた。やがて買うべき品がないとわかったのか、女は新聞や雑誌のコーナーに近づいて、ファッション雑誌を二冊買った。そのあと女が出発ゲートにむかって歩きだし、最初のチェックポイントに近づいたところをみはからって、マルコは大きく息を吸っておのれに気合いを入れ、ついに動きはじめた。

「すいません、お嬢さん、すいません」と、女に声をかける。

女はしかたなく足をとめてふりかえったが、警戒しているのだろう、なにもいわなかった。

「もしや、これからダレス空港にいらっしゃるんですか？」マルコは満面の笑みを見せながら、はあはあと息を切らす芝居を打った——いかにも全力疾走して、いま追いついたばかりだというように。

「そうですけど」女は無愛想にいった。笑みはゼロ。さすがはアメリカ人だ。

「じつは、わたしもダレスに行くはずだったんですが、あいにくパスポートをついさっき盗まれてしまいました。いつ帰国できるかもわかりません」そういいながら、マルコはポケットから封筒を抜きだした。「これは父あてのバースデイ・カードなんです。ダレスに到着したら、郵便ポストに投函《とうかん》してもらえませんか？　父の誕生日はつぎの火曜で、とてもじゃないが間にあうように帰国できそうにない。どうかお願いします」

　女は疑いの目つきで、マルコと封筒を交互に見ていた。ただのバースデイ・カードだ——爆弾でも銃でもない。

　ついでマルコはポケットから、べつの品をとりだした。「まことに恐縮ですが、切手を貼《は》っていないんです。ここに一ユーロあります。おいやでなかったら……どうかお願いします」

　女の表情がようやくわずかにやわらぎ、笑みらしきものが浮かんだ。

「わかりました」女はいいながら封筒とユーロ紙幣の両方を手にとって、ハンドバッグにおさめた。

「ああ、ありがとう、ほんとうに恩に着ます」マルコはいまにも大声で泣きだしそうな顔でいった。「父の九十歳の誕生日なんです。ほんとうにありがとう」

「いえ、たいしたことじゃありませんから」女はいった。

　黄色いヘッドフォンの若者の場合は、そう簡単にはいかなかった。若者もまたアメリカ人だったし、パスポート盗難の話には同情してくれた。しかしマルコが封筒を手に押しつけようとすると、若者は自分たちが犯罪に手を染めようとしていると思っているのか、警戒の表情で周囲をこそこそとうかがいはじめた。

「まずいんじゃないかな」若者はいいながら、一歩あとずさった。「やっぱまずいと思うよ」

マルコには、これ以上ごり押ししないほうがいいと判断する知恵があった。マルコもあとずさって若者から離れながら、精いっぱいの皮肉をこめた声でこういった。

「では、快適な空の旅を祈っているよ」

ペンシルヴェニア州ヨーク在住のミセス・ルビー・オーズベリーは、さいごにチェックインした一団のひとりだった。四十年にわたってハイスクールで生徒に歴史を教えていたが、いまは退職年金をつかって、これまで教科書でしか知らない世界各地を訪ね歩くことで大いに楽しんでいた。三週間かけてトルコのほぼ全域を見てまわる冒険をおえ、旅行は最終段階にさしかかっている。ミラノに来たのは、イスタンブール発の連絡便からワシントン行きに乗りつぐためだけ。そこに鄭重《ていちょう》な物腰の紳士が困りはてたような笑みをのぞかせながら近づいてきて、パスポートをついさっき盗まれてしまった……と事情を説明しはじめた。このままでは、父親の九十歳の誕生日に帰国が間にあいそうもないとか。ミセス・オーズベリーはこころよくカードの封筒を受けとって、バッグにしまった。そのあとセキュリティチェックを通過し、四百メートルほど歩いて出発ゲートにたどりつくと、ソファに空席を見つけて、そこを自分の巣にした。

その背後、五メートルも離れていないところでは、赤毛の女が最終的な決断に達していた。やっぱりこれは、例の手紙爆弾にちがいない。爆薬がはいっているほど厚くないのは確かだけど……でも、そう断言できる知識がわたしにある？　窓ぎわにごみ箱があった——なめらかな形のクロームめっきの金属容器で、最上部にもクロームめっきがほどこされている（なんといっても、ここはデザインの街ミラノなのだ）。赤毛の女はさりげない足どりで近づくと、預かった手紙をごみ箱に捨てた。

でも、あそこで爆発したらどうなってしまうの？　ふたたび腰をおろしながら、女は思った。そんな心配をしてももう遅い。もう一回ごみ箱に近づいて中身を漁《あさ》るなんてまっぴらだ。かりにごみ箱を漁って手紙を抜きだしたとして、それをどうしろと？制服を着ている人をさがし、いま自分が手紙爆弾をもっているのかもしれないなどと、苦労しながら英語で説明するのか？　そんなこと無理よ——女はそうひとりごちると、キャリーバッグを引っぱりながら、ごみ箱からできるかぎり距離をとるため、ゲートの反対側に移動した。それでも、ごみ箱から目を離せなかった。

女の頭のなかで陰謀がどんどん膨らんでいった。搭乗手続が開始されると、女はまっさきにボーイング七四七型機に乗りこんだ。シャンペンを一杯飲むと、ようやく人心地がついた。ボルティモアの自宅に帰ったら、すぐテレビのスイッチを入れてCNNのニュース番組を見るつもりだった。ミラノのマルペンサ空港で爆発事件があり、多数の死傷者が出たというニュースが流れるにちがいないと確信していたのだ。

マルコはタクシーでミラノ中央駅に引き返した。今回の運賃は四十五ユーロだったが、この件を運転手に問いただすことはしなかった。そんな手間をかけてどうする？ボローニャに帰る列車の運賃は、往路とおなじ五十ユーロ。買い物と旅行の一日を過ごした結果、所持金は約百ユーロに減った。もともとわずかしかない現金の蓄えは、たちまち減ってきていた。

ボローニャの駅に近づいて列車が速度を落としはじめたときには、すでに空が暗くなりかけていた。プラットホームに降りたマルコは、はた目には珍しくもない倦《う》みつかれた旅行者でしかなかったが、きょう一日で多くを達成したことへの誇りの気持ちで胸がはちきれんばかりだった。衣類を買い、列車の切符を買い、ミラノの鉄道駅と空港という大混雑の場をうまく切り抜け、タクシーに二回も乗り、人に手紙を託した。自分が何者か、いまどこにいるのかを他人にまったく知られないまま、かなり充実した一日を過ごしたといえる。

しかも、パスポートをはじめとする身分証明書類の提示を求められたことは一回もなかった。

ルイージは、マルコとはちがう列車に乗っていた。十一時四十五分発の急行ミラノ行き。しかし降りたのはパルマで、すぐ雑踏にまぎれこんだ。それからタクシーに乗り、待ちあわせ場所に決めた、駅からも遠くない贔屓《ひいき》のカフェにおもむく。結局、ホイッティカーが来るまで一時間近く待たされることになった。この上司がミラノで列車に乗り遅れ、つぎの列車に乗ってきたからだ。いつもの例に洩《も》れず、ホイッティカーは不機嫌だったが、土曜日に会合を入れられたせいでさらに不機嫌になっていた。ふたりは急いで注文をすませた。ウェイターが離れていくと、ホイッティカーがまず口をひらいた。

「例の女がどうにも気にくわないな」

「フランチェスカですか？」

「そう。あの観光ガイドだよ。あの女をつかうのは今回が初めてだったな？」

「そうです。落ち着いてください。フランチェスカなら心配ありません。あの女は、なにも知らないんですから」

「見た目はどうだ？」

「〝まずまずの美人〟です」

「〝まずまずの美人〟というのは漠然としすぎているぞ。年齢は」

「その質問はしたことがありません。まあ、四十五歳というところでしょうか」

「結婚は？」

「夫はいますが、子どもはいません。結婚相手は年上で、いまはかなり健康を害しています。はっきりいえば、死にかけている状態です」

いつものようにホイッティカーはメモをとっていた。つぎになにを質問しようかと考えている顔を見せてから、「死にかけている？　なぜ死にかけている？」

「癌《がん》だと思います。あまり多くは質問しなかったので」

「だとしたら、もっといろいろ穿鑿《せんさく》しておく必要があるかもしれないな」

「といっても、フランチェスカがある種の事柄については口が重くなることも考えられますのでね——年齢や、死の床にある夫についての話題となると」

「どこであの女を見つけた？」

「手こずりましたよ。タクシーの運転手とちがって、語学教師は客待ちの行列なんかつくってませんから。友人の推薦です。あちこち問いあわせしましてね。ボローニャの街での評判は上々でしたし、なによりスケジュールが空いていたんです。だいたい、毎日三時間も生徒といっしょに過ごしてもかまわないという語学教師を見つけるのが、どだい不可能な話ですし」

「毎日？」

「週末以外はほとんど毎日です。フランチェスカは、これから約ひと月のあいだ、毎日午後に授業をするという条件に合意してくれました。観光ガイドの仕事がちょうどひまな時期なんです。もしかしたら週に一回か二回はそっちの仕事があるかもしれませんが、こちらの仕事を優先させるといってくれました。安心してください、優秀な女性です」

「報酬は？」

「週に二百ユーロ。とりあえず、春の観光シーズンがはじまるまでです」

ホイッティカーは、それだけの金が自分の給料から天引きされるとでもいいたげに大仰に目を剝《む》き、ひとりごとのような口調でいった。「マルコは金食い虫だな」

「そのマルコがこんな提案をしてきましたよ。オーストラリアなりニュージーランドなり、自分が語学で苦労する必要のない土地に行かせろ、と」

「配置がえを望んでいるのか？」

「ええ。ぼくも名案だと思います。あんな男は、さっさとほかの土地に厄介払いしましょう」

「それを決めるのはわれわれではない。ちがうか？」

「ええ、たしかに」

サラダが運ばれてくると、ふたりはひとしきり黙りこんだ。つぎに口をひらいたのはホイッティカーだった。「どうにも、あの女が気にいらないんだ。今後もほかの人材をさがしつづけたまえ」

「ほかに調達できる人材はいません。なにを恐れているんです？」

「マルコには、女がらみの前科がある。恋愛関係が生まれる可能性は決して無視できん。フランチェスカという女が、ことを紛糾させる原因になってもおかしくはないんだ」

「いちおう警告はしておきました。それにフランチェスカは金を必要としています」

「貧乏なのか？」

「これは印象ですが、かなり切りつめる必要に迫られているようですね。観光客が減るシーズンで、しかも夫が働いていないとあれば」

ホイッティカーは、いいニュースをきいたとでもいうように、笑みをたたえかけた。ついで大きな櫛《くし》形のトマトをひとつ口に押しこめて嚙《か》みながら、こっそりトラットリアの店内に目を走らせ、声をひそめた英語での会話を盗みぎきしている者がいるかどうかを確かめる。トマトを飲みこんでから、ホイッティカーは口をひらいた。「よし、電子メールの件だ。昔のマルコはコンピュータをつかいこなす男ではなかった。絶頂期のあの男の武器はもっぱら電話だった——オフィスに四台も五台も電話があったほか、車には二台の電話、そしてポケットには携帯。いつも、二本か三本の電話を同時にうまくさばいていた男だ。新しい依頼人からとなったら、電話に出るだけでも五百ドルを請求すると自慢たらしく話していたよ。その手の法螺《ほら》話をね。コンピュータをつかったことはない。下で働いていた者がいうには、おりおりに電子メールを読むことはあったらしい。ただし、自分から他人にメールを送ることはめったになかったし、送るにしてもつねに秘書にやらせていたそうだ。オフィスはハイテクマシン満載だったが、その手の縁の下の仕事はスタッフに押しつけていたわけだ。自分くらい大物になると、そんなつまらぬ仕事などしていられない、とね」

「刑務所では？」

「電子メールを利用していた痕跡《こんせき》はない。ノートパソコンをもってはいたが、これは手紙を書くためで、メールはつかわなかった。あの男が塀の内側に転げ落ちたとたん、まわりの人間はいっせいに見すてたみたいだ。手紙といっても、おりおりに母親と息子に書くだけで、それだっていつもふつうの郵便をつかっていたよ」

「話だけきくと、コンピュータにはまったくの素人《しろうと》のようですね」

「話だけはね。しかしラングリーの本部は、あの男が外部の人間にコンタクトをこころみるのではないかと恐れている。とはいっても、当面は電話でだれかに連絡をとるのは不可能だ。相手からの連絡につかえる住所もないとなれば、郵便をつかう可能性も除外してかまわんだろうし」

「手紙を出すような馬鹿《ばか》な真似《まね》をしますかね」ルイージは答えた。「そんなことをすれば、自分から所在を明かすようなものです」

「たしかに。おなじことは、電話とファックスにもいえる——ただし、電子メールとなると話が変わるな」

「メールの送信元なら割りだせますよ」

「たいていは割りだせる。しかし、抜け道もないではない」

「あの男にはコンピュータもなければ、それを買う金もないんです」

「わかっているとも。しかし——あくまでも理論上の話だが——あの男がこっそりインターネット・カフェに行って、メールの送受信が暗号化されるアカウントをとり、そこからだれかにメールを送ったのち、履歴をきれいさっぱり削除して、わずかばかりの利用料金を払い、そしらぬ顔で店をあとにしてきてもおかしくあるまい？」

「たしかに。しかしそのために、だれかがあの男にやり方を教える必要があります」

「独学だってできるだろうが。参考書をさがせばいいだけだ。可能性としては低いが、完全にゼロではないぞ」

「アパートメントは毎日調べてます」ルイージはいった。「隅から隅まで、しらみつぶしに。本を買ったりレシートを部屋に残したりすれば、かならずわかりますよ」

「近くのインターネット・カフェにも目を光らせろ。ボローニャ市内には数軒の店ができているぞ」

「ええ、知ってます」

「いまマルコはどこに？」

「わかりません。きょうは土曜日、授業は休みです。となればボローニャの街をあちこち散歩して、自由を謳歌《おうか》しているといったところでしょう」

「あの男はいまもまだ怯《おび》えているんだな？」

「恐怖で足がすくんでますよ」

ミセス・ルビー・オーズベリーは効き目の穏やかな睡眠誘導剤を飲んだこともあって、ミラノからダレス国際空港への八時間のうち、六時間を眠ってすごしていた。着陸前に出された生ぬるいコーヒーをいちおう飲んだが、これも頭に張った蜘蛛《くも》の巣を払う助けにはならず、七四七型機が地上走行でゲートにむかうあいだに、またうたた寝をしてしまった。そのあと、エプロンを歩いて家畜運搬用のトラック同然のシャトルバスに乗りこむように急き立《せ》てられるあいだは、例のバースデイ・カードのことをすっかり忘れていたし、バスでメインターミナルに運ばれているあいだも思い出さなかった。機内に預けた手荷物が出てくるのを大混雑のなかで待っているあいだも、重い足を引きずって税関を通りぬけるあいだも思い出さなかった。到着出口で出迎えにきてくれた最愛の孫娘の姿を目にしたときにも、思い出すことはなかった。

ようやく手紙のことを思い出したのは、無事にペンシルヴェニア州ヨークの自宅に帰りついて、土産の品を出そうとショルダーバッグのなかをかきまわしたときだった。

「あら、うっかりしてた」キッチンテーブルにはらりと落ちた封筒を見て、ミセス・オーズベリーはいった。「空港のポストに投函《とうかん》してくるはずだったのに」

それからミセス・オーズベリーは孫娘に、ミラノの空港で出会ったかわいそうな男の話——パスポートを盗まれて、父親の九十歳の誕生日に間にあいそうもなくなった男の話——を語りきかせた。

孫娘は封筒を見ながら、「あんまり、バースデイ・カードの封筒らしくないわね」といい、住所に目を走らせた。郵便番号二二七〇一、ヴァージニア州カルペパー、メイン・ストリート四一二番地、弁護士R・N・バックマン様。「差出人の住所も書いてないし」

「ともかく、あしたの朝いちばんでポストに入れてくるわ」ミセス・オーズベリーはいった。「誕生日に間にあえばいいんだけど」

17

　月曜日の朝十時、シンガポールのオールドストーン・グループ有限会社名義の口座におさまっていた謎《なぞ》の三百万ドルが電子情報に形を変えて出ていき、地球の反対側にむかって音もなく旅をしはじめた。九時間後、カリブ海のセント・クリストファー島でガレオン信託銀行が扉をあけて営業を開始すると同時に、三百万ドルがこの銀行に到着、無記名番号口座におさまった。いつもなら、月曜の朝に処理される数千もの取引のひとつにすぎなかったはずだ。しかし目下オールドストーン・グループは、ＦＢＩに一挙手一投足を監視されていた。シンガポールの銀行も全面的協力を惜しまなかった。セント・クリストファー島の銀行はそうではなかったが、近いうちにいやでも協力させられるはずだった。

　月曜の朝の夜明け前、ＦＢＩ長官のアンソニー・プライスがフーヴァー・ビルのオフィスに出てくると、すでに覚え書がデスクに用意されていた。それを読むなり、プライスはこの日の予定をすべてキャンセルした。ついで長官がチームの面々を呼びあつめて待つうちに、金がセント・クリストファー島の銀行に到着した。

つぎは、副大統領への電話だった。

セント・クリストファー島に揺さぶりをかけて情報を引きだすまでには、およそ外交的とはいいがたい不粋な圧力を四時間にわたってかけつづけることが必要だった。最初、銀行家たちは圧力に屈することを拒否した。しかし世界唯一《ゆいいつ》の超大国が本気で猛然と圧力をかけてきたなら、満足な国家の態《てい》もなしていない小国がどうすれば耐えられるというのか。アメリカ副大統領から、経済と金融両面での制裁措置も辞さないと脅迫されるにおよんで——現実になれば、小さな島の小規模な経済は壊滅的な打撃を受ける——首相はついに白旗をかかげ、自国の銀行家たちにむきなおった。

番号口座を調べた結果、そこから直接割りだされた名前はアーティー・モーガン。前大統領の三十一歳になる息子だった。父親の大統領としての任期があと数時間で切れるというとき、アーティーはハイネケンを片手に大統領執務室に出入りをくりかえし、おりおりにクリッツと大統領のふたりにあれこれの助言を授けていた。

こうして、スキャンダルは刻一刻と熟成してきた。

グランド・ケイマン島からシンガポール経由で、セント・クリストファー島。この電信送金のプロセスには、足跡を消そうという素人《しろうと》の仕事の痕跡《こんせき》がありありと残っていた。プロがおなじことをするとすれば、まず資金をすくなくとも八分割し、それぞれ異なる国の異なるいくつかの銀行に分散させたのち、数カ月の間隔をおいて電信送金をおこなうはずである。しかし、こんな場合でなければ、アーティーのような素人にも現金を隠すことは可能だった。アーティーが選んだオフショア銀行は、どこも預金者を保護する秘密主義をつらぬいている。そこにＦＢＩがメスを入れることができたのは、ひとえに投資信託会社の悪徳企業家が刑務所いりをまぬがれたい一心だったせいだ。

　とはいえ、もともとの資金の出所についての手がかりは皆無だった。モーガン前大統領は任期切れに先だつ三日間で、合計二十二件の特赦を与えていた。どれもが注目もあつめなかったなかで、二件だけは例外だった。ジョエル・バックマンとデューク・モンゴである。残る二十人についても、ＦＢＩは全力で捜査にあたり、それぞれの財政面での裏事情を掘り起こした。三百万ドルはだれの金だったのか？　それだけの資金力のあった者は？　ＦＢＩは特赦を受けた当人のみならず、その友人や家族、事業の協力者などについても仔細《しさい》に調べあげた。

予備的分析の結果は、すでに知られていた事実を追認しただけだった。モンゴには数十億の資産があり、当人はどんな相手をも賄賂《わいろ》で抱きこんでおかしくない腐敗した精神のもちぬし。バックマンも条件を満たしている。三番めの候補者は、ニュージャージー州の州議会議員だった男だった。この元議員の一族は、州政府の道路建設事業を受注することで財産を築いていた。元議員は二十年前に数カ月だけ〝連邦政府経営のキャンプ〟に入れられたことがあり、いまは名誉回復を求めていた。

大統領はヨーロッパ外遊中——つまり着任挨拶《あいさつ》の顔見せツアー、初めての世界一周ウィニングランのさなかで、あと三日間は帰国しない。副大統領は、大統領の帰国を待つことに決めた。そのあいだは金を見まもり、詳細にわたって二重三重に事実を確認し、大統領の帰国までには、遺漏のない完璧《かんぺき》な要旨説明《ブリーフイング》ができるように準備をしておこう。特赦を金で売買したスキャンダルが国じゅうを揺るがす。対立政党はこれで名前に泥を塗られ、議会への影響力も減少するはずだ。アンソニー・プライスのFBI長官としての寿命も、さらに数年は確実に延びる。さらには、ようやくテディ・メイナードを引退に追いこんで老人ホームに送りこむこともできよう。なにも知らない前大統領にFBIが総力をあげて不意討ちの電撃戦を仕掛ける——どう見ても、そのことにマイナス面はひとつもなかった。

語学教師は、サン・フランチェスコ教会の信徒席の最後列にすわって待っていた。コートを着たままの姿だった——ぶあついそのコートのポケットに、手袋をした手を深く突っこんでいる。外ではまた雪が降りだしており、この冷え冷えとした無人の広大な聖域も、外とたいして変わらない気温だった。マルコはとなりに腰かけ、落ち着いた声で「こんにちは《ボンジョルノ》」と挨拶した。

フランチェスカは、かろうじて礼を失しない程度の笑みをマルコにむけると、「こんにちは《ボンジョルノ》」と挨拶を返した。マルコもポケットに手を突っこんだままだった。それから長いあいだ、ふたりは凍える体で荒天を避けているハイカーたちのように、黙ったまますわっていた。いつものようにフランチェスカの表情は寂しげで、その思いがむけられている対象は、イタリア語を学ぶ熱意に燃えた、たどたどしい話しぶりのカナダ人ビジネスマンではなかった。フランチェスカはうわの空、心ここにあらずのようすだったし、マルコはそんな態度にうんざりしていた。エルマンノの関心は日に日に薄らいでいる。フランチェスカには、まだかろうじて我慢できる。ルイージはつねにすこし離れたところに身をひそめて目を光らせてはいるが、このゲームへの熱意をなくしかけているようだ。

マルコは、まもなく変化が訪れると考えはじめていた。ライフラインを断ち切って、自分の身がただようにまかせる――そのあとは沈むか、自力で泳げるようになるか。なるようにしかなるまい。さしあたり、自由の身になって一カ月がたった。生きのびるために最低限必要なイタリア語は身につけた。あとは独学でもなんとかなるはずだ。

「で、この教会はどのくらい古いのかな？」やがて自分が先に口をひらくことを期待されていることが明らかになると、マルコはそうたずねた。

フランチェスカはわずかに身じろぎし、咳《せき》ばらいをしてポケットから手を出した――マルコの声で深い眠りから目覚めたようなしぐさだった。「建設がはじまったのは一二三六年、たずさわったのはフランシスコ修道会の修道士たちよ。いま見ているこの主内陣が完成したのは三十年後ね」

「それはまた、大突貫の工事もあったものだ」

「ええ、じっさいかなり早い建設ペースね。それから何世紀もかけて、内陣の左右に礼拝堂が増設されていった。やがて聖具室が、つづいて鐘楼がつくられた。その後一七九八年にはナポレオン支配下のフランスがここを宗教以外の目的でつかうことにして、税関につくりかえもしたわ。ふたたび教会にもどったのが一八八六年。修復工事は一九二八年よ。連合軍のボローニャ空爆では教会の前面のかなりの部分が破壊されたし。そういった意味では、苦難の歴史を背負った教会ね」

「外側はお世辞にもきれいとはいえないな」

「爆撃のせいよ」

「イタリアは味方につく側を見あやまったんだ」

「ボローニャが見あやまったわけじゃないわ」

　あの戦争をここでくりかえしても意味はない。ふたりが口をつぐむと、ふたりの言葉がただよい昇っていき、丸天井にかすかな残響を残していった。

　ジョエルも子どものころは年に数回、母親に連れられて教会に行ったことがある。マルコも——いや、しかしハイスクール時代には、この腰のすわらぬ信仰追求の試みもあっというまに放棄され、過去四十年ほどはまったく顧みられることがなかった。刑務所生活で信仰に目覚める収監者もいるが、ジョエルにはその効果はなかった。しかし、罪の自覚のない男にとっては、こんなに寒々とした荒涼たる博物館のような教会で——スタイルはどうあれ——どうすれば意味のある礼拝がおこなえるのか、そのあたりが理解に苦しむところだった。

「ずいぶん寂しい雰囲気の教会だね。こんなところで、礼拝がひらかれることがあるのかい？」

「毎日ミサがあるし、日曜日には礼拝があるわ。わたしが結婚式をあげたのもこの教会だし」

「おや、本来きみはプライベートなことを話してはいけないんだぞ。ルイージが怒り狂ってもおかしくないんだ」

「イタリア語を話してちょうだい。もう英語は話さないこと」そういってから、フランチェスカはイタリア語でこう質問してきた。「きょうの午前中は、エルマンノとなにを勉強していたの？」

「家庭《ラ・ファミーリア》について」

「あなたの家庭《ラ・スア・ファミーリア》。わたしに《ミ》教えて《ディカ》」

「泥沼みたいなものだぞ」マルコは英語でいった。

「あなたの奥さん《スア・モッリエ》は？」

「どの妻の話を？　妻は三人いたんだ」

「イタリア語で」

「クワーレ？　ネ・ホ・トレ」

「さいごの奥さん《ルルティマ》」

マルコははっとした。いまの自分は三人の妻を娶《めと》っては別れてきたジョエル・バックマン、めちゃくちゃになった家庭をもつ男ではない。いまの自分はトロントから来たマルコ・ラッツェーリ。ひとりの妻と四人の子ども、そして五人の孫をもつ男だ。

「いまのは冗談だよ」マルコは英語でいった。「妻はひとりだけだ」

「あなたの奥さんの話をきかせて《ミ・ディカ・ディ・スア・モッリエ》――イタリア語で《イン・イタリアーノ》」

マルコはかなりゆっくりしたイタリア語で、虚構の妻について話していった。名前はローラだ……いまは五十二歳だ……トロントに住んでいる……小さな会社に勤めている……旅が好きではない……などなど。

どのセンテンスも、最低でも三回はくりかえすことを求められた。発音をまちがえた箇所はかならず渋面で受けとめられ、たちどころに「もういちど《リペータ》」と命じられた。そんなふうに何回もくりかえしながら、マルコはローラなる虚構の女性について話した。ローラの話がおわったと思ったら、やはり虚構の存在である長男のアレックスについて話すようにいわれた。三十歳、ヴァンクーヴァーに住む弁護士、離婚して、子どもはふたり……などなど。

さいわいルイージからマルコ・ラッツェーリの簡単な身上書を受けとっていたし、そこには必要な情報がまんべんなく記されていた。いま肌寒い教会の信徒席の最後列に腰をすえたマルコは、その情報をひとつずつ思い出そうとしていた。フランチェスカはマルコをうながし、完璧に話せるようになるまで駆りたて、おりおりに早口すぎると注意した。早口はマルコの癖だった。

「もっとゆっくり話さなくてはだめ《デーヴェ・パルラーレ・レンタメンテ》」フランチェスカはくりかえしいった。

フランチェスカは厳格でユーモアのかけらもなかったが、教えるという熱意はふんだんにもちあわせていた。いまの自分が英語の半分程度でもイタリア語を話せるようになれば、悪党どもの追手をかわせるようにもなるはずだ。フランチェスカがひたすら反復練習をすることこそ上達への道だと信じているのなら、それに従うまでだ——とマルコは思った。

つづいてマルコが母親のことを話していたとき、ひとりの初老の紳士が教会にやってきて、ふたりのすぐ前の信徒席に腰をおろしたかと思うと、たちまち瞑想《めいそう》と祈りに没頭しはじめた。ふたりは静かに外に出た。小雪はいまなおちらついていた。ふたりは最初に見つけたカフェに身を寄せて、エスプレッソを飲み、タバコを吸うことにした。

「こんどはきみの家族の話をしようじゃないか《アデッソ・ポッシアーモ・パルラーレ・デッラ・スア・ファミーリア》」マルコはいった。

珍しく白い歯をのぞかせて、フランチェスカがほほえんだ。「とても上手《ベニッシモ》よ、マルコ。でも、その話はできない《マ・ノン・ポッシアーモ》わ。ごめんなさい《ミ・ディスピアーチェ》」

「どうして話せない《ペルケ・ノン》？」

「わたしたちの規則があるから《アッビアーモ・デッレ・レゴーレ》」

「きみの夫はどこにいるんだ？《ドーヴェ・スオ・マリート》」

「ここ《クイ》、ボローニャ」

「どこで働いてる？《ドーヴェ・ラヴォーラ》」

「働いていないわ《ノン・ラヴォーラ》」

フランチェスカが二本めのタバコを吸いおわったところで、ふたりはまた柱廊《ポルティコ》という屋根のある歩道に出ていき、雪のなかでもレッスンをつづけた。まずフランチェスカが短い英語のセンテンスを口にし、マルコがそれをイタリア語に訳すことになった。雪が降っています。フロリダには雪は降りません。あしたは雪になるでしょう。先週は雪が二回降りました。雪が大好きです。雪が好きではありません。

ふたりは、街の中央広場の周囲をとりまく柱廊《ポルティコ》の下を歩いて、その反対側に出た。リッツォーリ通りでブーツとパーカを買った店の前を通りかかったとき、ふっとマルコはここでの買い物経験を自分の口からフランチェスカに話すのもおもしろいかもしれない、と思った。必要なイタリア語はほとんどつかいこなせる。しかし、考えなおした。フランチェスカが天気の話に夢中になっていたからだ。やがて交差点で足をとめたふたりは、〈二本の塔《レ・デュエ・トッリ》〉を見あげた。ボローニャにいまも残るこのふたつの塔を、市民たちはたいそう誇りにしている。

昔はこの街に二百本以上の塔が建っていた、とフランチェスカはいい、おなじことをイタリア語でいうようにとマルコにいった。マルコは努力したが、過去形も数詞も惨憺《さんたん》たるありさまで、そのあとこの忌《い》まいましいセンテンスを完全に覚えるまで何回もくりかえしいわされた。

現代イタリア人にはその動機が説明できないが、中世の人々は自分たちの住む土地に高く細い塔をつくりたいという、尋常とはいえない建築上の衝動のとりこになっていた。当時は都市国家が争いをくりかえし、人々が反目しあうという疫病《えきびょう》が吹き荒れた時代だったこともあり、こうした塔の主たる目的は防衛にあった。見張り所として利用価値が高く、攻撃を受けたときにも有効だ。ただし日々の暮らしを送る場所としては、あまり実用的でないことも立証された。食糧を守るために調理場が最上階にもうけられたが、街路からそこに行きつくには三百段もの階段をあがらなくてはならず、安心して家事をまかせられる人手を見つけるのが困難だったからだ。戦いとなれば、対立する貴族の家同士はそれぞれの攻撃用の塔から相手の塔にむかって、矢を射かけたり槍《やり》を投げたりするだけだったことが知られている――並みの人々とおなじように街路で戦うのは無意味だ、というわけだ。

やがて塔は、名家の権勢を誇示するためだけの存在になった。自尊心の高い貴族たちは、近隣の貴族やライバルの貴族が自分よりも高い塔をつくることを、見すごしてはいられなかった。かくして十二世紀から十三世紀にかけて、貴族たちはこぞって仲間たちに断じて遅れをとるまいとし、そのため他よりも抜きんでた塔を建てるという奇妙なゲームがボローニャの街の景観を吹き荒れることになった。当時この街には、〝塔の街《テユーリツタ》〟という愛称がつけられた。あるイギリス人の旅行者は、〝アスパラガス畑のようだ〟という描写を残している。

十四世紀になって組織化された政府がボローニャに足がかりを築きはじめると、先見の明のある者たちは、抗争をくりかえす貴族たちもいずれ政府支配下にはいることを予見した。街では、工事に割《さ》ける人手のあるときをえらんで、数多くの塔を解体していった。倒されなかった塔も、歳月と重力の両者が片づけていった――築後数世紀を経て、貧弱な基礎が崩壊していったのである。

一八〇〇年代末には、すべての塔を撤去するべきだという声高な運動が起こり、ごく僅差《きんさ》で承認された。その結果、残ったのは二本の塔だけだった――それがアシネッリの塔とガリゼンダの塔である。ふたつの塔は、ポルト・ラヴェニャーナ広場近くに隣接して立っている。どちらも完全に垂直には立ってはいない。ガリゼンダ塔となると、ここの塔よりもずっと有名でずっと美しいピサの斜塔にも匹敵する角度で北にかたむいていた。昔から生き残ってきたこの二本の塔は、長い歳月のあいださまざまに描写されてきた。フランスのある詩人はこの二本の塔を、千鳥足で家にむかうふたりの水夫が、おたがいに体を支えあって歩いているようだ、と表現した。エルマンノから借りたガイドブックには、これこそ中世建築の生んだ〝ローレルとハーディ〟だとあった。

アシネッリの塔は十二世紀初頭の建造で、高さは相棒の約二倍の九十七・二メートル。ガリゼンダの塔は十三世紀の完成直後から傾きはじめ、傾きを押さえるために上半分を削り落とした。ガリゼンダ一族はやがて塔に興味をうしない、不名誉のうちにボローニャから去っていった。

こうした歴史を、マルコはエルマンノから借りたガイドブックですでに学んでいた。それを知らないフランチェスカは、優秀な観光ガイドの例に洩《も》れず、寒さのなかで十五分かけて、ふたつの塔の故事来歴を語ってくれた。簡単なセンテンスを組み立てて、完璧《かんぺき》な発音で口にしてから、おぼつかない発音のマルコにくりかえしいわせ、それから不承不承つぎのセンテンスに移るという手順で。

「アシネッリの塔の最上階までは四百九十八段の階段があるのよ」フランチェスカが

いった。

「行《アンディアーモ》ってみよう」マルコはすかさずいった。ふたりは小さな扉をくぐって、堂々とした基礎部分の内側にはいっていった。それから直径の小さな螺旋《らせん》階段を十五メートルほどあがると、隅に押しこめられたようなチケット売場があるところに出た。マルコは三ユーロのチケットを二枚買い、ふたりで階段を昇りはじめた。塔は中空構造で、外壁の内側に階段がつくられていた。

フランチェスカは、この塔に昇るのはかれこれ十年ぶりかそれ以上だと話し、このささやかな冒険に胸を躍らせている顔を見せていた。オーク材でできた幅の狭い頑丈な階段をまずフランチェスカが昇りはじめ、すこし距離をおいてマルコがつづいた。ところどころに小さな窓があり、光と冷たい風がはいりこんでいた。

「自分のペースであがってきて」

フランチェスカが顔だけうしろにむけて、英語で声をかけてきた。ゆっくりとだが、ふたりの距離はひらいてきていた。雪の降る二月のこの午後、ボローニャ全市の上にそびえる塔の頂上をめざす者はほかにいなかった。

マルコが自分のペースを守って昇るうちに、フランチェスカの姿は見えなくなった。半分ほどあがったところで、マルコは大きな窓の前で足をとめ、吹きこむ風で火照《ほて》った顔を冷やした。こうしてひと息つくと、前よりもさらにゆっくりした足どりで、あらためて階段をあがりはじめた。しかし、数分後にはまた足をとめた。心臓は激しい鼓動を搏《う》ち、肺は超過労働にあえいで、はたして昇りきれるのだろうかという疑問が頭に渦を巻いていた。ようやく四百九十八段をあがりきって、箱のように小さな部屋にたどりついたマルコは、そこから塔の頂上に出ていった。フランチェスカはタバコをふかしながら、自分の住む美しい都市をながめわたしていた。その顔には一滴の汗も見あたらなかった。

頂上からは、全方向にひろがるすばらしい風景を望むことができた。街の家々の赤いタイル屋根が、いまは五センチほどの雪に覆《おお》われていた。サン・バルトロメオ教会の淡い緑の丸屋根は、しかし雪が積もることのないままの姿で真下に見えていた。

「よく晴れた日には東にアドリア海が、北にはアルプスが見えるわ」フランチェスカは、あいかわらず英語でいった。「でも、とってもきれいな景色ね――たとえこんな雪の日だって」

「ああ、見事な景色だね」マルコは息を切らしかけながら答えた。煉瓦《れんが》の柱のあいだにもうけられた鉄柵《てっさく》のあいだから風が吹きこんできていたし、そもそもここはボローニャの街路とくらべてさらに気温が低くなっていた。

「この塔は当時のイタリアで五番めに高い建築物だったのよ」フランチェスカはいった。この女性がほかの四つの建造物もすべて把握していることを、マルコは信じて疑わなかった。

「どうしてこの塔が残されたんだ？」マルコはたずねた。

「理由はふたつあると思うの。ひとつは設計と建築の両面がすぐれていたから。アシネッリ家は武力と権勢をともにそなえていた名家だったのよ。それから十四世紀には、ごく短期間だけれど牢屋《ろうや》に利用されていたこともあったわ。ほかの塔はあらかた破壊されたあとだったから。でも、ほんとうのことをいうなら、ここが残された理由はだれにもわからないの」

地上から約百メートルあがってきたためか、フランチェスカは別人だった。目に生き生きとした光が宿り、声には張りが出ている。

「この景色を見ると、決まって自分がこの街を愛している理由を思い出すの」

そう話すフランチェスカは、めったに見せない笑みをたたえていた。といってもマルコにむけた笑みでも、マルコが口にした言葉に誘われた笑みでもなく、ボローニャの家々の屋根や見はるかす街なみにむけての笑みだった。ふたりは反対側に移動して、南東の方角に目をむけた。市街を見おろすような小高い丘の上に、この街の守護天使である聖ルカを祀《まつ》ったサン・ルカ聖堂の輪郭が見えていた。

「あそこに行ったことはある？」フランチェスカがたずねた。

「いいや」

「じゃ、そのうちお天気のいい日に行きましょうか？」

「楽しみだね」

「見るべきところがたくさんあるわ」

これなら、フランチェスカをお払い箱にしなくてもよさそうだった。自分が人づきあいに――とりわけ異性とのつきあいに――飢えていることは事実だし、となればそっけない態度にも悲しげな雰囲気にも、気分屋の性格にも我慢できないことはないだろう。あとはこの女性にもっと認めてもらうため、さらに勉強に身を入れるだけだ。

アシネッリ塔の頂上まであがっていったことがフランチェスカの気分を高揚させたとするなら、地上への帰り道がいつものふさいだ気分を連れもどしたといえる。ふたりは塔の近くの店で、そそくさとエスプレッソを飲んでから別れた。形ばかりの抱擁をすることもなければ、頬への軽い口づけもせず、お義理の握手すらしないまま歩き去っていく姿を見ながら、マルコはあと一週間の猶予《ゆうよ》をフランチェスカに与えることにした。

いわば本人には内緒で、保護観察下においたのだ。フランチェスカには、態度をあらためて愛想よくするまでに七日間という時間がある。それを過ぎても無愛想な態度に変わりがなければ、こちらがレッスンをやめるまでのこと。人生はあまりにも短いのだから。

とはいえ、フランチェスカがかなりの美人であることは事実だった。

きのうも一昨日《おととい》も郵便物を処理したのは秘書で、問題の封筒をあけたのもおなじ秘書だった。しかし最初の封筒のなかには、またちがう封筒がはいっていただけだった。宛名《あてな》としてニール・バックマンの名前が書いてあるだけ。封筒の表にも裏にも、太い大文字で恐ろしげな警告が書きつけられていた。《親展。極秘。ニール・バックマン以外の者の開封厳禁》

「いちばん上のお手紙をまっさきにごらんになったほうがいいかもしれません」午前九時になると、秘書はけさ配達された郵便物の束をデスクまで運びながら、そういった。「封筒の消印はペンシルヴェニア州ヨークのもので、日付は二日前です」

秘書が出ていってドアを閉めると、ニールは封筒を検分した。薄茶色の紙、送り主の手書きの文字以外、なんのマークや文字もない。そして筆跡には、漠然とながら見覚えがあった。
ニールはレターオープナーで封筒の端を切り、一枚だけの折りたたまれた白い紙を抜きだした。父親からの手紙だった。ショックだったが……いや、その反面でショックはなかった。

二月二十一日

親愛なるニールへ

わが身はさしあたり安全だが、これがいつまでつづくかはわからない。おまえの助けが必要だ。いまは決まった住所もないし、電話もファックスもない。かりにあったとしても、つかっていいかどうかは疑問だ。電子メールをつかう必要がある。それも送信元をたどられないものを。どうすればいいのか皆目わからないが、おまえならわかるだろう。手もとにはコンピュータも金もない。おまえも監視されている可能性がかなりあるので、なにをするにしても足跡だけはぜったいに残すな。足跡を隠せ。わたしの足跡も隠せ。だれひとり信用するな。すべてに目を光らせろ。この手紙は隠したのちに処分すること。できるだけ多くの金を送ってほしい。わかっていると思うが、金はきちんと返す。いかなることであれ、おまえの本名をつかわないように、送り先は以下の住所だ。

イタリア、ボローニャ、郵便番号四四〇四一、ザンボーニ通り二二番地、ボローニャ大学気付、シニョール・ルドルフ・ヴィスコヴィッチ。封筒を二枚つかうこと。最初の封筒はヴィスコヴィッチ宛にし、二枚めをわたし宛にしてくれ。ヴィスコヴィッチ宛の手紙には、この荷物をマルコ・ラッツェーリのために預かっていてほしいと一筆書いておくこと。

急ぐんだ！

愛をこめて、マルコ

ニールは手紙をデスクにおくと、ドアに歩みよって鍵《かぎ》をかけた。それから小さな革ばりのソファに腰をおろして、考えをまとめようとする。すでに父親は国外にいるものという結論を出してはいた。そうでなければ、何週間も前にコンタクトをとってきていたはずだ。しかし、なぜイタリアに？　それに、この手紙はなぜペンシルヴェニア州のヨークで投函《とうかん》されたのか？

ニールの妻は、義父であるジョエル・バックマンと会ったことはない。ふたりが出会って結婚したのは、父親が収監されて二年たったころだった。ただしふたりは結婚式の写真を送ったし、そのあと生まれた子ども――ジョエルにとってはふたりめの孫

――の写真も刑務所に送っていた。

父親の件は、ニールが好んで話したい話題ではなかった。それをいうなら、あまり考えたくないことでもあった。お粗末な父親だった。ニールの子ども時代にはほとんど家にいなかったし、権力の絶頂からの驚くような失墜ぶりには、周辺の者全員が顔から火の出るような思いをさせられた。ニールはいやいやながら収監中の父親に手紙やカードを送ったが、すくなくとも自分と妻にだけは本心を明かすことができた――父親がいなくなっても、すこしも惜しいとは思わない、と。そもそも、父親のそばにいたことはほとんどなかった。

そしていま、父親はもどってきた。もどってきて、ニールがもってもいない金を無心してきた。ニールなら父親の指示どおり動くはずだと頭から決めてかかり、わが身のためなら他人を危険にさらすことも辞さない。

ニールはデスクに引き返すと、手紙を再読し、さらにもう一回読んだ。ニールが生まれたときから目にしている、判読不可能に近い金釘《かなくぎ》流の悪筆だった。おまけに、父親がなにか作戦を指揮するときの昔と変わらない流儀で貫かれている。あれをしろ、これをしろ、あれもしろ、そうすれば万事うまくいく。わたしのやり方で進めるんだ。いますぐ！　急げ！　すべてを危険にさらせ――わたしがおまえを必要としているのだから。

だいたい、万事が滞りなく動いてフィクサーがカムバックをとげたところで、それでどうなる？　息子である自分や孫娘に割く時間もなくなるに決まっている。チャンスさえ与えられれば、当年五十二歳のジョエル・バックマンはワシントンの権力サークルという栄光の座に返り咲くことだろう。しかるべき筋に友人をつくり、しかるべき依頼人に働きかけ、しかるべき女と結婚し、しかるべきパートナーと組み、一年もたたないうちに広大なオフィスから仕事を指揮し、法外な手数料を請求しては、議員たちに無理難題をふっかける身分に逆もどりだ。

ありていにいって、父親が刑務所にいたころのほうが人生はもっと単純だった。

妻のリサにはどう話せばいい？　ハニー、ぼくたちが銀行口座に預けている二千ドルのことがいましがた話題に出たんだよ。それから、暗号化をほどこした電子メールのためにも追加で数百ドルが必要なんだ。そうそう、きみと赤ちゃんだけのときにはつねに家のドアぜんぶに鍵をかけておくこと。だって、いましがたぼくたちの暮らしは危険にさらされはじめたんだから。

こうしてきょう一日を早くも地獄の苦しみに変えられたニールは、インターフォンで秘書を呼びだして、電話をいっさいとりつがないよう命じた。それからソファに横になって、蹴《け》るようにしてローファーを脱ぐと、目を閉じて、こめかみをゆっくりと揉《も》みはじめた。

S・キング
白石朗訳
回想のビュイック8
（上・下）
警官だった父の死、署に遺された謎の車。少年はやがて秘められた過去へと近づいていく。人生への深い洞察に溢れた、胸を打つ絶品。

S・キング
風間賢二訳
ダーク・タワーI
ガンスリンガー
キングのライフワークにして七部からなる超大作が、大幅加筆、新訳の完全版で刊行開始。〈暗黒の塔〉へのローランドの旅が始まる！

S・キング
風間賢二訳
ダーク・タワーII
運命の三人
（上・下）
キング畢生の超大作シリーズ第II部！〈暗黒の塔〉を探し求めるローランドは、予言された三人の中から旅の仲間を得られるのか？

S・キング
風間賢二訳
ダーク・タワーIII
荒　地
（上・下）
ここまで読めば中断不能！　ついに揃った仲間たちを襲う苦難とは――？　キング畢生のダーク・ファンタジー、圧倒的迫力の第III部！

S・キング
風間賢二訳
ダーク・タワーIV
魔道師と水晶球
（上・中・下）
暴走する超高速サイコモノレールに閉じこめられた一行の運命は？　ローランドの痛みに満ちた過去とは？　絶好調シリーズ第IV部！

S・キング
風間賢二訳
ダーク・タワーV
カーラの狼
（上・中・下）
町を襲い、子どもを奪う謎の略奪者〈狼〉。助けを求められたローランドたちの秘策とは？　完結への伏線に満ちた圧巻の第V部。

S・キング
風間賢二訳
ダーク・タワーⅥ
スザンナの歌
(上・下)
スザンナが消えた。妖魔の子を産むために。追跡行の中、ついに〈暗黒の塔〉への手がかりを得た一行は。完結目前、驚愕の第Ⅵ部！

S・キング
風間賢二訳
ダーク・タワーⅦ
暗黒の塔
(上)
すべての謎は出揃った。分断され、それぞれに危機と対峙する一行の運命は。超巨篇最終部の、旅の終わりの予感に満ちた壮絶な開幕。

K・グリムウッド
杉山高之訳
リプレイ
世界幻想文学大賞受賞
ジェフは43歳で死んだ。気がつくと彼は18歳――人生をもう一度やり直せたら、という窮極の夢を実現した男の、意外な、意外な人生。

コールドウェル&トマスン
柿沼瑛子訳
フランチェスコの暗号
(上・下)
ルネッサンス期の古書に潜む恐るべき秘密。五百年後の今、その怨念が連続殺人事件を引き起こす。時空を超えた暗号解読ミステリ！

H・F・セイント
高見浩訳
透明人間の告白
(上・下)
ウォール街の証券マンが、ある日突然〝透明〟になった！　でも、透明のまま生きるのは決して楽ではありません。食事は？　買物は？

S・ハンター
佐藤和彦訳
極大射程
(上・下)
大統領狙撃犯の汚名を着せられた伝説のスナイパー・ボブ。名誉と愛する人を守るため、ライフルを手に空前の銃撃戦へと向かった。

C・カッスラー
中山善之訳
インカの黄金を追え
（上・下）
16世紀、インカの帝王が密かに移送のうえ保管させた財宝の行方は——？　美術品窃盗団とゲリラを相手に、ピットの死闘が始まった。

C・カッスラー
中山善之訳
殺戮衝撃波を断て
（上・下）
富をほしいままにするオーストラリアのダイヤ王。その危険な採鉱技術を察知したピットは、娘のメーブとともに採鉱の阻止を図る。

C・カッスラー
中山善之訳
暴虐の奔流を止めろ
（上・下）
米中の首脳部と結託して野望の実現を企む中国人海運王にダーク・ピットが挑む。全米で爆発的セールスを記録したシリーズ第14弾！

C・カッスラー
中山善之訳
アトランティスを発見せよ
（上・下）
消息不明だったナチスのU-ボートが南極に出現。そして、九千年前に記された戦慄の予言。ピットは恐るべき第四帝国の野望に挑む。

C・カッスラー
中山善之訳
マンハッタンを死守せよ
（上・下）
メトロポリスに迫り来る未曾有の脅威。石油権益の独占を狙う陰謀を粉砕するピットの秘策とは？　全米を熱狂させたシリーズ第16弾。

C・カッスラー
中山善之訳
オデッセイの脅威を暴け
（上・下）
前作で奇跡の対面を果たしたダーク・ピット父子が、ヨーロッパ氷結を狙う巨大な陰謀に立ち向かう。怒濤の人気シリーズ第17弾！

T・クランシー
村上博基訳
レインボー・シックス（1～4）
国際テロ組織に対処すべく、多国籍特殊部隊が創設された。指揮官はJ・クラーク。全米を席巻した、クランシー渾身の軍事謀略巨編。

T・クランシー
田村源二訳
大戦勃発（1～4）
財政破綻の危機に瀕し、孤立した中国は、シベリアの油田と金鉱を巡り、ロシアと敵対する。J・ライアン戦争三部作完結編。

T・クランシー
田村源二訳
教皇暗殺（1～4）
時代は米ソ冷戦の真っ只中、諜報活動が最も盛んな頃。教皇の手になる一通の手紙をめぐって、32歳の若きライアンが頭脳を絞る。

T・クランシー
S・ピチェニック
伏見威蕃訳
起爆国境
インドの警察署と寺院が同時に爆破された。犯行声明を出したのはパキスタンの過激派組織。両国による悪夢のシナリオを回避せよ！

T・クランシー
田村源二訳
国際テロ（上・下）
ライアンが構想した対テロ秘密結社ザ・キャンパスがいよいよ始動。逞しく成長したジュニアが前代未聞のテロリスト狩りを展開する。

T・クランシー
S・ピチェニック
伏見威蕃訳
聖戦の獅子（上・下）
ボツワナで神父がテロリストに誘拐された。この事件でアメリカ、ヴァチカン、そして日本までもが邪悪な陰謀の影に呑み込まれる。

R・N・パタースン
東江一紀訳
罪の段階（上・下）
TVインタビュアーが人気作家を射殺した。レイプに対する正当防衛か謀殺か。残されたテープを軸に展開する大型法廷ミステリー。

R・N・パタースン
東江一紀訳
最後の審判（上・下）
姪の殺人罪を弁護するため帰郷したキャロライン。彼女を待ち受けていたのは、思いもよらぬ事件と秘められた過去の愛憎劇だった。

R・N・パタースン
後藤由季子訳
サイレント・ゲーム（上・下）
殺人事件の容疑者となった旧友の弁護を引き受けたトニー。まさか、自分の昔の悪夢が引きずり出されるとは。迫真の法廷サスペンス。

フリーマントル
日暮雅通訳
シャーロック・ホームズの息子（上・下）
ホームズの息子セバスチャンは米国の秘密結社を探る任務に志願したが……。恋あり、暗号解読あり、殺人事件ありの痛快冒険小説！

フリーマントル
日暮雅通訳
ホームズ二世のロシア秘録
新聞記者を装いスパイとしてロシアに潜入したホームズの息子。ロマノフ王朝崩壊の噂を探るべく、ついにスターリンと接触したが。

フリーマントル
松本剛史訳
知りすぎた女
マフィアと関わりのある国際会計事務所の重役が謎の死を遂げた。残された妻と彼の愛人は皮肉にも手を結び、真相を探り始めたが。

新潮文庫最新刊

江國香織著 **ぬるい眠り**

恋人と別れた痛手に押し潰されそうだった。大学の夏休み、雛子は終わった恋を埋葬した。表題作など全9編を収録した文庫オリジナル。

小池真理子著 **夜は満ちる**

現実と夢のあわいから、死者たちが手招きする。秘められた情念の奥で、異界への扉が開く。恐怖と愉楽が溢れる極上の幻想譚七篇。

新潮社編 **恋愛小説**

11歳年下の彼。姿を消した夫。孤独が求めた男。すれ違う同棲生活。恋人たちの転機。5色のカップルを5名の人気女性作家が描く。

三浦しをん著 **秘密の花園**

それぞれに「秘めごと」を抱える三人の女子高生。「私」が求めたことは――痛みを知ってなお輝く強靭な魂を描く、記念碑的青春小説。

嶽本野ばら著 **ロリヰタ。**

恋をしたばかりに世界の果てに追いやられた僕。君との間をつなぐものはケータイメール。カリスマ作家が放つ「純愛小説」の進化形。

筒井ともみ著 **食べる女**

人生で大切なのは、おいしい食事と、いとしいセックス――。強くて愛すべき女たちを描く、読めば力が湧きだす短編のフルコース！

新潮文庫最新刊

島田雅彦著
エトロフの恋
禁忌を乗り越え、たどり着いた約束の地で、奇蹟の恋はカヲルに最後の扉を開く。文学史上最強の恋愛三部作「無限カノン」完結篇！

津村節子著
瑠璃色の石
一度は諦めた学窓の青春。少女小説作家としてのデビュー、そして結婚と出産……。夫・吉村昭と歩み始めた日々を描く自伝的小説。

小手鞠るい著
欲しいのは、あなただけ
島清恋愛文学賞受賞
結婚？　家庭？　私が欲しいのはそんなものではない、あなた自身なのだ。とめどない恋の欲望をリアルに描く島清恋愛文学賞受賞作。

野中柊著
ジャンピング☆ベイビー
受け入れたい。抱きしめたい。今この瞬間を、そしてここにいるあなたを――。傷みの果てにあふれくる温かな祈り。回復と再生の物語。

北上次郎編
青春小説傑作選
14歳の本棚
―部活学園編―
青春時代のよろこびと戸惑い。おとなと子どもの間できらめく日々を描いた小説をずらり揃えた画期的アンソロジー！

山本容子著
マイ・ストーリー
山本容子は、起・承・転……転！　銅版画家として、女性として、いま最高に輝いている著者が半生のすべてを綴ったパワフルな自伝。

新潮文庫最新刊

D・キーン
角地幸男訳
明治天皇（一・二）
毎日出版文化賞受賞
極東の小国を勃興へ導き、欧米列強に比肩する近代国家に押し上げた果断な指導者の実像を、日本研究の第一人者が描く記念碑的大作。

渡辺茂男著
心に緑の種をまく
―絵本のたのしみ―
実作者として、子に読み聞かせる父として、名作絵本50冊の魅力を、体験的に伝えます。――著者長男・渡辺鉄太氏による付記も収録。

佐藤早苗著
アルツハイマーを知るために
最初に気付くのはあなたです。患者の日記や絵で、病状の進行を具体的に説明します。早期発見は治療につながります。最新情報満載。

J・グリシャム
白石朗訳
大統領特赦（上・下）
謀略が特赦を呼んだ。各国諜報機関が辣腕弁護士を「狩る」ために。だが、男が秘した謎とは？　巨匠会心のノンストップ・スリラー！

S・ブラウン
法村里絵訳
氷の城で熱く抱いて（上・下）
厳寒の山小屋に閉じ込められた二人の周囲に渦巻く情欲、嫉妬、そして殺人――。五人の失踪女性の行方は？　愛しい人の正体は？

G・M・フォード
三川基好訳
毒魔
全米を震撼させた劇物散布――死者百十六人。テロと断定した捜査をよそに元記者は意外すぎる黒幕を暴くが……驚愕のどんでん返し！

Title : THE BROKER (vol. I)
Author : John Grisham
Copyright © 2005 by Belfry Holdings, Inc.
Japanese translation rights arranged with Belfry Holdings, Inc.
c/o The Gernert Company, Inc., New York
through Tuttle-Mori Agency, Inc., Tokyo

大《だい》統《とう》領《りょう》特《とく》赦《しゃ》(上)

新潮文庫　ク-23-21

Published 2007 in Japan
by Shinchosha Company

平成十九年三月一日発行

訳者　白《しら》石《いし》朗《ろう》
発行者　佐藤隆信
発行所　株式会社新潮社

郵便番号　一六二-八七一一
東京都新宿区矢来町七一
電話　編集部(〇三)三二六六-五四四〇
　　　読者係(〇三)三二六六-五一一一
http://www.shinchosha.co.jp

価格はカバーに表示してあります。

乱丁・落丁本は、ご面倒ですが小社読者係宛ご送付ください。送料小社負担にてお取替えいたします。

印刷・三晃印刷株式会社　製本・株式会社大進堂
© Rô Shiraishi 2007　Printed in Japan

ISBN978-4-10-240921-3 C0197